杨先生：

　　水稻超高产是我国的一个重大研究课题……您为我国农业奋斗了一生，做出了突出成绩，诚可庆贺！大穗与直立穗结合起来，是新理想株型稻，真了不起！

　　　　　　　　　　——钱学森

中国『稻路』超级稻诞生记

周建新 ◎ 著

沈阳出版发行集团

沈阳出版社

图书在版编目（CIP）数据

中国"稻路"：超级稻诞生记 / 周建新著. -- 沈
阳：沈阳出版社, 2023.8
ISBN 978-7-5716-3598-5

Ⅰ.①中… Ⅱ.①周… Ⅲ.①报告文学—中国—当代
Ⅳ.①I25

中国国家版本馆CIP数据核字(2023)第128129号

出版发行：沈阳出版发行集团｜沈阳出版社
　　　　　（地址：沈阳市沈河区南翰林路10号　邮编：110011）
网　　　址：http://www.sycbs.com
印　　　刷：辽宁泰阳广告彩色印刷有限公司
幅面尺寸：170mm×240mm
印　　　张：15.5
字　　　数：200千字
出版时间：2023年9月第1版
印刷时间：2023年9月第1次印刷
选题策划：张　闯　闫志宏
责任编辑：周武广　张　闯　张　畅　范莹莹　张　晶　籍　莉
特约编辑：郭志英　孙　革　李多娇　徐　海
音频制作：佟　鑫　傅　蓉　王　健　宫小弓
封面设计：杨　雪
版式设计：Amber Design 琥珀视觉
责任校对：王志茹　张雨佳
责任审读：滕建民　郭　旭
责任监印：杨　旭

书　　　号：ISBN 978-7-5716-3598-5
定　　　价：58.00元

联系电话：024-62564985　024-24112447
E - mail：sy24112447@163.com

本书若有印装质量问题，影响阅读，请与出版社联系调换。

引子

一

　　水稻种植，伴随着中华民族文明史，亘古流长。在遥远的古代，中华民族的先民们驯化了野生稻种，培育了水稻。中国最早的文字甲骨文中，就有"稻"字，由簸箕、扬糠、舂米三个动作组成。中国能够成为四大文明古国，稻的贡献不可估量。

　　关于水稻的起源，尚无最终定论，争论最多的是中国说与印度说。不过，近一百年的考古与生物学研究成果，有了确切的指向，那就是中国说。就像产生于印度的阿拉伯数字，阿拉伯人传播了出去，就忽视了印度。水稻源于中国，经东南亚传到印度，才风靡全球，也就是说，印度的传播作用是不容忽视的。

　　也难怪，当我们把视野放在全球，神奇地发现，凡是人口稠密区，恰恰为水稻种植区。印度耕地面积广博，水资源丰沛，人口众多，稻作历史悠久，以讹传讹地产生水稻起源于印度之说，在所难免。

　　争论只是学术界的事，对于芸芸众生而言，稻谷养活了人类万千年，这才是真正的意义。

结束争论的是丁颖先生，他是中国稻作研究领域的先驱。20 世纪初，丁颖根据古籍记载和考古发现，从社会学和生物遗传学两个角度，论证了稻作文化在中国的系统演变，验证了种源关系，从学术上确立了水稻起源于中国野生稻。经过驯化的中国稻种，向东传入朝鲜、日本，向南传入东南亚，转道印度，最终传遍全世界。

水稻是人类历史上最主要的粮食作物之一。

水稻起源于亚洲，最初在中国长江流域地区出现。

约公元前 8000 年，人类开始对水稻进行栽培，最初仅仅是在自然湿地中收集野生稻谷。经过不断的选择和改良，水稻的品种日益增多，从而在不同的气候和环境下都能生长。

公元前 3000 年左右，随着中国古代文明的发展，水稻在中国各地区得到了广泛种植并扩散到东南亚、南亚，之后逐渐传到整个亚洲和非洲其他地区。

水稻作为人类的主要粮食作物之一，为全球百姓提供了重要的食物来源。同时，水稻的种植和文化也对人类产生了深远的影响。

有确切纪年以来，与饥饿做斗争，是中国人的常态。这是人口与生产力之间的矛盾，当人口的繁殖速度超过粮食的增长速度时，饥荒爆发也就在所难免。即便是所谓盛世的明清两代五百多年间，也有好几次大饥荒，吃不饱肚子的老百姓，还是普遍存在。所谓的"两湖熟、天下足"，不过是明朝中叶，长江中游的江汉平原的湖荡洲滩，大面积被围垦为农田，稻谷产量剧增，满足天下需求，象征意义大于实际，否则大明王朝也不会亡于饥饿。

我的同乡好友张宏杰在《饥饿的盛世》里讲述，乾隆时期，英国人马戛尔尼带着使团来到中国，并没有看到传说中的人民丰衣足食、农村富饶繁荣，触目所及的是贫困落后、民生凋零的景象。

饥饿，其实离我们并不遥远。我出生那年，三年困难时期才结束，少年时，父母拼命工作的动力，就是让我们兄妹三人不饿肚子。在我而立之年，国家才废除粮票制度，宣告中国从食物的贫瘠中走了出来。1996年，我国人均粮食占有量才超过国际安全标准，达到400公斤以上，比新中国成立之初翻了一番。直到我快耳顺之年，全面建成了小康社会，才从吃得饱转变成吃得好。

从普遍意义上讲，老百姓不愁吃饭的日子，始于改革开放之初农村的家庭联产承包责任制的改革，激发了农民种粮的积极性。后来的联产承包，大同小异。直到国家实行"两补"，即耕地补贴、种粮补贴，实施脱贫攻坚战略，才真正从制度上解决了问题。

吃饭问题摸索了几千年，为什么历朝历代都没有根本性地解决？答案也不深奥，关键不仅仅在于制度，更在于技术，其中化肥的使用功不可没。我少年时代，东北地区水稻亩产"跨长江"是矢志不渝的奋斗目标。想一想，半个世纪前，"长江"的目标仅仅是亩产400公斤，却累坏了一茬又一茬农民。毕竟"长江"是双季稻产区，对于只能种一季稻的东北来说，200公斤就成了不可逾越的天花板，"长江"的目标更是遥不可及了。

1983年，天花板被轻而易举地突破了，即使是东北的一季稻，亩产也接近了"长江"双季稻的两倍。除了化肥，最重要的是"种子革命"，理想株型育种、超级稻种的成功，改变了这一切，使北方粳稻高产变得轻而易举。

我书写的主人公杨守仁先生和他的学生陈温福院士，就是改变这一历史的代表人物。继袁隆平培育出中国籼型杂交水稻后，杨守仁通过籼粳稻杂交，选育理想株型的粳稻品种，让水稻彻底打了一场翻身仗。东北大米从此告别低产，以从前四倍的亩产，携着黑土地富饶的养分，带着黏糯的稻花香气，充盈进全国亿万苍生的饭碗，东北水稻成为我国重要的商品粮。

由此，中国水稻界诞生了两位标志性人物：中国杂交水稻之父——袁隆平，主攻南方杂交籼稻；中国超级稻之父——杨守仁，主攻北方常规粳稻。

以他们为杰出代表的几代农业科学家共同奋斗，为解决中国人的吃饭问题作出了巨大贡献。

二

不要以为饭碗满了，就高枕无忧了，世界性的粮食危机，远未解除。必须承认，中国的耕地面积还是太少了，只有全球约9%的耕地，要养活占全球约20%的人口。我们能够吃饱饭，不是天经地义的，必须精打细算，才能保证老百姓的粮食安全。

翻阅整个人类历史，饿肚子才是常态，吃饱饭反而是特殊现象，时至今日，全球的饥饿现象仍然高得惊人。《全球粮食危机年度报告》显示，2021年有53个国家1.93亿人陷入了粮食危机，比2020年又增加了近4000万人。

受极端天气频发，国际资本炒作，地区冲突加剧等叠加影响，国际粮食安全恐慌加剧，各国普遍增加储备规模，处于严重粮食不安全状况的国家增加到82个，人口增加到3.45亿人。这些缺粮国，短期获得粮食的机会受到限制，生存受到影响，生命受到威胁。

由此可见，粮食危机有多可怕，大可灭国呀！

早在50年前，基辛格说过一句名言："控制了石油，你就控制了国家；而控制了粮食，你就控制了人类。"美国统御全球的三大基石，就是石油、美元和粮食，世界四大粮商，有三个是美国公司，他们掌控了全球粮食交易量的80%。

中美贸易摩擦中，粮食也是发生在人们餐桌上的大国博弈。华尔街借助期货市场的金融杠杆，粮食价格被操纵于股掌之中。粮食已经不只被用来填饱肚子，更成为资本牟利的工具。美国政府配合华尔街，挥舞着制裁大棒，对多个国家实施粮食禁运。

事实上，美国对中国的粮食围剿，从未中断，大豆之战、玉米之战……每一次都惊心动魄。与此同时，他们还操控着舆论战，本来，四大粮商凭借着资本，每个毛孔都充满了肮脏的血，却诬陷因中国购买，而使粮价上涨，加剧了全球饥饿化。

最具讽刺意义的是，2008 年美国金融危机，大量超发货币，世界粮价暴涨，美国预言了 38 个面临饥饿的国家，中国便是其中之一。我们之所以转危为安，得益于 2005 年开始的新农村建设，中国领导人的远见卓识，让我们有了压舱石，有了战略定力，才化险为夷，才让我们普通百姓身处旋涡，却浑然不觉。

毕竟，我国人口基数大，土地资源有限，属于国际粮食的采购方，并无足够的话语权和定价权。20 世纪 90 年代，美国学者莱斯特·布朗危言耸听地发出"谁来养活中国"的世纪之问，他列出的数据，成了西方质疑我们的利刃，也成了美国政府攻击中国的依据，"如果 10 多亿中国人过上跟美国人一样的生活，将成全球灾难"，把西方对中国的偏见推向极致。

当下世界，粮食危机比能源危机、芯片危机更为恐怖。面临着世界百年未有之大变局，我们必须居安思危。

据预测，到 2050 年世界粮食产量需要增加 50%，才能基本满足日益增长的人口需求，亚洲则需要增加 55%。水稻是中国最重要的粮食作物之一，种植面积占粮食作物的 30%，产量却占粮食总产量的 40%，是我国 65% 人口的主食。我国的国情，耕地面积和水资源有限，提高单位面积产量是根本出路，而水稻单产的提高很大程度取决于品种的潜力。

备豫不虞，为国常道。布朗之问刺激了国人的神经，毋庸置疑，无论从国家战略还是粮食安全的角度，加快粮食产业高质量发展，才是硬道理，手中有粮，心中不慌。我们的立足点、着眼点是，绝不能买饭吃、讨饭吃，饭碗里必须主要装我们自己生产的粮食。以稳定性的供给，夯实国家粮食安全的底气，应对国际市场的不确定性，才能"任凭风吹浪起，稳坐钓鱼台上"。

种子是农业的"芯片",在有限耕地上多产粮、产好粮,种子是关键。党的十八大以来,习近平总书记频频提及"种子"和粮食安全,时时牵挂,指明种子之于中国饭碗、之于粮食安全的重要意义。

习近平总书记再三强调:一粒种子可以改变一个世界,一项技术能够创造一个奇迹。

"种子是我国粮食安全的关键,只有用自己的手攥紧中国种子,才能端稳中国饭碗,才能实现粮食安全。"

习近平总书记指出,"粮食安全是'国之大者'","中国人的饭碗任何时候都要牢牢端在自己手中","在粮食安全这个问题上不能有丝毫麻痹大意","要未雨绸缪,始终绷紧粮食安全这根弦"。

2022年3月6日,习近平总书记看望参加全国政协十三届五次会议的农业界、社会福利和社会保障界委员,用坚定的语气回答道:"谁来养活中国?中国要靠自力更生,自己养活自己!"

此次联组会上,对"如何养活中国",总书记指明了方向:"确保18亿亩耕地实至名归","农田就是农田,农田必须是良田。决不允许任何人在耕地保护上搞变通、做手脚,'崽卖爷田心不疼'",必须下决心把我国种业搞上去,"实现种业科技自立自强、种源自主可控"。解决吃饭问题,根本出路在科技。

在党的二十大工作报告中,习近平总书记再次强调,"全方位夯实粮食安全根基,牢牢守住18亿亩耕地红线,确保中国人的饭碗牢牢地端在自己手中"。讲到此处,会场上掌声雷动,他说到了人民的心坎上。

14亿多人口,不能指望别人养活。端牢饭碗,科技第一。

三

中国的三大主粮分别是水稻、小麦和玉米。但提起饭碗，人们最先想到的就是大米，仿佛"饭"只局限于大米。也难怪，当下中国人的碗里，大米的比重越来越高，面食则为丰富我们餐桌的多样性，而玉米呢，支撑起了我们的养殖业。

既然"饭碗"越来越倾向于大米，本书就从水稻入手，以育种为节点，概述一下近百年来我国水稻科学家如何解决"中国饭碗"问题。

虽说我们种植水稻有万年历史，但大多数进步都在耕作方式上。科学的水稻选种育种技术，只发端于晚清的农事试验。那时，近代农业技术已传入我国，但有成绩的育种机构、育种专业人才尚未出现，用近代技术选育的水稻良种尚未育成，一切都处于萌芽阶段。在这个时期，各地农业部门主要是选用农家品种，进行试种。

辛亥革命后，西方科技成果不断传入，水稻科学初具规模，开展了一些较有影响的水稻科研活动。到了20世纪二三十年代，全国水稻科学研究进入了蓬勃发展的时期，各省的农事试验场纷纷建立。据中农所1934年的调查，当时农业研究机构达到278家，适合不同气候、土壤的各种改良稻种不断出现，中国水稻科学研究不同谱系的创始人，相继出现。最典型的是我国水稻育种的先驱丁颖，他按照水稻的亲缘关系、地理分布，把全国划成六大稻作区，并将中国水稻定名为"籼亚种"和"粳亚种"。

丁颖的贡献不仅是科学地划分了中国水稻的种类，更是开创了野生稻与栽培稻远缘杂交育种的先河。以他培育出的"中山1号"新品种为例，从20世纪30年代初开始，在华南地区种植了半个世纪之久，被称为"中国稻作之父"。

随后，中国的水稻研究又形成了杨守仁谱系、杨开渠谱系。20 世纪 60 年代初，袁隆平谱系又脱颖而出。虽说四大谱系的创始人均已离世，可他们的学术体系却由第二代、第三代、第四代，甚至第五代传承下来。时至今日，中国的杂交稻和超级稻，每年增加的产量足以多养活一亿人口，对全球减少饥饿，做出了卓越贡献。

这种贡献，当然也包括本书的主人公杨守仁先生、陈温福院士以及他们的弟子。他们培育出的中国北方超级粳稻，与全国的 18 亿亩耕地相比，占比虽然不高，却提供了全国最多的优质商品粮、最多的优质大米。

明清以来，素有"湖广熟，天下足"之说，经过他们的努力，被生生地改写成了"东北熟，天下足"。中国人的饭碗里，装得最多的是东北大米，不仅解决了吃得饱的问题，还能让天下百姓吃得好。

他们和袁隆平等科学家一道，穷尽一生之力，稻济天下苍生，走出了一条中国特有的"稻路"。

目录
CONTENTS

下篇

上篇

第●章 ～～～～～

成长的磨砺

院士的心愿

清福陵西侧，天柱山南麓，浑河右岸，山峦叠翠，水色氤氲。在这如诗如画的风景中，一处雅致的院落里林木茂盛，碧草青青，座座小楼，点缀其间，间或有著名农学家的雕像出现在林木间，带来了更浓的人文气息。这便是全国重点农业高校——沈阳农业大学（以下简称"沈农"）。

时值处暑，天遂人愿，下起了小雨，淅淅沥沥，若有若无。清爽的风，惬意地吹，把秋老虎赶回到了天上。这个季节，这样的天气并不多见，在这舒适的环境中，我得到机会，到沈农水稻研究所，采访了让我倍感舒服和温馨的人——陈温福院士。

能采访到陈院士，不是件容易的事，除了水稻，他心无旁骛。袁隆平院士辞世后，他成了中国水稻界的"大熊猫"之一，却一直回避媒体的采访，逃避各种途径的宣传，有关他的新闻少之又少，短之又短。他不想成为公众人物，害怕牺牲有限的时间应对琐事，他需要一片宁静，一心一意搞科研，做实事，用科技惠及人类。他和他的水稻研究所同仁，继承了杨守仁先生的品质，淡泊名利，潜心研究，一捧水、一把泥、一束稻花、一个叶片地探寻事物的内部规律。外部世界的喧嚣，与己无关。他们关上门，沉浸在实验室，拒绝所有的喧嚣与虚名。

陈温福院士，和他的名字一样，性情温和。他体态微胖，虽说年近古稀，身体却结实得像个小伙子。他谈吐幽默，说话率真，一见面，他就说，我是个农民，没离开过农田和庄稼，种了一辈子地。这样的开场白，让我愕然，毕竟是中国工程院的院士，鼎鼎有名的科学家，居然如此自谦。

想一想，我也释然，作家不也是个文字匠吗？把老祖宗发明的千万个汉字，排列组合得准确得体，也不是件容易的事。世界上任何事，哪怕是最简单的，做细了、做透了，做得完美无缺，都不容易。

第一次采访，等于陈院士一言堂了，几乎不用我插嘴，没等我提问，他就自问自答了。整个上午，他都在讲述恩师杨守仁先生，只是偶尔怕我不懂，给我做水稻方面的科普，让我这个农科盲有个直观的认识。

陈院士讲述时，眼睛晶亮，闪烁着智慧的光芒，他的说话风格，机智幽默，不说拗口的专业术语，也不按逻辑思维走，跳跃式地讲故事，特别让人有形象感。陈院士的声音，仿佛能塑造生命，杨守仁先生的身影不再躺在我从前看过的资料中，而是活灵活现地呈现在我面前。他的讲述，让我省却了许多合理想象，我可以直截了当塑造杨先生的形象了。

听陈温福院士说话，是一种享受，时间不知不觉到了中午，我意犹未尽，可他的时间太珍贵了，我不忍心继续占用，只好暂时放下采访。

最后的环节，我们一行人到研究所门前合影，本来我们想簇拥着陈院士，他不肯，带着我们继续往前走几步。来到楼前右侧的树林中，三株挺拔的银杏树环绕着一尊铜像，那便是杨守仁先生的雕像。尽管杨先生已经辞世七年了，却仿佛一直在一旁悄悄地陪着他们。

毫无疑问，我们留下的照片，围绕的就是杨守仁先生。这是陈温福院士接受我采访的原因，希望我多写写他的导师。

本来大家已经站好了位置，等待拍照，陈院士却叫了暂停，他从别人的手里要来一瓶矿泉水。原来，雨水在杨先生的脸上落得不均匀，有干有湿，脸花了。他说："老师，咱俩好几年没合影了，留下点儿好形象，给您洗洗脸。"

说罢，他把矿泉水倒在雕像的头上，用手把杨先生的雕像擦得干干净净。这一时刻，我看到，陈院士的眼里噙着泪水，他想老师了，尽管杨先生仙逝时94岁。分别握手时，他还对我说，拜托了，借你的笔，写好我的老师，我们的先生。

我说，一定。

我参阅了各种资料，按照陈温福院士的口述，写出下面的文字，逐步复原杨守仁先生的人生轨迹。

牛背上的书童

江苏省丹阳市的皇塘镇，是地处江淮的鱼米之乡，原名为芦塘，顾名思义，就是芦苇多的地方。朱元璋定都南京后，巡访至此，见风景如画，欲建行宫，即被封为皇塘。后来，不忍心劳民伤财，便搁置下来，虽说行宫未修，但地名却留了下来。

1912年3月5日，皇塘镇西北三公里的陆家村，一声婴儿的啼哭，打破了村里的寂静。村里的种稻、养猪能手杨银庚急匆匆地赶回家，家里又添了个男丁。杨银庚特别高兴，不是他重男轻女，而是男孩体力强，能下地干活，他又多了个帮手。

这个哭声嘹亮的孩子，就是后来为中国稻作事业作出卓越贡献的杨守仁，他是杨家第二个孩子。父亲对孩子没有更大的奢望，只是期盼着孩子早点儿长大，早点儿下地干活，让家里多打些水稻。父亲没有想到，儿子长大后，会成为引发"中国北方粳稻革命"的农业科学家，为全天下众生打了更多的稻谷。

父亲虽然勤劳能干，却没有改变贫寒的家境。后来，家里又添了五个孩子，生活更窘迫了。从懂事起，杨守仁便开始了分担家庭的压力，除了帮助大人插秧、收割，他常年与水牛为伴，帮家里放牛。牛是水牛，性情温和，耕地之余，需要放养，野外的草，可以为家里节省许多饲料。杨守仁骑在牛背上，悠闲地走在河塘、田野，没有那么艰辛，比下田干活少挨了许多累。

放牛还有个好处，牛一心一意地吃草，放牛娃可以一心二用。江南崇尚诗书，不管家里多么贫寒，都要豁出几升米，让孩子到村里的私塾里读上一段。杨守仁的童年也是如此，虽说是断断续续地念私塾，却是从《三字经》到《书经》，篇篇不落，还练就了一手漂亮的毛笔字，颇有一股米芾之风。

入门的《三字经》倒是不难，一学就会，家庭中有这样的语言环境。读到《书经》，就艰涩复杂了许多。《书经》自尧舜到夏商周，跨越两千余年，孩子们不知晓历史，也听不明白古文的内涵，不管私塾先生的戒尺打得多么狠，很多孩子都无法背下来。

杨守仁天生聪颖，篇篇倒背如流，这是他在牛背上练出的基本功。别的孩子，放牛等同于玩耍，没完没了地疯在田野里。他却不同，骑在牛背上，脑袋却装满了《四书》《五经》。这与他懂事早有关系，他很早就懂得"稼穑务本之艰，以食为天之重"，家里人勒紧裤腰带，供他上私塾，他不把书念出来，对不起父亲天天把汗水摔在稻田里。

不知不觉间，童子功已深深地刻在他的骨髓里。

1923年，杨守仁11岁了，贫寒人家，识文断字，能写会算，私塾就足够了，经商种地，用不着那么多学问。杨守仁想上正规的学校，可家庭条件不允许，何况初级小学还在皇塘镇，每天穿塘过河奔波六七里。偏巧舅舅家居住在皇塘镇，舅舅无子，舅妈又特别喜欢他，拿他当亲儿子待，和杨家一商量，就过继入嗣了。考虑到孩子已经长大，名字大家叫熟了，便没有更名改姓。

在皇塘镇的初小没念多久，因学习优异，杨守仁考入丹阳县第一小学就读。那时，小学分初级小学和高级小学，还需要升学考试，不是所有的学生都能高小毕业。能考入县城的高小，全镇也没有几个，大多数留在镇里读高小。县城离皇塘镇30多公里，到县城念书，就需要住校了。住校念书，费用增加了一大块，虽然舅舅家的条件也没那么好，咬咬牙，还是把他供下来了。

从初小到高小，加在一起，总计才两年时间，杨守仁就毕业了。那时，小学是县城里的最高学府，大多数学生就此完成了学业，只有极少数的学生才能考上初中，况且初中的学费很贵，许多家庭也承受不起。

杨守仁不想增加舅舅的负担，想放弃初中考试。周晓春先生不肯，教了一辈子书，像杨守仁这样聪慧的孩子，并不多见，替他报考了最难考的江苏省第一中学初中部。周老师承诺，如果考上了，承担他全部学费。

不负老师的期望，杨守仁轻而易举地考上了。周晓春先生也未食言，拿出自己的薪金，鼎力资助杨守仁上学。

1926年年底，北伐战争爆发，南京成了争夺的焦点。杨守仁刚刚读了一学期，战火就逼近南京，学校害怕祸及学生，家里也担心他的安全，他只好辍学回家，继续放牛，重新当起了牛背上的书童。

励志学农

北伐战争结束，杨守仁返回学校，继续他未完成的学业。尽管世界并不太平，南京还算得上平静，毕竟，这座城市又成了中国的政治中心。初中毕业，面临着考高中，杨守仁为难了，虽说能考上高中的，全班寥寥无几，可他的成绩考高中却是绰绰有余，他犯愁的不是考试，而是学费。高中学费更高，父母和舅舅，两家的家境加在一起，也没有能力供他继续上学。周晓春先生已经供他读完了初中，总不能让先生再供他读高中吧？

天无绝人之路，民国兴办教育，需要大量的师范生，省立第一中学的高中设立了师范科，从初中毕业生中选拔佼佼者，免试进入高中师范科，无须缴膳宿费用。也就是说，不花自己家里的钱，还能完成高中学业。

想一想父亲为兄弟姊妹七人能吃饱饭，整日辛苦地劳作，舅舅和舅妈虽然负担轻，也是个贫寒人家。如果继续供自己上学，他们本来捉襟见肘的生活，就会雪上加霜了。能解除父母和舅舅的负担，也不用恩师周晓春再为自己操心，何乐而不为？杨守仁毫不犹豫，选择了高中师范科。

老师觉得很遗憾，读正常的高中，意味着能上好的大学。而读师范，课程完全不一样，音乐、美术都要学，教育学、心理学都得懂，需要的是能当好教师、能懂孩子的全才。而杨守仁属于难得的人才，毕业后去教小学生，浪费了。杨守仁却不这么认为，既然在牛背上都能学习，学校的环境这么好，怎么就局限在师范专业，就不能学更深的知识？

读师范时，杨守仁开始"勤工俭学"，白天正常上课，晚上到南京民众夜校兼课，虽说昼夜连轴转，自己很辛苦，但也有了微薄的收入，补贴自己生活所需，不仅能养活自己，还有了节余，毕竟十七八岁了，要独立面对社会。

民众夜校，读书的大多是失学的小商贩、普通工匠、手艺人，还有寺庙里的小和尚、尼姑等。这些来自五行八作的底层百姓，给杨守仁带来了形形色色的社会生活体验，有阴暗、有辛酸、有困苦，更多的是艰辛与挣扎。这一切，让他很早地了解到了旧中国的复杂与黑暗，无形中的社会实践，让他深刻体验到底层民众活着的艰难，促使他更早地认知社会，更早地成熟，更早地明辨是非。

自然，一开始就到基础最差、人员构成最复杂的夜校兼课，什么样的学生都见过了，夯实了教学的基础，再教学校里的学生，就容易了很多。由于品学兼优，师范科毕业后，杨守仁留在校内，在附属小学担任教师。

许多人读书的目的是找工作，尽管是小学，能在省立学校里教书，已经是很荣耀的事情，选择随遇而安，十分正常。但在杨守仁心中，继续读书的愿望挥之不去。与上夜校时恰恰相反，他白天工作，晚上一心向学，自学师范没有学过的高中课程。

整整用了一年时间，除了刻苦学习，他省吃俭用，从微薄的工资中攒足了一年的学费，毅然报考了大学。他选择的大学是国内非常难考的国立浙江大学，他羡慕那里的学风，崇尚那里的教授。

在选择专业时，杨守仁几乎没有犹豫，报考了浙大的农学院。从记事起，他就看到父亲不停地劳作，听到父亲不断地告诫他，一粥一饭当思来之不易，学好农业，用科学的方式，解救千千万万个父亲那样的农民，让他们不再累死累活，也能吃上饱饭。让土地上的大丰收，填满天下苍生的饭碗。

天遂人愿。1933年9月，当了一年小学教师的杨守仁，迈进了国立浙江大学的大门，就读于农学院农艺系。

寒窗苦学

那一届浙大的农学院总共招了 57 名学生。和同学们相比，杨守仁年龄偏大。那时，能读得起大学的，大多是富家子弟，像杨守仁这样的寒门子弟，极为少见。毕竟是放牛娃出身，小学和初中都是断断续续念下来的，高中读的又是师范，再聪明，基础薄弱也是客观现实。

最难过的是英语关。大学课程的教科书都是英文的原本，语言关过不去，所有的课程都听不懂。而他最差的一科，偏偏是英语，从小没有英语的语言环境，又没遇到过像样的英语老师，英语大多靠的是自学，基础打得不牢固。浙大实行的是严格的淘汰制，入学不容易，毕业更不容易，英语跟不上，时刻面临着被淘汰。

毕竟从小就在苦难中磨炼过来的，他格外珍惜学习的机会。在繁重的学业面前，刻苦攻读，须臾不敢耽搁，尤其是满篇都是专业术语的英文。尽管杭州离他的家乡并不遥远，可 4 年大学，他从未回过家，更未休过寒暑假，始终沉浸在学习中。那时，电影业刚刚兴起，看电影，是学生中最时髦的事情，不管谁来怂恿他看电影，也不管谁来请客，从未打动过他，他从没踏过电影院的门。

杨守仁和别人不同，别人上学靠父母，他是自己供自己上大学。大一时还勉强，毕竟有工作一年积攒下来的钱。大二就得靠奖学金了，没有奖学金，即使每科都过关了，他也难熬到毕业。所以，每一分钱，他都要掰成两半花。

学生以学为本，把每一科学到极致，是杨守仁的奋斗目标。为此，在浙大求学期间，虽然他身处杭州，只是徜徉于书的海洋中，根本没有体验到什么叫"上有天堂，下有苏杭"，一味地寒窗苦读。

　　大三的时候，杨守仁接二连三地迎来了影响他一生的重要人物。先是著名气象学家竺可桢先生就任浙大的校长，接着在中央农业实验所担任技正一职的卢守耕博士入盟浙大，被聘为农学院院长。

　　卢先生醉心于水稻种子的收集，全国各地乃至全世界范围内的水稻品种，只要能搜集到，都收集过来。他的水稻培育基地，就在杨守仁家乡一带，就职浙大时，已收集水稻单穗一万多个。

　　杨守仁从小种稻，对水稻有着天然的喜爱，学生中也只有他有过多年水稻种植经验。卢先生到来，仿佛是天赐给他的，就是让他禅破水稻的天机。锦上添花的是，植物栽培学家徐天锡也入盟浙大，成为农艺系的教授，直接辅导他。他和徐老师结下了深厚的师生情，并一直保持了30余年。

　　越来越多的归国教授加盟浙大，使浙大的学术氛围更加浓厚。有竺可桢校长的鼓励，有这些名家教授悉心辅导，杨守仁如虎添翼，就在这一年，他获得了浙大品学兼优的甲种奖学金。

　　浙大是包容的，名家荟萃，各施所长。同时，浙大也是苛刻的，等到杨守仁拿到学士学位毕业证时，57名同学只剩下19名了，而杨守仁是19人中唯一的甲等毕业生。

　　直到1937年6月，毕业的前一天，他才从紧张的学习状态下松了一口气，与同学们一道参加徐天锡老师的谢师宴，才第一次见到六合塔。经过九溪十八洞，横渡西湖，到著名的楼外楼，游览了"人间天堂"，总算没白在杭州生活一回。

　　别了杭州，杨守仁开始了他的稻作人生。

国难锤炼

1937年7月1日，杨守仁被中央农业实验所（简称"中农所"）录用，任稻作系的助理员。得到消息时，他正在家乡皇塘镇陆家村陪父亲在稻田里劳作呢。毕竟快4年没回家了，正好把学过的知识用在自己家的田里，哪怕一亩地多打几捧稻，也能让一个人少挨几天饿。

本想趁着工作前，把毕业当成暑假过，来弥补亏欠了4年的亲情。可是，中农所急需用人，杨守仁回到家还没休息几天，就被选中了。中农所通知他立即起身报到。他只好辞别父母，到镇上又与舅父和舅母、恩师周晓春告别，踏上西去的列车，赶往南京。

中农所位于南京的孝陵卫。顾名思义，孝陵卫是保卫明孝陵的地方，在朱元璋墓的正南方，不过，此时却成了护卫全国粮食增产的地方。全国最高农业研究机构，就坐落在那儿。

杨守仁刚毕业，就一步到位，站在科研的制高点上，掌控全国的水稻生产情况，这种机会实在是太难得了。给他创造这个机会的人叫周拾禄。

周拾禄毕业于日本东京帝国大学，他研究的粳稻起源新假说，受到学术界的重视。回国后，任中央大学农学院教授。1937年全民族抗战爆发前，他预感到一旦战事爆发，无论军粮，还是老百姓的口粮，都将格外紧张，为应备战需要，他促成了湘米销粤。

中农所的稻作改进研究系，就是在周拾禄的提议下创建的，因为增加产量、提供军粮，已迫在眉睫。有了机构，急需人才，周拾禄受中农所委托，到浙大选人。与周拾禄一样，系主任卢守耕、教授徐天锡都是中国第一代研究水稻的专家，恰好杨守仁不仅痴迷于对水稻的研究，并且是全系唯一的甲种奖学金获得者，于是，就成了不二人选。

　　一到任，杨守仁就在稻作系主任赵连芳直接领导下开展研究工作。赵连芳一直主持水稻生理、遗传、杂交育种等方面的研究，是中国水稻遗传育种研究的先驱，当时我国稻作学界有"南丁（丁颖）北赵（赵连芳）"的美称。杨守仁是幸运的，从读大学到入职，辅导他的，全是当时中国水稻界的顶尖人物。也许这就是天道酬勤，对他寒窗苦读的回报。

　　许多年后，杨守仁被誉为"中国超级稻之父"，他认为虚名不重要，都是站在巨人肩膀上获得的，让天下苍生活得好，比什么都重要。这也是他一生低调、外界很少知道的原因。

　　到中农所没几天，七七事变爆发，杨守仁被赵连芳紧急派往湖南，参加湘米改进委员会的工作。走在半路上，他才知道八一三淞沪抗战开始，他的家乡就在日军的大炮射程之内。刚参加工作，就奉命出差，去独当一面，这成了他终生未解之谜，除了信任，赵主任是不是有意让他躲避战火？

　　怀着"解天下民生之忧"的使命，杨守仁勤勉工作，努力推进湘米改进，屡获嘉许。嗣后，他兼任湖南第二农事试验场衡阳稻场主任，负责"南特号"的繁殖和推广。"南特号"是早籼稻，最早在江西培育成功，在全国优秀的稻种比较中，表现最突出，其茎秆粗硬，根系发达，适应性广，产量高，抗病性强，特别适宜湖南的土壤和气候。

　　本来是出差到湖南，没想到落地生根了，因为整个中农所跟随在杨守仁的身后，集体"出差"，搬迁至长沙。原因是淞沪抗战爆发，经过3个月的鏖战，30万将士血染沙场，国军败退下来，日军长驱直入，南京危在旦夕，开始了大撤退。中农所随着大撤退整体搬迁，来到了长沙。

　　没过多久，传来了坏消息，南京沦陷，日军制造了骇人听闻的"南京大屠杀"，30万南京民众惨遭杀戮。随即，日本侵略者的铁蹄踏入中原，肆意践踏祖国的大好河山，徐州会战，国民党军队失败，战火迅速烧向武汉，长沙成了抗日前线。中农所只好继续"出差"，西迁至四川。

　　因为割舍不掉水稻良种"南特号"，杨守仁留在了长沙。这批种子，总共有2000斤，是赵连芳主任从江西调来的，冒着战火，好不容易抵达长沙，翌年春天，即将在湖南广泛种植。如果因为恐惧战争，自己一走了之，就没人能推广良种了。他能跟着中农所进入四川这个安全的大后方，可湖南的稻农能跟着一起走吗？前方的将士正在用鲜血捍卫国土，他相信自己能等到"南特号"丰收的时刻。

将士们的鲜血换来了时间，1938年早春，杨守仁为"南特号"早籼稻的种子田顺利播种，特意争取来了农业贷款，让稻农有足够的资金种稻。"南特号"在杨守仁的指导下，播种、育苗、插秧，在湖南的土地争分夺秒地生长了一百零几天，迅速地成熟了，他收获了大量的良种。

10月下旬，武汉沦陷，次月中旬，长沙国民党守军因传令有误，开始焚毁市区，大火持续了整整五天五夜，5万余房屋全毁，两万余居民被烧死，大批灾民无家可归，古城长沙2500多年的历史财富几乎被毁灭殆尽，造成抗战中的人为惨剧。

杨守仁侥幸逃过一劫，因保护得当，收获的稻种完好无损，他总算松了一口气。然而，长沙作为全国四大米市之一，一把大火，却把190多家碾米厂和粮栈，烧得仅幸存12家半。看着一堆堆烧焦了的粮食，杨守仁心疼至极，一粒米他都格外珍惜，成吨成吨的粮食就这样化为灰烬，痛苦的程度可想而知。

粮食储存一下子减少了这么多，粮价肯定暴涨，不知有多少湖南百姓要忍饥挨饿。没有别的办法，普及"南特号"，提高明年早稻的产量，是唯一的补救措施。日军离长沙越来越近，长沙陷入战火已不可避免，就像鸡蛋不能放进一个篮子，种子集中存放，一旦遭遇战火，就会损失殆尽。即便种子无虞，倘若长沙被日军占领，这些种子就意味着资敌，那也是天大的罪过了。

最好的办法，分散保管，杨守仁决定，提前把"南特号"良种发给稻农。

妥善地分发完种子，处理完一些事务，杨守仁也该撤离长沙了。他带着两大箱单据，随着逃难的人流，赶往湘西的沅陵，因为湖南省农业改进所已西迁至此，他从事的"南特号"推广费用，均由湖南方面报销。交账

13

的时候，改进所以推广人员全部遣散了为由，拒绝报销已发的工资。这些推广员，都是抛家舍业，豁上性命跟随他的，虽然接到遣散通知，依然和他不离不弃，继续帮他贷种，多干了两个月，直至完成工作。

推广员付出了劳动，发给工资是天经地义，兵荒马乱的，不能让人家饿肚子。不管杨守仁怎么解释，改进所就是不同意核销推广员的工资。换成其他人，完全有理由软磨硬泡，赖在沅陵不走，哪怕等着烦琐的请示，必须把这笔钱核销了。这样做，还有一个好处，沅陵离重庆近，顺路就走了，日本人已经打过来了，谁还往战火里钻？

杨守仁和他的名字一样，守的就是个"仁"字，无论对人对事，有责任有担当有信用有爱心，公而忘私，是他的品性。衡阳稻场还等着他呢，一些疏散事宜，需要他料理，他没时间耗在沅陵，索性向别人借钱，全部由他一人赔付。结清了账目，他逆着逃难的人流，星夜赶往衡阳。

回到衡阳时，赶上了晚稻收割，正好验证他推广双季稻的成果，杨守仁没有急着解散稻场员工。此时，长沙会战正酣，对于迁都重庆的国民政府而言，守住长沙，就是守住了西南各省的门户。对于日本来说，攻陷长沙就可打击中国军队的抗战意志，迫使中国政府屈服。

对于杨守仁来说，长沙打烂了，衡阳就是谷仓，收获的稻子，就是军粮，他要征集更多的粮食，支援抗日的将士。直到1939年年底，他料理完善后，才遣散了最后的职工，只身赶往四川，给"出差"交上最终的答卷。

从长沙沿长江坐渡轮去四川，已经不可能了，到处都是战场，长江航道断了。他只好取道广西，经桂林、柳州，再折向贵阳。抵达重庆时，走了个大大的"V"字形。一路上，他风餐露宿，跋涉在险山恶水间，途经麻风病和瘟疫区，几次大难不死。好在与难民为伴，他才逃过劫难，千里之行让他备尝人民的颠沛流离之苦。

好不容易抵达重庆，找到设在北碚的中农所，向赵连芳报到。可此时的赵连芳却在成都，在中农所的四川工作站，兼任着四川省农业改进所所长。杨守仁只好再次跋涉，赶往成都，好在有将士们在前线英勇奋战，四川还能偏安一隅，去成都便成了"坦途"。

终于抵达了成都，清瘦了的杨守仁，没忘了把头发梳得非常得体，向赵连芳报到，他不能让主任看出他一路坎坷，满身风尘。赵连芳抱着杨守仁的肩头，失声痛哭，庆幸他的得力干将能平安无事。

赵主任怎能不感慨万千，不愧是浙大的高才生，校训已经刻进了这个年轻人的骨头里，无论多么艰难，都不忘"求是精神"。他得到一个杨守仁，等于得到了三个人才，科研、管理，还有激情和敬业，样样都出类拔萃。

走江湖

到达成都，还没歇过脚，杨守仁马不停蹄地接受了新任务，奉命去川南，用衡阳稻场的成功经验，到川南继续进行稻作试验，示范和推广双季稻。

赵连芳如此急迫，确实是时不我待。虽说四川是天府之国，但躲避战乱的难民，搬迁入川的机构、人员大量涌入四川，物产再丰富，也不够消耗。作为全国抗战的大后方，解决军需民食，是当务之急，必须让土地打出更多的稻谷，这也是委以杨守仁重任的原因。

毕竟杨守仁年轻，又无家属拖累，担任赵连芳助理员这两年，积累了丰富的实践经验，没有比他更合适的人选了。

川南春来早，已经到了1940年的元旦，马上就要备耕了，再不抓紧，就错过了农时。杨守仁急着赶到了省稻麦场的泸县分场，在分场的棉花专家余传斌等人的支持下，即刻筹备种植"南特号"早籼稻。那时，整个四川还没有推广早晚连作稻，如果能在泸县试验成功，能起到很好的示范作用，农民要眼见为实，不想把自己家的农田当试验田。

杨守仁干脆把自己变成农民，从育秧开始，就蹲守在田里，按照他在湖南积累的笔记，逐日对照泸县与衡阳的两地的气温和土壤等条件，摸索栽培经验。就这样日复一日，在泸县分场摸爬滚打了3个多月，眼见得"南特号"插秧入田、分蘖成长、抽穗扬花，肥硕的稻穗垂下来，一片金黄时，他总算放下心来，苍天眷顾四川，早稻丰收在望了。

接下来，播种晚稻品种"浙场9号"，收割了早稻，刚到芒种时节，晚稻又绿茵茵地长在了水田里，没过两个月，喜人的长势就追上了周边农户的一季稻，秋收时虽然晚了些，产量却实打实地相差无几。

早晚稻连作试验，一举成功，谁都能看得到，白赚了一季早稻。事实证明，四川也能种双季稻。杨守仁欢喜异常，用不了多久，四川紧张的粮食供应就能得到缓解了。

丰收是所有农民的期盼，摆在眼前的丰收，谁不羡慕！1941年"南特号"在四川迅速推广，夏天到来时，连作稻、间作稻、混作稻，第二季粮食又广泛地播种下去。杨守仁更忙碌了，他"三上梁山，四去桃源，漂八百里洞庭"，进行技术推广。

梁山不是《水浒传》里的水泊梁山，是四川宜宾的梁山。这里不同于泸县，到处是山地，而水源却很充沛，正好研究水稻在山地的生长状况。桃源却真是陶渊明《桃花源记》的桃源，在湖南常德，然而，那里已经不是世外桃源了，随着日军的逼近，随时都可能成为战场。

三上梁山，仅仅是辛苦，而四去桃源，不但路途遥远，而且离长沙很近了，国民党军队主力与日军在那里激战，到处能看到战场的痕迹和爆炸后留下的惨状。杨守仁备尝山河破碎、国难当头之苦。

漂八百里洞庭，很容易理解了，洞庭湖沿岸，是我国重要的水稻种植区。

越是国难当头，粮食越是珍贵，哪怕头上顶着日军的飞机，也阻挡不住杨守仁奔向桃源，奔向洞庭。毕竟稻农文化水平普遍不高，为了能让大家懂，他编写了两本实用的小册子——《如何栽〈两季〉谷》《旱年栽稻法纲要》，沿着长江，走到哪儿，发到哪儿。水稻技术人员从中看出的是学问，识字的农民看到的是方法。

3 年的时间，杨守仁主持了西南五省的水稻良种区域试验，重点放在长江流域。从宜宾到重庆再入湘北，沿着长江一线，他马不停蹄，边育种，边推广，直至夏季到来时，长江两岸的水田，不再是一片青翠，而是金黄片片。

直至常德保卫战即将打响，也就是 1943 年秋，赵连芳害怕他的爱将杨守仁陷于战火，才把他召回重庆北碚的中农所。到中农所工作了 6 年，杨守仁总算有了稳定的生活，可以坐下来搞研究了。

有人问他，搞栽培推广，耽误了研究学问。他很有意思地回答，想要搞育种，必须要有良好的栽培基础，优良的栽培方法和技术对育种十分重要，水稻是三分种七分培，所以要搞好栽培才能谈育种。搞栽培要先"走江湖"，不"走江湖"，怎能懂得水稻？杨守仁是确确实实地走江湖，水稻的种植地，就在江湖的旁边。

从此，"走江湖"，成了杨守仁研究水稻的别称，并成为他一生的坚持方向，时刻教导着他的学生。

战争期间，粮食的重要性不言而喻，中农所虽然不在大前线，但后方的粮食增产也是一个与时间赛跑的战场，大家的爱国之情，都表现在了忘我的工作中。最年轻的杨守仁，用最大的付出，贡献了最多的稻米，让前线的将士吃饱，不再饿着肚子打日寇。

短短 4 年，赵连芳领导的以食粮（稻麦杂粮）作物组为主的四川省农业改进所，以其作风干练、日夜勤劳，开辟了四川农业研究与推广的新纪元。在对四川大后方粮棉及外销农产品的增产，解决战时的军需和民用上，作出了十分突出的贡献。为此，他们得到了国民政府"办理四川农业，成绩甚优"的传令嘉奖。

回到北碚，杨守仁埋头研究，写出了《我国两季稻的种类及分布》等著作，对以后近 30 年我国长江流域、珠江流域大规模扩种双季稻提供了必要的科学依据和技术措施。这些实实在在的可靠经验，就是他早年"走江湖"的结晶。

第一章 ~~~~~

深沉的爱国之情

太阳垂直照射

1944年，世界反法西斯已经看到了胜利的曙光。这一年，中国抗日战场上规模最大、历时最长的长沙会战，在中国军队付出巨大的伤亡之后，粉碎了日军灭亡中国的企图，拱卫了大西南后方，振奋了国人抗战胜利的信心。

最终战胜日军，已经没有了悬念。此时，杨守仁最大的心愿是到美国考察农业，打开自己的眼光，开展水稻种植的国际交流。

杨守仁本想通过"租借法案"去美国。"租借法案"，主要内容是美国为同盟国提供粮食、军事物资援助，为相关人员提供免费赴美国考察交流费用。然而，他想得太简单了，美国对华的军援都是有限的，由于驼峰航线的艰难，许多承诺是雷声大、雨点稀，军援不但严重不足，还欠着中国政府为驻华美军提供的物资和劳务费用，区区的一个农业考察，他们怎肯支付费用？

他被断然拒绝了。国家不强，即使是盟国，同样为反法西斯付出过惨痛代价，也难免受到欺凌，这深深地刺痛了杨守仁，他期盼着祖国能强大，国人能得到起码的尊重。

没过多久，杨守仁便离开了中农所，参加了设在中央训练团的台湾班。《开罗宣言》的公布，从法律上明确了日本侵占台湾的非法性，确认了台湾是中国领土，必须归还中国。从日本人手里接收台湾，已经是大势所趋，如何接收，需要先行办班培训。当然，农业接收也是其中之一。

选中杨守仁参加台湾班培训的，是他的浙大导师卢守耕。卢守耕考察过台湾农业，编印了《台湾之农业》一书。中日甲午战争后，台湾被日本割去，两岸相隔，整整50年了，很多大陆人士，并不了解台湾的农业。所以，接收台湾的农业机构，卢守耕是最佳人选，他被国民政府任命为负责人。

当老师的，最了解学生，尤其是杨守仁在四川的表现，确实是可圈可点，卢守耕看在眼里。他这个得意门生，理论功底厚，实践经验足，文武双全，自然是导师相中的第一人选，把杨守仁选进培训班，将来从日本人手里接收台湾的水稻业，理所当然。

胜利的日子，等待得不是很久。1945年8月15日，日本宣布无条件投降，重庆瞬间沸腾了。作为战时临时首都，重庆的欢乐程度可想而知，尤其是北碚，被誉为文化的陪都，文化艺术界人士多居于此，搞出了许多别出心裁的庆祝模式。

抗战胜利，杨守仁欢喜异常，中华民族终于结束了百年屈辱史，人民不再流离失所了，他也不必冒着烽火，奔走于稻田间。他也想融入火热的庆祝队伍中，可他没时间，这个期盼已久的日子到来，意味着新旅程即将开始，他立刻做好准备，踏上更远的旅途，赶赴台湾，接收农业。

9月3日，日本在南京正式向中国签下投降书，杨守仁跟随导师卢守耕，乘上重庆的轮船，顺着长江，一路东下，紧锣密鼓地赶往台湾。

到达台湾后，杨守仁就任台湾省农业试验所技正，立刻协助卢守耕先生接管台湾的糖业试验所。糖业，本来是台湾的支柱产业，日本人到来后，不管是否适合水稻种植，大力开垦水田。卢先生到任台湾，首先要做的是恢复台湾农业的多样性，恢复从前的甘蔗种植。

等到卢先生的工作按部就班了，就把杨守仁放出去，独立开展工作，让他兼任台湾农业试验所嘉义支所的所长。

嘉义县位于台湾的中南部，西临台湾海峡，东接阿里山，北回归线横穿而过。境内的嘉南平原，是台湾最大的平原，土地肥沃，是著名的稻米之乡。导师真是善解人意，放弃自己所擅长的稻作，转为对糖业的研究和推广，而让他的得意门生杨守仁继续发挥特长，潜心研究水稻。

站在这条太阳光直射在地球最北的界线上，四季已经不再分明，全年的大部分时间，要忍受着暑热和太阳的炙烤。杨守仁戴着斗笠，每天守在稻田里，观察着水稻的生长，哪怕有些许的不同，他都会仔细地研究一番，直至弄明白原因。当时台湾到处都在清除殖民统治对农业的影响，杨守仁却坚持实事求是，日本在水稻种植方面，就是比较先进，好的东西就要学习，水稻无罪，不能因噎废食，要取其所长。

台湾在日本强占时期，日本人不喜欢吃松散的籼米，更偏爱黏糯的粳米，可台湾偏偏不产粳稻。日本人引种本土的粳稻，可惜的是，台湾是热带，与日本自然环境不同，连续开发十几年，竟毫无收获。

后来有个叫矶永吉的日本人，完成了日本稻与台湾稻的混种与采种的试验，培育出了新型粳稻，命名为"蓬莱稻"。"蓬莱稻"只是借用一下中国地名而已，意思为吃过这种米，如入仙境。其中，有个叫葫芦墩的地方，产出的"蓬莱稻"品质最佳，口感超过了日本本土，称为御用贡米，只有天皇才能食用，有日本军人看守。

最好的"蓬莱稻"天皇独享，普通的"蓬莱稻"日本人专用，而天天种水稻的台湾农民，要将全部稻子上缴，自己家留下一把稻子，就是"经济犯"。有的人家想让孩子吃口大米饭，甚至将稻子藏进祖先的骨灰坛子里，夜半三更取出，搓去稻壳，煮给孩子吃。

现在好了，日本投降了，台湾的老百姓不再承受奴役，可以光明正大地吃大米饭。而日本人成了过街的老鼠，尤其是作恶多端的日本人，时刻恐惧着被秋后算账，巴不得马上被遣返。

并不是所有的日本人，都是令人憎恶的。在嘉义，杨守仁认识了这位名叫矶永吉的博士。这个日本老头，一脸老年斑，头顶秃得几乎没有头发。这位农学家，从不过问政治，即使日本投降了，也好像与他无关，眼里只有稻谷，拒绝遣返回日本，留在了台湾，继续他的水稻事业。

粳稻"蓬莱稻"，对于杨守仁来说，是个新鲜事物，他一直研究的是籼稻，几乎没怎么接触过粳稻。那时中国的粳稻，主要在东北，杨守仁没有机会接触。与矶永吉的相互交流中，杨守仁得到不少启发，从此，他对粳稻的研究便一发而不可收。

这个太阳能垂直照射的地方，阴影会在正午消失，杨守仁一扫战争给他带来的阴霾，迎来了自己生命中最灿烂的阳光。事业上，他有了籼粳稻对比的研究，情感上，他有了归属，一位漂亮的姑娘走进了他的生活。这个微胖白净的姑娘名叫荆荷珍，一双大眼睛，双眼皮，鹅蛋圆脸，一说话就露出笑容，一排雪白牙，更透露出她的干净。两个人一见面，就特别情投意合，仿佛天生就应该在一起。他们的情感也像嘉义热带地区，迅速升温。

1945 年年底，是嘉义最舒适的时节，清爽宜人，33 岁的杨守仁结束了大龄单身的日子，和美丽温柔而又善良的姑娘荆荷珍结婚了。从此 30 多年，夫妻情深，相濡以沫，度过了生命中的一道道坎坷。

光复一号

新婚后，善解人意的妻子承担了全部家务，杨守仁腾出全部精力，一心一意地投入嘉义的粳稻研究。嘉义不像台北，没有冬季，但水稻需要两个月的休耕期，杨守仁利用这难得的时间，边进行水稻考种，边撰写文章。

时间飞逝，很快到了 1946 年的早稻插秧时节，为了体现去殖民化，台湾的主栽粳稻品种换了，选种了本地育成的"台中 65 号"。事实上，本地品种与"蓬莱稻"有着很近的亲缘，都是粳稻，换汤不换药而已。

"蓬莱稻"虽然口感好，但有个致命的缺点，温度越高，湿度越大，越容易发稻瘟病，这是热带和亚热带很难培育粳稻的主要原因。稻瘟病又名稻热病，是由稻瘟病原菌引起的，随时发生在水稻的整个生育期，秧苗、叶片、茎节、穗、粒等，都有可能发生，一旦流行起来，传播极快，减产一两成是常态，减产一半，时有发生，局部田块甚至颗粒无收。

矶永吉博士用了20多年的时间，没有解决稻瘟病的问题，每年或轻或重，均有发生，损失至巨。杨守仁接收嘉义支所后，眼睛就盯在了稻瘟病方面，查找病因，寻找和发现能够抵抗稻瘟病的植株。功夫不负有心人，终于在遍布稻瘟病的"蓬莱稻"中，找到了没被感染的植株。通过日日夜夜地仔细观察，经验丰富的杨守仁，很快弄明白了其中的秘密，这些植株，都是在自然状态下，偶然与台湾本地的水稻杂交后，而产生的植株，抗病性来源于台湾本地水稻的遗传基因。

这可是天大的发现，杨守仁像呵护自己的孩子一般，精心地培育这些植株，让它们成为新一代的种子。

第二年早稻播种的季节，杨守仁小心翼翼地将培育出的种子播下，从发芽到出苗，从插秧到分蘖，他像只孵蛋的母鸡，精心地呵护在一旁，废寝忘食，时刻不离。直至稻株抽穗结出黄灿灿的稻粒，他才真正地松了一口气。

从最初的秧苗，到最终结出沉甸甸的稻穗，稻瘟病居然秋毫无犯。而与试验田近在咫尺的"台中65号"，竟由于严重害病，一片一片的稻田，整株整株地发病。有比较才能有鉴别，在稻作栽培的历史上，高温高湿的海岛上，不见稻瘟病，这是水稻栽培史上的首例，杨守仁兴奋异常，他用"K110"命名自己培育的新品种。

导师卢守耕也是兴奋异常，亲赴嘉义，肯定了杨守仁研究成果，称经人工杂交育成的新品种，对稻瘟病具有显著的抵抗性，亲笔写下了鉴定书："在同一试验中，其相邻之'台中65号'发病甚烈，而该品种之穗依然呈美丽之金黄，毫无病瑕。鄙人于六月亲眼目观，叹为奇迹，愿为书而志证。"

矶永吉目睹了杨守仁培育稻种的过程，眼见得"蓬莱稻"在稻瘟病的侵扰下，一片片地枯萎了，而杨守仁培育的新品种，却是百毒不侵，稻穗金黄，叶片青翠。二十几年没有攻克的难题，不到一年的时间就被这个中国年轻人给攻破了，这可是水稻抗稻瘟病育种历史上成功的首例啊！

高尚的科学家总是这样，哪怕自己铺垫了几千步，最后的皇冠被后来人摘走了，他也不会嫉妒，而是由衷地祝贺。矶永吉也是这样的农学家，他钦佩杨守仁的精心细致和善于发现的眼光，在他习以为常的忽略中，切中要害，找到"卡脖子"的难题。他在写给杨守仁的鉴定中，用"梦寐以求"这个词，形容实现了他心中的"蓬莱稻"。

事实上，台湾人民向来是知恩图报的，尤其是抗日战争胜利后，矶永吉依然为台湾人能吃上好稻米孜孜不倦地努力。若干年后，矶永吉返回日本颐养天年，嘉义县每年都免费给老人家邮寄稻米。虽然是杨守仁培育的品种，给他邮寄的大米，依然冠以"蓬莱米"的称谓，以示纪念，直至老人家辞世。

新品种的最终命名，是时任台湾省政府主席魏道明亲自酌定的。这是台湾光复后，第一个中国人自己培育出的新稻种，为中国人长了志气，特别有意义，就命名为"光复一号"，以此纪念台湾回归中国，也是对杨守仁在抗战期间历经 8 年的颠沛、矢志不渝爱国情怀的褒扬。

于是，魏道明亲自手书：光复一号稻种。

不穿西装的留学生

机会总是留给有准备的人。美国毕竟是农业大国，聚集着全世界的高端人才，杨守仁总有到美国考察的愿望，这次，命运之手向他伸出橄榄枝，而且比考察更能吸引他，是出国留学。日本投降后，赵连芳也来到了台湾，主持台湾省的农林机构，接管农林科技事业，恢复与发展台湾农业。两个人虽然没有一起工作，可杨守仁取得的成就，他是历历在目。"光复一号"的问世，不仅解决了缠绕在水稻界的大难题，还稳定了台湾的稻谷产量，使稻田与甘蔗争地不再是大问题。

两个人偶尔能在台北见上一面，叙谈对台湾农业的感受。

国民政府从重庆回迁南京后，各个机构急需人才。1947 年上半年，赵连芳从台湾回到南京，任农林部技监兼粮食增产委员会副主任委员。那时，国民政府要派一批留美公费生，赵连芳自然就想到了杨守仁，让他到上海参加考试。这是个难得的机会，杨守仁当然不会放过。

杨守仁最不怕的就是考试，他知识扎实，学问广博，研究成果又格外显著，很难遇到难倒他的试题，最难得的是他英语的基本功扎实，在浙大读书，不存在语言障碍。

结果出来时，杨守仁当然是佼佼者，顺利地通过了公派美国的考试。

赵连芳特别高兴，20 年前，他就读于美国威斯康星大学，是当时中国留学生中唯一只读一年即获得硕士学位者，该校系主任留下了他，深入研究水稻细胞遗传学，两年后毕业于该校，获得博士学位。看到自己的得意门生与自己的研究方向如此相似，他决定，送杨守仁到自己美国的母校。

回到台湾，等到了年底，入学通知书到达了，杨守仁带着妻子、岳母一起启程，远赴大洋彼岸，到达了美国北部的威斯康星州。出发时，台湾的嘉义微风和煦，凉爽宜人，而威斯康星正是隆冬季节，气温零下十几度。

杨守仁没离开过温暖的江南，几乎没见过雪，这是他有生以来，从未经历过的寒冷。不过，他心里很温暖，毕竟，他要完成与世界接轨的旅程。

威斯康星大学是美国的州立大学，在世界大学排名第 19 位。经历了 10 年流离和彷徨，杨守仁特别珍惜这难得的学习深造的机会，炮火连天他经历了，死里逃生他也走过来了，从国难和苦难中走出来的人，能有安稳的学习研究环境，那是最幸福的事情。

在威斯康星大学，杨守仁师从生物学家 J. H. Torrie 教授，导师特别喜欢他的聪明与勤奋，也是悉心辅导，师生之间交流得特别畅快。仅用一年时间，他就学完了全部硕士课程，所学课程全部为 A（92 分以上），获得这座世界名牌大学的硕士学位。这在他们建校史中，也是不多见，而奇迹偏偏发生在中国留学生身上，杨守仁和推荐他上威斯康星大学的赵连芳一样，都是一年修完两年的课程。

那时，中国留学生普遍学业优秀，归根到底出自民族自尊心，被人欺凌久了，中国人的形象大大受损，作为学生，唯一能为中国人争气的方式，就是优异的成绩。

杨守仁还有一个特殊之处，那就是他身上的衣服。尽管喝着洋墨水，杨守仁始终有一个坚守，不是迫不得已，绝不穿西装。所以，他一生中穿西装的照片，少得可怜，除非是办理出国护照等特殊情况，要求必须穿西装，他才不得已而为之。

那三年，美国威斯康星大学的校园，有个活动的奇特风景，便是穿中山装的杨守仁。

在美国学习期间，杨守仁虽然善于学习，勤奋钻研，但不是书呆子。国内十年的奔波，他在增长学问与经验的同时，也学会了与人打交道，在留学生和海外华人科学家中，他属于活跃分子。

比如，学习期间，他结识了著名科学家钱学森，专程到麻省理工学院拜访过钱学森教授，两个人对祖国的思念之情，溢于言表。

杨氏公式

留美三年间，杨守仁的学习范围不再局限于考试，而是拓展学习宽度和深度。他边学习、边思考，还在课余反复实践。毕竟，他在国内"走江湖"跑了十年，有过大量的田间实践，积累了丰富的经验。实践出真知，他敢于质疑，也不迷信于权威，向世界生物统计学界的鼻祖 F. Yates 的计算公式发出了挑战。

他认为，F. Yates 的近代"田间试验随机区组设计所得"的计算公式过于烦琐，存在记忆难度大，对照品种与其他品种之间比较不够精确，计算容易出错等缺陷。针对这些缺陷，杨守仁研究出了"田间试验缺区估算的新方法"，新公式简而易行，比 F. Yates 的传统公式易记易算，提高了对照品种与其他品种间试验精确度。

新公式耳目一新，得到了他的导师 J. H. Torrie 教授的赞赏，导师立即聘杨守仁为生物统计学的助教，同时攻读博士学位，并邀请他在农艺系做专门学术报告，还将他的公式命名为"杨氏公式"（Yang's formula），纳入该大学研究生课程的新内容。

杨守仁自己还是个学生呢，刚刚读过的教材，就有了修订本，选入了他的公式。自然，他也成为新一届研究生的"指导老师"，理所当然地讲授起自己发明的公式。

30 年后，美国的一些著名大学，在讲授生物统计学缺区估算时，用的还是"杨氏公式"。有些中国留学生，熟练地运用着公式，还不知道发明人是中国人。对于知识大爆炸的 20 世纪中后期，一个公式 30 年不变，难能可贵。哪怕是计算机广泛使用，美国明尼苏达大学的师生编写了程序，用现代计算机来研究，也不如"杨氏公式"简便。

又经过两年的紧张学习，杨守仁读完了以农艺为主系、植物生理和植物病理为辅系的高级课程，还对农业气象学等学科多有钻研，并完成了题为《某些气象因素对大麦产量和品质的影响》的博士论文。

这些经历，增添了杨守仁在农科领域里的理论实践积累，筑牢了他的学术基础，使他的学识更加渊博，见识更广博，逐步成为一位经验丰富、融栽培和育种于一体的水稻科学家。

1951 年 1 月，已近不惑之年的杨守仁，获得了博士学位。恩师 J. H. Torrie 教授给杨守仁提供优渥的学术条件，恳请他留在威斯康星大学任教。此时，抗美援朝第四次战役处于胶着状态，在美华人普遍受到歧视，好在校方不断斡旋，避免了些不必要的审查。虽然校方再三挽留，开出了优厚的待遇，极力挽留他，却丝毫没有动摇他回国的决心。

杨守仁给恩师讲了一个故事，说中国汉代时有个大文人司马相如，不留恋当时梁孝王刘武奢侈至极的梁园，发自肺腑地说出了"梁园虽好，不是久恋之家"的道理。J. H. Torrie 教授终于明白了学生的志向，虽说是人才难得，百般挽留，却不再强求。

回国，杨守仁面临着两难的选择，去大陆，还是台湾？回大陆，可以和阔别了十几年的家人团聚，可是妻子的一家人，都在台湾，岳母为照顾他们，随他们一块到了美国，回大陆就意味着妻子一家人的骨肉分离。

回台湾呢，他的恩师赵连芳、卢守耕都执掌着台湾的农业，肯定能给他营造很好的学术环境，让他潜心研究。可是，小环境怎能抵挡大环境？从踏上台湾这片土地，他亲眼看到那些接收大员，肆无忌惮地吞食国家财产，居然没人过问。还有 1947 年的"二二八事件"，也是他心中挥之不去的阴影。

台湾的政治气候，还是让杨守仁噤若寒蝉，他比较尊重的台湾省主席魏道明，主持省政府工作才一年半，就被迫辞职，也来到了美国。败退到台湾的蒋介石，依然重用他的嫡系，台湾何去何从，令人堪忧。而此时的大陆，中国人民志愿军把以美国为首的"联合国军"赶回到了"三八线"，让中国人真正地挺起了胸膛，谁能代表中国，已经一目了然。

　　科学可以无国界，"杨氏公式"可以是人类的财富，可科学家是有祖国的，杨守仁义无反顾地选择了回到祖国大陆。

第三章

矢志报国

回国之路

20世纪50年代初，中美之间没有外交关系，还处于战争状态，杨守仁回国之途的艰难，可想而知。更何况，二战之后，美国在全世界收拢人才，这是美国的战略，无论财富和人才，都要据为己有，不能为别国所用，尤其是敌对的国家。钱学森就是因为想回到祖国大陆，被美国官员拦在港口，投进了监狱。

杨守仁的名气仅限于农学界，而且只是初出茅庐，没有钱学森那样有影响。然而，他毕竟获得了博士学位，属于美国政府严控的范畴。机灵的杨守仁没有刻板地说回中国大陆，而是绕道前往香港，暗自曲线回国，所以，才顺利地登上了轮船。

告别威斯康星时，正是一年中最寒冷的季节，苏必利尔湖和密歇根湖结了厚厚的冰。杨守仁百感交集，如果没有战争，如果中国不是饱受战争的创伤，粮食供应像美国一样充裕，他或许就选择留下，毕竟，这里的大学，学术氛围好，科研条件也特别优越。后来，威斯康星大学出了二十几个诺贝尔奖获得者，就是很好的证明。

但百废待兴的祖国更需要他。

经过近一个月的航程，1951 年 2 月，轮船抵达了中国海域。杨守仁早已脱下了厚厚的棉衣，站在甲板上，享受着舒适而又温暖的海风，他感受到了久违了的亲切，毕竟他就要投入到祖国的怀抱了。

在香港码头靠岸时，杨守仁一家人收拾行囊，正准备下船，看到了码头上飘扬着国民党的旗帜，还打出了长长的条幅，欢迎回来的留学生和华侨。他带着全家，立刻从甲板返回客舱，拒绝上岸，留在了船上。他担心上了岸，就"身不由己"了，被绑架到台湾，就有违初衷了。

轮船在香港的公海滞留了三天，杨守仁做了最坏的打算，准备随着轮船返回美国，再经别的渠道，返回祖国。

天无绝人之路，后来，他看到了挂有五星红旗的小船。小船越过重重封锁，驶到公海，来接海外华侨。杨守仁顿时热泪盈眶，祖国终于派人来接他们了，他马上就要回到新中国的怀抱了。

踏上了祖国的土地，杨守仁的心里终于踏实了。此时，他迫不及待地要回到家乡，拜见父母，看望舅舅一家人，感恩培养他的学校与老师。一家人不顾舟车劳顿，马不停蹄地从广州赶往丹阳。

14 年没回家了，又可以吃到家乡的籼米了，这是他童年的口味，西餐再好，也抵不上家乡一口米饭。兄弟姐妹 7 人中，只有他一人是走南闯北的知识分子，其他人都在老守田园。弟弟妹妹们都长大了，模样都变了，再不回家，将来见了面，就不认识了。

回到家那天，下着细雨，江南的早春，雨就是这样，缠绵细腻。杨守仁的岳母、妻子，就这样与自己的家人相聚了。

父亲明显地老了，自打日寇的铁蹄踏入丹阳，水稻便成了日本的战略物资，杨家原本贫寒，又被剥夺了粮食，父亲为能养活全家，拼命地劳作。想一想自己一直奔波，没有为家里做什么贡献，杨守仁确实有些惭愧。

可是，父子俩见面，谈的却不是亲情与思念，更不是艰辛，没出几句话，就说起了水稻。好多年没看家里的稻田了，因为杨家是贫寒人家，土改时，杨家又分得了水田。这是种稻能手杨银庚最高兴的事情。

父子俩冒着雨去了八亩塘稻田，此时，稻田虽然空荡荡的，但备耕已经开始。伴随着他的童年，令他亲切的老水牛，正拉着水车戽水，将河水提入稻田。父亲擎着雨伞，站立在一旁，默默地注视着，仿佛眼前的秧苗已经生长，稻穗已经扬花。

祈盼丰收，是父子俩共同的心愿，只是途径不同罢了，父亲靠的是一双勤劳的手，让全家衣食无忧。而杨守仁靠的是知识，稻济天下苍生。不管用何种方式，水稻的收获，还得靠勤劳的双手，一株一株地植入田里。

从这个意义上讲，父亲比他更伟大。杨守仁拿起相机，拍下了父亲打着伞，在雨中望田的照片，将这一瞬间永恒地凝固。

投身教育

归国回家那几天，杨守仁去了趟村里的小学。虽说学校正在放寒假，教室里空无一人，他仿佛还是听到了孩子们琅琅的读书声。这是他小时候最期盼的声音，可那时村里没有小学，若不是过继给舅舅，他哪有机会在皇塘镇读小学，继而上中学，读大学，更谈不上去美国留学，成为博士了。

杨守仁始终对少年时村里没有小学耿耿于怀。刚入职时，尽管贫寒的家也需要他贴补，可他依然攒足了前两个月的工资，舍不得花一分钱，毫不犹豫地捐给了村里，用以兴建陆家村小学。1937年的国民政府，对知识分子还能高看一眼，莫说是中央直属的研究机构，就算是小学教员，工资都比县长高出一倍。

有了杨守仁的启动资金，陆家村迅速地建起了校舍，很快校园里传出了琅琅读书声，不仅本村的孩子有读书的地方，还惠及了周边村屯的孩子们，给方圆数里的村庄带来了希望的曙光。而杨守仁这位兴建村小的捐资者，14年之后才第一次见到学校的容貌。

或许陆家村就是灵秀之地，这个被江南文化深深浸润的地方，建校以后的80年间，无数学童在这里接受知识的启蒙，接受智慧的启迪，其中不乏成长为国家栋梁的顶尖人才。

当然，必须看望的还有舅舅、舅妈，两位老人对他的恩情，不亚于父母。

带着妻子，去皇塘镇拜望舅舅的时候，途经位于镇里的吴塘中学，这所中学，又与杨守仁息息相关。吴塘中学原本成立于1900年，是一所集初中、小学教育于一体的完全中学。抗日战争爆发前，为躲避战火，才疏散了，抗战中，为抵御亡国奴的教育，荒废了8年。1946年，杨守仁赴台湾供职时，联合内弟荆育英、表兄荆玉山，3人共同出资，同时也呼吁社会捐助，恢复了破烂不堪的吴塘中学，重新招生办学。

妻子看着欣欣向荣的校园，露出了满意的笑容。毕竟，他们荆家也为皇塘镇的教育出了大力。

时隔50年，以"觉悟"为办学理念的丹阳市吴塘中学，已经成为江苏省的重点中学。学校经常以杨守仁为例，"觉悟"全体师生，每逢学校的重大节日，反复重申杨守仁的复校之功，以示不忘初心。

时至今日，杨守仁、荆育英、荆玉山3个人的照片，依然挂在吴塘中学的校史馆中，时刻提醒人们，3个人是复校的创始人。复校50年校庆时，85岁的杨守仁泼墨挥毫，书写下"老家皇塘，初见辉煌，饮水思源，受教吴塘"。

本来，杨守仁可以留在美丽富饶的鱼米之乡，毕竟他适应江浙一带气候，而且这里教育发达，大学林立，选任何一所大学，都比青岛条件好。回国后的杨守仁踌躇满志，只要祖国需要，地不分南北，毅然选择位于青岛的山东大学。

依依不舍地告别了家乡，杨守仁一家于 1951 年 3 月，抵达了青岛。在山东大学农学院任教。此时，青岛正值春暖花开，杨守仁立刻投入教学的准备中。

山东大学虽然成立半个世纪了，却一直处于飘忽不定的状态。抗日战争期间，山东大学辗转在安徽、四川等地，1946 年春才在青岛复校。1949 年初夏，青岛解放，山东大学从此进入新时期。1953 年 3 月，山东大学与华东大学合校，虽然仍叫山东大学，规模却大了许多，设置了农学院，开设了植物学、农艺学等课程。

杨守仁为合校后聘请的第一批教授。

新中国成立之初，百废待兴。农学院设在一所小学，那是日军侵略青岛后，为自己的子弟创办的学校。尽管教学条件很一般，杨守仁却很知足，比起抗战期间，自己的母校在竺可桢校长的带领下，四处流浪，破庙牛棚皆可为学校，不知要强多少倍。

开学的第一节课，农学院的大学生们拿好了教材，准备倾听这位从美国回来的博士如何讲水稻。没料到杨守仁的第一节课，不是教科书里的内容，讲的却是稻作文化。他引用丁颖先生的论证结果，结合自己多年的考证，驳斥国际上对栽培稻起源的说法。当时，籼稻起源于印度、粳稻起源于日本之说广为盛行。他列举了从新石器时期到夏商等大量考古发现，陈述了《说文解字》等大量文献资料，目标只有一个，世界上栽培稻种起源于中国。

从回国任教起，几十年如一日，新生入学的第一节课，杨守仁讲授的都是"题外话"，稻作的历史与考证。他从水稻入手，阐释中华民族文化的悠久，解读中华民族的勤劳与智慧，以此坚定新生的民族自信，激励他们的爱国热情。

杨守仁向来注重理论与实践相结合，学生必须深入田间，身临其境地去摸索。而山东大学农学院，没有种植水稻的试验田。他相中了主楼前两个狭长的儿童洗澡池。

正好有充足的水源，杨守仁立即改造了两个洗澡池，变成了试验田，组配了"南特号×嘉笠"，进行籼粳稻杂交试验，开始了通过籼粳稻杂交育种培育新型粳稻的应用基础研究。

虽说"光复一号"试种成功，他创造过籼粳稻人工杂交成功的经历，但仅仅是暂时解决了抗稻瘟的问题。一个成熟的品种，各种性状全部稳定下来，一般都要花费十几年的工夫，没有十年磨一剑的韧劲，怎能说成功？而"光复一号"只经历了一年的育种，还有许多问题需要解决，所以，直至晚年，杨守仁并不觉得"光复一号"是自己多大的成绩，仅仅是籼粳杂交研究的起步而已。但"光复一号"粳稻的栽培成功，给他深深的启示，他深信，籼稻改粳稻，是历史发展的一种趋势，将来的水稻，一定是籼中有粳，粳中有籼。

杨守仁心中有个执念，中国应该是水稻高产的国家，他对中国水稻单产在低位徘徊，种子不能优于日本，始终耿耿于怀。他有着深深的忧虑，别看我们进入和平发展时期，到处都是莺歌燕舞，但随着医疗的普及、人民生活水平的提高，即将迎来人口的大爆发。中国历史上，养活四亿人口，是耕地的天花板，而新中国的人口，四亿仅仅是基数，将会呈几何式爆发增长。

突破天花板的唯一办法，依靠科技的力量，在有限的耕地上，打出更多的粮食。

所以，即使是儿童洗澡池这么大的地方，杨守仁也要充分地利用上，在别人认为"小儿科"的地方，为自己和学生提供最简单的试验场所。他期盼着，明年一定找出一块理想的地块，提供更多的实验空间。

然而，没等他拓展开试验田，1952年全国高校院系调整，不惑之年的杨守仁，转至济南的山东农学院。济南是个好地方，黄河悬在城市之上，引黄河之水，恰好能形成水稻试验田。可是没等各项研究就绪，形势又变了，

1953年5月，他奉命支援边疆，调入沈阳农学院（即后来的沈阳农业大学）。

人才难得，山东农学院不肯放杨守仁走，但支援边疆是国家行为，农学院不能阻拦，他们期待杨守仁自己提出来不走。回国，就是爱国，响应国家的号召，是杨守仁的本分，就像当初分配到山东。

事实上，杨守仁心里也有个小疙瘩，山东农学院一切以苏联马首是瞻，考核学生的学习成绩，沿用的是苏联的五分制，他却认为五分制未必比百分制好，一分之差，便是巨大的差别，太笼统，无法细化考核学生的成绩。

杨守仁太过较真了，只信真理，不信权威，决不妥协，和校方产生了矛盾，这也是他不愿留下的小插曲。

扎根沈农

1953年6月，杨守仁来到了沈阳，担任沈农的教授，总算落地生根了。几度更迭，他始终没有间断籼粳稻杂交育种研究。无论走到哪里，他身上都带着稻种，甚至是百般呵护的稻秧。

到达沈农，杨守仁照样带着"礼物"，携带着"南特号×嘉笠"的F2秧苗，播种进沈农的试验田里。学生们都喜欢听杨守仁讲课，他讲课风趣、活泼，别看是讲理科知识，却经常用生动、形象的语言，让学生百听不厌。据与杨守仁共事长达半个世纪的杜鸣銮教授回忆，他多次重复地听杨守仁给本科生讲课，有人问他，重复听课，你不厌烦吗？杜教授回答，《蓝色多瑙河》我们听了200多年，你觉得厌烦吗？

这就是杨守仁的魅力，讲课时旁征博引，妙趣横生，引人入胜，每一节课都能讲出新意。有时头一天《人民日报》上的材料，第二天就出现在课堂上，没读过报上文章的学生，听出了新鲜，读过文章的学生，经老师的点评，茅塞顿开。

杨守仁把每一节课讲成了经典，讲出了艺术。

很多时候，杨守仁把课堂直接开到田间。他会在稻田现场考察学生的田间经验，考验学生的辨别力。他让学生在苗床中找出稗草，回答出稗草和秧苗的区别。别看学生在作物栽培课本上了解得通透，在课堂回答问题时也是呱呱叫，真的身临其境，往往成了纸上谈兵。

稗草和秧苗同属于禾本科，外貌极为相似，没有实践经验，很难区分。那时的教材，没有彩色照片，到了现场，教科书里的内容，忽然不顶用了。可是，没有上过学的老稻农，一眼就能准确判定稗草与稻苗，准确地清除掉稗草。杨守仁用直观教学，告诉学生，叶舌如何区别，叶色如何比较，学农的学生，不仅要研究理论，还必须掌握农业生产技能，许多知识课本上是学不到的。

在沈农，20世纪50年代那一批学生，目睹了老师出神入化的田间经验，他一看田块的规模，就能说出面积，一瞅稻田的"长相"，就能估出产量，一摸稻田里的水，就能报出温度。一次，在沈阳马三家的光辉农场，杨守仁用手测水温时，正巧农场技术员也正在用温度计测水温，学生们起哄，让老师说出温度，和技术员做比较。两个人都说出了小数点后面的数字，结果相差不到1℃。

身教重于言教，杨守仁为人师表，严格要求自己，如果学生知识掌握得不扎实，他常以"严是爱，松是害，教不严，师之惰"责备自己。20世纪五六十年代，杨守仁在沈农培养了一批人才，其中不乏继承了他学术谱系的科学家，如杨振玉、张龙步、沈锡英、高佩文、李玉福、曹炳晨、谈松等。其中，张龙步做了他一辈子助手，有一种老黄牛精神，不争名，不逐利，少说多做，学生们做错了，他也不用语言责备，而用亲身行动感染学生。杨守仁与张龙步的关系亦师亦友亦亲人，1993年张龙步60岁生日时，他亲自买来一条大鲤鱼，为学生送来生日贺礼，寓意人生一甲子，正是生命的黄金期，应再跃龙门。

一直以来，南方人不喜欢东北的气候，因为冬天太难熬了。沈阳的冬天，寒流不断，最低温度甚至达到零下30℃，寒冷的程度，甚至超过美国的威斯康星州，全家人难免会不适应。但在杨守仁的眼里，却是沈阳的优点，比起山东来，沈阳水资源丰沛，遍地都有稻田，有一大批经验丰富的稻农，种植的还是他想研究的粳稻。这是杨守仁的习惯，科研与生产实践相结合，没有大片的稻田，就像英雄没有了用武之地。

山东是传统的麦作区，人们以面食为主，尤其是济南，稻作面积有限。搞水稻研究，还是沈阳更好些，尽管沈阳的条件更艰苦。他还是无条件地服从了组织安排。

杨守仁不知道的是，他的这次人事变动，与另一个人有关，那便是沈农的首任院长张克威。

张克威虽然是老革命，却是个出色的畜牧学家，他精通英语、日语，熟练掌握德语、法语、西班牙语。更重要的是，他特别珍惜各方面的人才，常说"师者不佳，才子难溢"。时任东北人民政府农业部副部长的张克威，辞去政府职务，回归研究领域，于1952年筹备组建沈农，并出任首任院长。

沈农建院伊始，张克威得到国家的大力支持，繁荣东北的工农业，对巩固边防，意义重大。他以建设边疆为由，从全国搜罗人才，竭尽全力建立最强的沈农师资队伍。甚至，申请将上海复旦大学的农学院，整体搬迁进沈农。

当然，谁来当教授，张克威是精挑细选的。他常说的一句话是，世间的一切事情，人是最宝贵的，办学更是这样。作为全国最有影响的作物栽培和育种专家，杨守仁就这样被他选中了，通过农业部和教育部，硬是给挖了过来，成为建院之初17名教授之一。

位于沈阳东陵的沈农，距离市区遥远，除了努尔哈赤的陵寝有些红墙黄瓦的建筑，周边没有人烟，一片荒凉。尤其是陵寝西侧，曾是浑河故道，杂草丛生，遍地水泽。建院施工时，张克威院长也成了一名普通建筑工人，每日添砖加瓦。

等到杨守仁就职沈农时，两层顶尖的主楼，已经竣工，投入了使用，开始培育第一批大学生。当时，一位学子撰写了一副对联，这样描绘母校：

上联：东眺苍松，西顾长堤，南临浑水，北依天柱，圣地居中哺育农学士；

下联：春播良种，秋割丰硕，夏育禾苗，冬藏饱粒，耕者全岁建设新国家。

杨守仁抵达沈阳时，时节已过了芒种。东北的气候，过了芒种，不能强种，水稻也不例外。所以，他无法开展有规模的试验，只能像守护宝贝一样，让他的学生们守护那几株"南特号×嘉笠"F2，观察每一天的生长细节。

刚到东北，对气候、土壤、灌溉还不很熟悉，大多数时间他是在"走江湖"，边教学、边观察沈阳周边的稻田，进行了大量的田间调查。刚到沈农还未超过100天，他的足迹就遍布了东北的稻区。最远的地方，他三赴黑龙江的佳木斯，考察当时中国最北的水稻种植区，研究一番无霜期最短的水稻种植。回到辽宁，他又马不停蹄地去了盘锦，那里的农垦工作刚刚开始，在盐碱地上种水稻，还有些束手无策。

盘锦种稻，始于20世纪40年代。对于成形的水田，问题不大，可新开垦的水田，盐碱问题严重，农民弄不明白用何种办法解决，只好向沈农求救，请杨守仁帮忙。

那时，盘锦称为"南大荒"，盐碱、瘠薄，除了芦苇，其他植物很难生长，好不容易开垦出了稻田，结果草比稻秧长得快。农垦局的水稻种植刚刚起步，既少化肥，又无农药，产量低得可怜，水稻生产的难度，可想而知。

杨守仁在反复调查研究之后，总结出用淡水"洗、淋、压、换"四种降盐办法，解决了盐碱地种稻的世界性难题。当年，盘锦农垦局就实现了播种面积与单产的同步增长。30年后，盘锦实现了盐碱地种稻规模和单产的世界第一，大面积平均单产世界第一。这两个第一，都是当年杨守仁先生在盘锦打下的基础。

根据这些丰富的考察，他撰写了《稻作生理问题》的论文，发表在当年的《植物生理学通讯》上。

身在东北的杨守仁，心还在全国的稻作，他接连不断地提出"北粳南引"，籼稻改粳稻。毕竟，他在台湾试种成功过，家乡的丹阳，既有籼稻，也有粳稻，能够混杂着种，推广不该有多大的难度。

事实证明，杨守仁还是把问题想简单了，在他的建议下，农业部向两湖地区推广了吉林的"青森5号"，这个原产于日本的品种，严重"水土不服"，惨遭失败，导致长江流域许多地方，只要提到"北粳南引"，就谈虎色变。

籼稻和粳稻，是我国栽培稻的两个亚种，各有其特点。杨守仁认为，两个稻种不存在生殖隔离，不应该南籼北粳，泾渭分明。解决"北粳南引"的问题，要通过籼粳杂交，育成生育期合适的品种。

"北粳南引"的失败，让水稻界普遍认为，籼粳稻杂交，属于亚远缘杂交，类似于动物界的驴与马的杂交，生出的骡子，很难繁育下一代。杨守仁提出的观点，被广泛地认为挑战不可能。他不是逆潮流而动的人，之所以敢大胆地提出，是鉴于长期的实践、考证，深思熟虑的结果。

早年在湖南、四川推广"南特号"时，他发现有一种稻子，结穗差，生长却特别茂盛，叫"木稻"，当地老百姓也称之为"冬不老"，这便是籼稻与粳稻自然杂交的子一代。如果能克服后代结实偏低、不易稳定的难点，籼中有粳，粳中有籼，不是不可能。他认为，克服困难的方法是复交和回交，而复交胜于回交，因为复交可以有针对性地进一步改进，获取较好的材料，在人为的选择下，可以育成所需要的偏籼或者偏粳的品种。

1955年，杨守仁将自己的思考和论证写成《我对籼改粳的意见》，发表在《中国农报》上，此文在当时掀起轩然大波，也就是从那一年起，一场水稻业的革命，悄悄地拉开了序幕。

正是因为杨守仁的独特发现，使他成为中国水稻界赫赫有名的人物。1956年，他的学术交流活动更加频繁了。这一年，他参加了中苏两国边境流域考察，担任中方作物组组长；到北京担任农业部干部培训班的副主任；受邀参加中国农科院成立大会，并当选中国农科院学术委员会委员；中国农科院成立后的第一笔特拨经费，就有沈农的，用于支持创办稻作研究室。虽然只有一万元，但在那时，已经是一笔很高的经费了。

其间，他还主编了我国第一部高等农业院校的统编教材《作物栽培学》，参与了丁颖主编的《中国水稻栽培学》的撰写，参加了《东北水稻》栽培的编写。

彼时，各个权威机构接二连三地向他递出了橄榄枝。时任中国农科院院长的丁颖先生，这位中国稻作之父，深知杨守仁的学识造诣，成立大会召开期间，就有意留下他；他浙大时的老校长竺可桢，担任着中国科学院生物地理学部主任，也来函邀请他主持气象研究工作。

张克威院长提心吊胆，恐怕哪一天杨守仁"心里长草了"，挥挥手就和沈农告别了。于是用一种商量的口气，诚恳地问了一句"您还是留下吧"。看着长他11岁的老院长，如此谦恭，杨守仁心里格外温暖，张院长是老革命，也是个科学家，宁肯牺牲自己专业，也要为沈农兢兢业业，人格的力量深深地感染了他。草创初期的沈农，人才大有用武之地，这么好的学术环境，谁肯离开？

杨守仁用浓重的吴越口音，学说东北的顺口溜，"全国一个党领导，留在沈农一样好"。

张院长放心了。

杨守仁留下了，不但留下了自己，也留下了子女，一留就是半个世纪，直到生命的最后一刻。

坚守真理

不管毕业了多久，杨守仁始终恪守浙大校训，"求是精神"已经深深地刻在他的骨子里。无论何时，他都敢于坚持真理，说老实话，办老实事。

1954年大气环流异常，雨带长期徘徊在江淮流域。降雨从5月开始，6

月相继出现大雨和暴雨，至7月连续下了5次大暴雨。由于暴雨发生次数多，覆盖面积广，雨期持续时间长，淮河流域发生了40年一遇的流域性大洪水。尽管淮河的支流在新中国成立后得到初步治理。此次洪水仍给淮河流域带来了严重的灾难。以安徽为例，全省2000多万亩土地被淹。

延至8月中旬，洪水退了，各地匆忙决定，补种晚稻。身在沈阳的杨守仁，心系黄淮人民，他说服了农业部的领导，连夜拟成长电，说明8月已不宜再补种晚稻的原因，通过农业部发往沿江各地，避免了一场不必要的人力物力损耗。

1958年"大跃进"，各种脱离客观实际的跃进五花八门，即使在严谨的科学界，也开始了"思想大解放"，许多前瞻性的研究，也被"跃进"为已经完成。

北京召开了"太谷核不育小麦"的学术讨论会。小麦不是杨守仁的研究方向，他没有参加那次会议，可他对其他作物研究时，也发现过核不育材料。鉴于他在农艺、植物生理、植物病理、生物统计和农业气象等多学科的研究成果，以及在学界的知名度，有关部门请他去为"太谷核不育小麦"评奖，他以"不够成熟，暂不评奖为好"，谢绝担任评委。

有人煞有其事地宣称，将豆科植物的共生固氮根瘤菌转移到水稻上，研究出了水稻固氮根瘤，可以提高土壤肥力，免除水稻后期追肥，达到增产的效果。杨守仁听到后，付之一笑，愿望是好的，可就目前的研究手段，不仅是中国，世界范围内都是不可能的。后来，果真证明了这是一场闹剧。

学校里也不安定，大搞"卫星田"，有人提出，学校的试验田要深耕。当深耕到一尺深时，杨守仁便以灌水后整地，牲畜下去爬不上来为由，提出了不应再深耕。到插秧前夕，农学系4个班200多名学生同时出动搞密植，他又认为，妨碍中后期通风通光，高肥下还有早期倒伏的危险。由于高肥试验田刚刚缓苗开始分蘖，就长得肥头大耳，他立刻建议控制，进行晒田蹲苗。试验田里三次争论，都是在杨守仁竭力坚守下，保住了试验田里的稻秧苗壮成长，直到丰收，获取了新的实验数据。

正像他的名字一样，无论时代如何变迁，他始终如一，守住道理，守住"仁"。

按理说，丁颖先生是中国稻作界的先驱，泰斗级人物，杨守仁应该对他尊崇有加，他却不盲从权威，坚守真理。老前辈亲自担当《中国水稻栽培学》的主编，受"大跃进"的影响，书稿中难免浮夸和不实的事例。

参加合肥审稿会时，作为撰稿人之一的杨守仁，在会上大声疾呼："我们的书要对历史负责，对读者负责，要经得起历史和时间的考验，不能把不科学的、浮夸的东西写进去。"他的意见得到了与会大多数专家的赞同，丁颖先生也和蔼地接受了建议，一致同意由杨守仁把关。

在审校时，杨守仁逐字推敲，把那些不实之词、浮夸数据一律删除，换上准确用词、真实的数据，保证了这一稻作学巨著的科学性。

最激烈的交锋，发生在 1958 年 11 月，在苏州召开的全国水稻会议。

苏联科学家李森科提出"种内无竞争"之说，在中国引发了"高度密植"思潮，还登上了各大院校的讲坛。尽管李森科的观点得到了斯大林和赫鲁晓夫的吹捧，杨守仁依然对此困惑不解，"常识"会被打破吗？从不迷信权威的他，尽管是常识，也要用实践说话。

要想证明"高度密植"是错误的，必须拿出真凭实据。1957 年春，在沈农试验田蓄水池的后边，杨守仁悄悄地开出一块地，种一片高粱。有人疑惑，杨教授改行了，研究起了高粱？其实，他是拿高粱秆做风障，保证他所做的实验不受风害。他让自己的科研助手以"丹东陆稻"为试材，按每平方米的小格计数秧苗，在保证水肥的基础上，进行了"高度密植"种植试验。结果密植没有成功，反倒出现了与生态学中"树木自稀"极为相似的现象。事实证明，他对"高度密植"的怀疑是正确的。

所以，参加苏州全国水稻会，杨守仁是带着数据和实验结果，"有备而来"的，他要阐述的观点，有悖于大会主题。当然，杨守仁的观点得到了院长张克威的支持，因为他的秘密试验被院长发现了，院长不但没批评他"不合时宜"，还支持他的观点。

　　果然，苏州会上介绍经验中，充斥着"深翻地几尺，依靠主穗、高度密植，放亩产几万斤的高产卫星"论调，也就是说，重点讨论"肥田宜密"，还是"肥田宜稀"问题。这本应该是常识，不应该成为学术讨论的问题。而在"大跃进"年代，知识分子处于被改造的地位，学术问题往往上纲上线到思想政治问题，学术自由与言论自由受到极大限制。

　　苏州会议，说是学术讨论，其实也不必讨论了，已经行政干预定了调儿，"人有多大胆，地有多大产"，想要高产，就要密植，没有更多的植株，哪有更多的稻穗，当然是"肥田宜密"。

　　杨守仁虽然早就听到了会议的口风，仍不改自己的观点。知识分子的"无知"，是可以原谅的，毕竟学无止境，没有人能掌握包罗万象的知识。然而，知识分子明知某种事物是错误的，却助长错误越走越远，是绝对不可以原谅的。守不住良心，怎配得上知识分子的称呼？

　　水稻是一种分蘖性极强的作物，在肥田尤甚。肥田种稻，是一个由稀到密的动态发育过程，这本是一个极其平常的学术问题，普通的农民都知道，为此召开一次研讨会，不是小题大做吗？

　　科学容不得半点儿虚假，虽然，他可以选择闭嘴，但"肥田密植"会带来严重的后果，浪费稻秧不说，密植后即使不倒伏，也会结穗更少、更小，反倒影响产量。最可怕的是，会给今后的稻作历史上留下个"指鹿为马"的笑柄。

　　布鲁诺能为"日心说"真理而献出生命。捍卫科学精神，说几句真话，就是"挑战权威"了？尽管"肥田宜稀"是少数人在坚守，杨守仁依然拿出理论和实践，批驳"肥田宜密"是强迫命令的瞎指挥。杨守仁直言道，"肥田宜密"，措施也好，结果也好，都是靠不住的，不科学的，这个观念会把分子生物学和遗传学引向歧途。

　　科学研讨会上，居然把主题定义为不科学，杨守仁在会上受到严厉的批评，有人指责他"自己搞不出高产卫星，创造不出高产技术，还对先进经验说三道四，打肿脸充胖子，耍什么权威？"

没等会议开完，杨守仁拂袖而去，此事，成为当年稻作界的一次"事件"。

然而，纸是包不住火的，实践是检验真理的唯一标准。1959 年南方稻区的早季稻和晚季稻，只有湖南一省，在时任省委书记周小舟的坚持下，采用了我国传统的"肥田宜稀"的种植方式，获得了丰收。其他省份，因为"肥田宜密"无法控制分蘖，无效增多的分蘖，致使严重倒伏，造成减产。

奇怪的是，没人为这错误负责，反倒浮夸风盛行，用虚报的产量，掩盖事实，致使这场可笑的争论还在持续。杨守仁痛心疾首，三年困难时期，其中就包含着这里的人祸，如果摒弃"肥田宜密"的错误执念，不知要救回多少人命。

科学的精神总会有人支持的，真理总归要摆脱谬误，《中国农业科学》于 1962 年第 9 期刊发了杨守仁的论文，对苗数与肥力的关系，穗数与肥力的关系，展开细致分析，有理有据地阐述了高产水稻由稀长密的原理，证明了我国千百年来的传统经验——"肥田宜稀"是正确的。

杨守仁一锤定音，从此，争论偃旗息鼓。

"三剂药方"

三年困难时期，是新中国始料不及的一场饥饿。天灾是一方面，更多的是人祸。痛定思痛，杨守仁认为，回归科学精神，多打粮食，是避免粮食危机的唯一办法。教学中，杨守仁更注重的是实践，到生产的第一线，解决最实际的问题。

除了教学和外出，杨守仁的身影天天出现在实验室到试验田的路上，风雨无阻，冬天也不例外。这条路，说长不长，说短也不短，足有一公里，中间还要过一道铁索桥。有一次，下了场大雪，雪化了，又结成了冰，滑得很，走到铁索桥旁，他一不小心，摔倒了。想一想，他已经是天命之年了，又是那么胖，摔一下该有多么狠，坐了很久，才爬起来。事后，依旧故我，往返于两者之间。

杨守仁特别讲究细节，教导学生，北方稻作区，由于风大，气温低，特别注意苗期的立枯病和烂秧，育苗时，秧苗要头顶露水珠。

除了沈阳周边的稻区，在辽宁省内，杨守仁最关心两个稻区，一个是盘锦，另一个是丹东（含庄河）。尤其是盘锦，开发"南大荒"经验不足，遇到的问题多，相比而言，他付出更多。于是，盘锦农垦局于 1958 年 3 月，干脆聘请了杨守仁为顾问。

顾名思义，"南大荒"荒无人烟，条件非常差，即使杨守仁是农垦局的贵宾，下榻的地方也极为简陋，只有火墙和板床。不过，他并不在乎条件的艰苦，创业之初，需要的就是艰苦奋斗，何况他常年"走江湖"，冬天有温暖的火墙，已经很不错了。

20 世纪 60 年代初的盘锦农垦区，水稻面积 30 多万亩，产量极低，每亩不过二三百斤。然而，杨守仁对盘锦却信心百倍，认为盘锦土地资源丰富，温、光、水条件好，必将成为辽宁的高产稻区，其规模可与墨西哥湾相媲美，产量也可以超过日本。

怎样提高产量，杨守仁开出了自己的"药方"。当时，农垦局在水田里直播稻种，这种办法能省工，还能减少生产成本，但缺点是大面积生产，缺少安全性，产量也不均衡，想稳产高产，栽培方式应改为育苗移栽。

还有，农垦局只种土壤条件好的地块，差的地段就放弃了，所以稻田被一块块盐碱地、芦苇荡割裂了。杨守仁提出，这样不利于土壤改良，好地块也容易被盐碱地重新浸润，要想方设法集中连片，这样才能充分利用土地资源。他形象地比喻说，就像吃大白菜，不能只吃白菜心，扔了白菜帮。

盘锦盐碱地土壤贫瘠、缺少有机肥，杨守仁提出"收割时刀下留情，留高茬"。这样，可以实现稻草还田，把部分秸秆还给土壤。针对施肥不当，引起大面积倒伏，水稻丰产不丰收问题，他提出了分蘖末期适时烤田的措施。

当时，农垦局有疑虑，因为有人下过"盐碱地不能烤田""滨海盐碱地烤田有害"的结论。杨守仁却很有耐心地说古谈今，北魏的农学家贾思勰在《齐民要术》中对烤田早有论述："六月不干田，无米莫怨天。唯此一干，则根派深远，苗干苍老，结秀成实，水旱不能为患矣。"

人们只看到了晒田容易引发盐碱，而忘了经过杨守仁提议，用淡水"泡、洗、压、淋"过后的稻田，土壤已经发生了变化，加上灌溉用的沟网密布，即使有偶发的盐渍地块，也很快能够解决。

每一次到盘锦指导，杨守仁都能让很多人茅塞顿开，大开眼界。只要听说杨守仁来了，各个农场的技术员，都闻风而动，拥向他的身旁求教。尤其他去农场考察，尾随他的队伍越来越多，因为每个人都想听到杨守仁现身说法。最为壮观的是在盘锦大礼堂讲课，数千人聚集在一起，鸦雀无声，每个人都在认真听，仔细记，因为杨守仁的课风趣幽默，讲的是稻田里正在发生的问题，最接地气，最解渴。

丹东的东沟县（现东港市）前阳公社是水稻的主产区，那里的水稻用鸭绿江、黄海两合水灌溉，穗大粒多，籽粒饱满，大米黏糯香醇，好吃极了。清朝时，前阳的大米为宫廷贡米，稻田有士兵专门看护，确保朝廷的专供不被偷盗。

因为有了成熟的稻作经验，20世纪60年代初，前阳的水稻单产已经上了"纲要"，也跨过了"黄河"。他们又提出了更高的要求，实现追"长江"的目标，亩产达到800斤。他们多施肥，促进水稻生长。可到了秋天，却造成了大面积倒伏，稻瘟病大发生，秕子多。

群众不明白了，为什么有着千斤的长相，却没有千斤的产量，"有看头，没打头"。

那是1965年年底，杨守仁随着沈农工作组来到了东沟县，受邀到前阳公社做了场报告。杨守仁根据前阳公社水稻存在的问题，运用辩证方法，做了《亩产千斤并不难》的报告，给大家提振信心。后来，经过反复考证，"对症下药"，他给前阳开出了三剂"药方"。这三剂妙方也是他多年来对整个东北水稻种植的经验积累，在多地屡试成功后，才"配剂"给前阳的。

第一剂药，火候。施肥不是越多越好，而是要科学施肥，要恰如其分，改变传统的施大头肥的做法，采用分期施肥，平稳促进。针对丹东的气候特点，杨守仁教了大家如何掌握烤田（丹东称晒田）的时机，晒到什么火候才合适。对施肥的问题，他创造出后期追施穗肥的三条办法：宁早施勿晚施，宁少施勿多施，可施可不施勿施。心急吃不了热豆腐，在稳产的基础上，再去追求高产，再高产。

第二剂药，除草。稻田里的草害，是最让人头疼的事情，草比稻秧生命力顽强，很容易形成大面积草荒，处理不好，这一年稻谷的收成就完了。那时，辽宁水稻多采取直播栽培，看起来整齐划一，像部队的士兵一样，却给除草带来难度。整个夏季，尤其像前阳这样肥沃的稻田，拔草成了农民最重要的事情，他们与杂草进行着艰苦卓绝的"战斗"。

针对农村劳动力不足，化学除草尚未普及，稻田出现草荒问题，杨守仁主张推广大垄栽培，畜力中耕除草，不仅能省工省力，解决人力除草的难题，还能促进田间通风透光，增强稻秧的抗倒伏能力，减少稻瘟病的发生。正因为杨守仁的推广，丹东开辟了国内水稻宽行栽培的先河。

第三剂药，整地。传统稻作要求"田平如镜，泥烂如羹"，这是水田的整地标准。杨守仁认为，整地讲究质量是对的，"田平如镜"可取，既省水又便于施肥和田间管理。可是"泥烂如羹"就不够科学，不可取，过烂则插不住秧，造成漂秧、缺苗，以致减产。他起先用了"软烂"一词，替代"泥烂"，又觉得不妥，还是没有脱离原先的印象，稻农不好掌握。第二次改为"松软"，可这又是旱田的提法，水中何谈"松"？

精益求精已经成了杨守仁的习惯，一字之差，到最后有可能谬之千里。昼思夜想了好久，最后，他改用了"膨软"一词，形成"上糊下松，有水有气"的水田整地新标准。学生和稻农们都称赞，一字之改，准确精到，与当年贾岛的"僧敲月下门"的"敲"有异曲同工之妙。新标准解决了稻田反复耕耙通气不良、蓄水性差、保肥不足的问题。

这种做法，无论在沈阳、丹东，还是在营口、盘锦，杨守仁一直大力推广。他倡导的水平整地标准，逐渐在全国流行起来。20年后，推行水稻节水灌溉时，效果更佳，得到了广泛应用和推广。

在丹东，杨守仁还看到，稻农们一直是拔苗插秧，这种粗放的方式，南方早已摒弃，普遍采用铲秧移栽。铲秧最大的好处是可以全根下地，不伤根，缓苗快，增产明显。虽说他在丹东推广出了铲秧移栽，但全省那么多稻田呢，他不能处处现身说法，于是，写了一篇文章《水稻的铲秧移栽法》，在《辽宁日报》上发表，向全社会广泛推广铲秧移栽技术。

在广泛开展实验的同时，在丁颖教授的支持和资助下，杨守仁籼粳稻杂交的研究和实验有了新的进展。1959年，他在《农业学报》上发表了《籼粳稻杂交问题之研究》的论文。1962年，他又在《作物学报》上刊登了《籼粳稻杂交育种研究》的续篇。

文中提出籼粳稻杂交育种的难点，是后代结实率低和性状不易稳定，但可通过生物学的方法加以克服，尤以多次杂交最为有效可靠。并认为复交胜于回交，因为前者可以有针对性地继续改进和扩大遗传基础。籼粳水陆稻杂交与籼粳稻杂交的情况则相似，都有可能育成适合中国北方需要的水旱两用品种。他相信，将来许多地方的栽培稻将是籼中有粳，粳中有籼。

1964年，杨守仁的籼粳稻杂交研究有了突破性进展，他发现了稳定的大穗型材料，确认了优势性状可以稳定，可在常规育种中应用。水稻的高产曙光在前，让更多的人吃上好吃的粳米，已经不是难题。

第四章

蹉跎岁月

逆境中的求索

1966年5月，一场旷日持久的浩劫袭向校园，莫说是杨守仁，就连他们的老革命院长张克威也在劫难逃了。1957年"反右"，沈农因为有张克威院长甘当保护神，一批"犯错误"的高级知识分子在张克威的保护下，度过了劫难。有的教授白天被批判，晚上就被张院长请到自己家，进行疏导安慰。

1967年，罩在沈农头顶上的"保护伞"，被运动无情地掀走了，张克威被扣上了"资产阶级反动学术权威""美帝狗奴才"等10余顶政治帽子，"撤销党内外一切职务"。 1968年"清队""整党"期间，有人又把3年前所谓沈农有"资产阶级大家庭""裴多菲俱乐部"翻腾出来，诬蔑张克威是这个"资产阶级大家庭"的"家长"，对他不予"党员登记"。

失去了张克威的保护，杨守仁的命运可想而知。原来一些暗地里的猜忌，运动一来，便摆到了桌面上，在人人过关面前，杨守仁的关就难过了，有些无中生有的问题，他用"爱国"两个字来回答，人家根本不信。比如："你在美国有那么好的条件不要，你说得好听，主动放弃了优厚的待遇，谁信啊？""你在腐朽的国民党政府工作过，政治上没有污点，鬼才相信。"还有他妻子是从台湾来的，是不是国民党培养的特务？必须给杨守仁"洗洗澡"，清查海外关系，清剿潜伏特务。

杨守仁百口莫辩。此时，他的科研到了关键的节点。1967年8月，他首次发现矮秆大穗新组合，日思夜想的一刻，终于到来了。通常地讲，高秆才能结大穗，矮秆结大穗，那是奇迹，更是水稻界梦寐以求的，却没人敢相信会成为事实。可是，事实就摆在他手上，他捧起沉甸甸的稻穗，像捧着自己刚出生的孩子，那种溢于言表的激动，犹如刚当上父亲。

从"冬不老"身上获得灵感，萌生了人工培育籼粳稻杂交品种，快30年了，从"光复一号"证明籼粳稻能杂交，已经20年了，从青岛开始"南特号×嘉笠"实验，整整经历了16年反反复复地回交、复交，反反复复地考种、选育，终于将籼粳稻两者的缺点淘汰了，优点结合起来，培育出了理想株型。

这不仅仅是十年磨一剑了，光实验就整整用了16年。从澳大利亚C. M. Donald教授所提出的小麦理想株型得到启示，他确定了水稻理想株型育种研究方向，引来广东的"矮脚南特"，结合丁颖谱系中黄耀祥先生于8年前培育出的"广场矮"系统，将两种籼稻品种作为亲本资源，带着一茬又一茬的学生、助手，费尽心血，精心呵护，终于熬出了适应东北气候的粳稻新品种。

这种突破性的进展，获得的难度，只有付出者才清楚。籼稻和粳稻，是栽培稻的两个亚种，细胞遗传和形态生理有明显的差异，学界一直认为，两者不可能形成高产新品种。矮秆大穗新组合，恰恰把籼粳稻杂交培育出高产品种的不可能变成了可能。事实证明，他的努力方向是正确的，再经历一年的繁育，设法提高光能利用，首批理想株型育种就能完成了。

他苦苦追寻的籼粳稻杂交而成的新品种，即将诞生。又一场"水稻革命"，也即将出现，这崭新的品种，大面积推广，东北粳稻超千斤的梦想，马上就能成为现实，惠及的将是亿万苍生。

其实，杨守仁最想做的事情，是替老院长鸣不平，没有老院长，哪儿来的沈农？没有老院长，哪来他们的稻作研究室？哪来的试验田、实验工人、设备仪器？然而，他自己都泥菩萨过河呢，跳出来辩护，等于火上浇油，只能适得其反，落得个"赔了夫人又折兵"。

这一时刻，真是喜忧参半，左右为难。坚持真理，替张克威院长辩护，能落得个心安。然而，张院长赋予杨守仁的"真理"，是心无旁骛，完成矮秆大穗新组合，培育出最好的种子，让天下人吃饱饭。

在"造反有理"的年代，什么都没有理了，那些人甚至丧失了起码的理性。尽管杨守仁的发现意义重大，可再重要的事情，也没有"运动"重要。他们"宁要社会主义的草，不要资本主义的苗"，关键时刻，如果不"低眉顺眼"，试验田就会被毁掉，他就会丢掉手中的"真理"。

为了不使自己的研究中断，成果夭折，在这种特殊环境下，杨守仁选择了隐忍，尽管这不是他的性格，可不忍又能怎样？除非和他们一块疯掉，鱼死网破，科研成果也不要了。

然而隐忍并不能解决问题，他还是没有摆脱被改造的命运。可隐忍终究还是带来了幸运，沈农的试验田没有被当成"资产阶级"连根拔起。

尽管命运多舛，杨守仁最大的欣慰，是他的学生。他和学生之间的关系，如同父子，学生对老师敬重有加，始终如一。不管社会上怎么喊造反有理，没有一个学生跳出来，跟着喊打倒。不管外边的大喇叭如何喧嚣，他和他的学生们严谨的科学态度，始终不受干扰。

最让杨守仁感动的是，给矮秆大穗新组合考种时，每一名学生，神态都是庄重的，触摸每一粒种子，都像抚摸初生的婴儿。忽然有一粒稻子不慎掉落地下，仿佛是孩子掉在了地上，学生惊得立刻蹲下，寻找种子。他们知道，每一粒种子，比黄金都金贵，几年下来，一粒种子就是千顷万顷的丰收田。

杨守仁却坚决地制止了学生的寻找，决不允许学生捡起来，因为你捡起来的，可能就不是你原来那穗上的了。每一穗种子，带有不同的遗传基因密码，一旦弄混了，会把研究带向错误的方向。

科学容不下半点儿马虎。

拉练营口

1968 年 9 月 20 日，这是沈农最悲伤的日子。这一天，校园空了，一支 1000 多人的队伍出现在沈阳街头。那个年代，街头出现游行队伍，属于常态，不足为奇。奇怪的是行进的人没有口号，没有标语，身背行李，手提脸盆和饭盒。

街上的人眼里投出疑问的目光，这么多人，这么长的队伍，这是干什么去呀？

原来，这是沈农的师生遵照"农业大学办在城里，不是见鬼了"的指示，步行拉练到农村办大学，目的地是盘锦，暂停地是营口。一路上，师生要不断地接受"贫下中农再教育"，走到哪里，劳动在哪里，还要"斗、批、改"，"把农校办在腿肚子上"。

面对这些荒唐的闹剧，尽管杨守仁始终坚守真理，此时却始终沉默不语。闹剧就是闹剧，不等于谬误，时间过去了，闹剧就结束了，谬误却不同，具有持久的危害性。他最痛心疾首的是，已经连续 3 年没有招生了，这么长的拉练队伍，是沈农最后一批学生，接下来，学生就会断档。

没有人才接续，那才是真正可怕的。

农时不等人，正是稻谷灌浆的关键时期，等走到盘锦，收获季节都过了，还有意义吗？

不过，造反派的意义不在于水稻，而在于对人的"改造"。流动的队伍一路向辽南行进，队伍中偶尔出现几顶高高的尖帽子，特别显眼。那些帽子是白纸糊的，戴着尖帽子的人，就是被称为"牛鬼蛇神"的老教授们。老教授们手持白旗，走在队伍里，真的像鬼魂一样。

杨守仁就是这些"鬼魂"之一，他拖着疲惫的身体，拄着拐杖，艰难地行走着。他戴着的白帽子上写着"反动学术权威"。

国庆节前，他们终于走到了营口的水源公社。这是拉练的重要一站，需要停留几天，顺便歇歇乏。很快，师生们被三三两两地分到贫下中农家住下来。然而，贫下中农的家里是不能住"牛鬼蛇神"的，否则就是混淆了阶级立场。生产队长挠头了，快要寒露了，晚上外面太冷，"牛鬼蛇神"也不能露宿外边呀。

生产队里养牛的一位老人站了出来，对队长说，我不怕被打成反革命，就和我一起住在牛棚吧。就这样，杨守仁被"幸运"地领进了牛棚。

牛棚的一头有一间土坯房，半截土炕，土炕的一头连着锅台，能烧火做饭取暖。这土炕小得睡一个人还行，睡两个人就挤了。杨守仁偏偏是个魁梧的胖子，两个人在一铺炕上，翻身的地方都没有，根本住不下。

走惯了"江湖"的杨守仁，却不以为意，很平淡地说，好，好！没关系，我在地上搭地铺。

队伍安顿下来，每天都安排批斗会，斗私批修，批判反动学术权威，杨守仁就是活靶子。几轮批斗下来，杨守仁就被贬得一无是处，加上他胖身板，被造反派直接定性为"大草包"。

但群众的眼睛是雪亮的，没过几天，生产队里就有了不同的声音。最先发声的是和杨守仁住一起喂牛的饲养员，那个老人逢人就讲，那个老杨头，太不简单了，我们年年种稻子，一辈子想不明白的事儿，人家几句话就说明白了，听人家唠稻子，太长见识了。老杨头还上知天文，下知地理，甚至连养牛都会。

饲养员这么一"唱反调"，吸引来了生产队的许多人，晚上都来听老杨头用南方腔讲稻子，大字不识的人，都听明白了。人一多，牛舍又太小，饲养员借机回家住了，老杨头终于睡上了火炕，代价是当业余"饲养员"。

又过了几天，批斗会从生产队的队部移到了室外，转移到了生产队的场院，进行现场批斗。正值深秋，场院里一堆刚刚脱完的稻谷，里面掺杂着草末、稻叶等杂质。这一天，社员和学生们都被聚在场院，参加现场批斗会。主持批斗会的是当地的干部，一位中年人，既然是接受贫下中农再教育，就让沈农的师生看一看贫下中农是怎么劳动的。

主持会议的中年人找了个经验丰富的社员，展示扬场技巧。那位社员稳稳地站住，将稻谷一锨锨扬到半空中，稻谷在空中画了一道金色的弧线，便随风而落，上风头是饱满的稻谷，依次是不太成熟稻谷、瘪稻子、碎草末。随着社员潇洒的扬场动作，风头处饱满的金色稻粒，越积越高，等到装袋时，伸手摸下去，全是圆鼓鼓的稻粒，没有杂质。

突然，主持批斗会的中年人指名道姓地喊杨守仁，让"反动学术权威"给我们扬场。

杨守仁虽说研究了一辈子稻子，真的没干过扬场这样的农活儿。他笨拙地拿起木锨，铲起稻谷，扬向空中，可他使不好那股巧劲儿，稻谷在空中散不开，打着团落下。结果，稻谷落在地上，饱满的、瘪子、碎草末基本上没怎么分开。

顿时，现场引起了一阵嬉笑，中年主持人完全有理由批判杨守仁的"四体不勤"。

但是，羡慕杨守仁的社员们，没有笑，他们一致认为，老杨头就是先生，先生可以"四体不勤"，人家用的是脑子，五谷却分得清清楚楚。师生中，头脑清醒的人也心知肚明，这不过有人别有用心，故意让杨守仁出丑，一场闹剧罢了。

再过了些日子，村里的人尤其是年轻人，私下里三三两两地成群聊天，说到那个不会扬场的老杨头，可不是简单的人物，真正的水稻专家，根本不是批斗会上说的"大草包"。这种来自底层的结论，可不是轻易下的，他们是经过眼见为实的。

事情的起因是这样的，几个年轻人打赌，考验老杨头的真正标准不是扬场，而是认不认识稻子。于是，他们手里攥着不同品种的稻子，找到老杨头，让老头当场确认，都是哪些品种。这些稻子，几乎没有差距，凭肉眼很难区分品种，若不是他们亲手种的，他们自己也辨认不出来。

谁也没有想到，老杨头只瞅一眼，便准确地说出了，哪个是"农垦21"，哪个是"农垦20"，哪个是"农垦19"，还说出了它们的各自特点。

年轻人还想考验老杨头，干脆把三种稻子混在一起，让老杨头挑拣出来。杨守仁不消一刻钟，就把那捧稻子中的三个品种，分成了清清楚楚的三小堆。

这些品种，都是杨守仁在盘锦农垦局亲手培育出来的，就像是双胞胎，别人认不出来，当妈的一眼就能认出，不会叫错。

下放盘锦

国庆节过后，他们过了大辽河，到达了此行的终点，盘锦。按照上级的要求，要长期住下来，与贫下中农打成一片，融为一体。师生们混编在一块儿，按连队建制，住进了三个农场。杨守仁住在一营一连，也就是平安农场的新屯大队。

时值深秋，杨守仁已经被剥夺了研究权利，进行最彻底的"劳动改造"。白天，和社员们一起割稻子，稍慢一点儿，就会受到严厉的呵斥。他毕竟快60岁的人了，体力远没有年轻时充沛，超强的体力劳动，每天都会累得他难以承受。可是，批斗会却不同情他的承受力，晚上，还要接受"斗批改"，做深刻的检讨。

割完稻子，打稻子，天天无休止地劳动，那些20岁刚出头的学生，累得沾着枕头就睡着了。而杨守仁和七个"牛鬼蛇神"，连像学生住的半夜能冻醒的炕都没有，挤在半间磨坊的休息室里睡觉，能搭个板铺，不坐着睡觉，就不错了。

不管白天黑夜，没完没了地被折腾，他累得内脏大出血，休克了5个小时，大小便都失禁了。好在抢救及时，捡回了一条命。醒来时，他并未憎恨折磨他的人，而是深深地庆幸，还活着，只要有一口气在，他念念不忘的矮秆大穗新组合，就不会消失，新稻种就有希望。

他最害怕壮志未酬身先死。

远在沈阳，主管农业的副市长王健，听说杨守仁在盘锦饱受磨难，差点儿失去性命，特别心疼。大病初愈后，便派人把杨守仁接回沈阳，边"借回去"批判，边落实党中央"决不能放松粮食生产"的方针。事实上却是把他保护起来，让先生重操旧业，举办临时培训班，给沈阳的水稻科技人员讲课。

杨守仁在沈阳稻作区的人缘极好。比如，苏家屯区八一公社种着数万亩水稻，他很多的休息日，被人家无偿地"租去"。尤其是骄阳似火的夏天，整日奔走在各个稻区，尽管他戴着草帽，依然被晒得黝黑，看上去，和普通稻农没什么区别。八一公社八一大队的队长，和杨守仁同姓，便以自家人自居，和杨先生成了莫逆之交，只要听说先生来了，远远地迎候。每次，杨守仁都要看稻田，找问题，做报告。公社里的那些技术员，都成了先生的业余学生，惊讶先生的眼睛像孙悟空一样，把藏在稻苗深处的"妖魔"都揪了出来。

最高兴的是陪同老师到八一公社的学生，可以打一打"牙祭"了。事后，杨守仁告诫学生，吃人家饭是不容易的，你得讲出道理，拿出真本事，让人家有大收益。

　　收获最大的是东陵区，毕竟是沈农的所在地，近水楼台先得月，得到杨守仁指导的最多，当然，产量也是最高。东陵区的浑河左岸，有一个满融村，是个朝鲜族聚居区。朝鲜族有种水稻的传统，几代人在这里精耕细作，田里杂草不生，一直是沈阳稻区里的佼佼者。他们请来杨守仁，希望能得到专家的首肯。看到长势喜人的稻田，杨守仁当然高兴，虽然称赞了他们管理得当，但也提出了问题，在杨守仁眼里，世间所有的完美，都是相对的。在详细观察之后，先生指出，水和水稻是辩证的关系，不是长期泡在水里就是最好，水层过深，容易引发水稻早衰倒伏，应有湿有干，适当晒田，反倒能增加粒重。

　　朝鲜族兄弟听了杨守仁的话，果然获得了大丰收。

　　晒田，虽然只有两个字，而支撑这两个字的，却是一个体系，那就是杨守仁付出毕生精力，始终不渝追求的水稻理想株型。他之所以再三提出晾田、晒田，是基于"水稻的高产群体要有生活力极强的根系"的主张。稻田经过晾晒，水稻才会"蹲苗"，促使根系深扎。就像一个人，基础打不牢，"揠苗助长"，或许会光鲜一时，结果反受其害。

　　杨守仁虽然被下放到盘锦，被剥夺了去试验田的机会，可试验田依然有人替他照管，不会让他的试验田荒废。

　　慷慨的杨守仁，从不墨守成规，也不吝啬培育出的种子。在沈农教书育人十几年，已经桃李遍天下了，其中不乏在县乡农业技术推广站担任站长等职务，指导在生产第一线。他经常把有价值的水稻新品种寄给他们试种，多则三四十粒，少则十几粒。比如，他有针对性地寄给东沟县刘守伦的稻种，尽管只有几十粒种子，繁育出的第二代、第三代种子，却解决了长期困扰黄海北部稻区的大难题——稻瘟病，让自己的学生成为造福一方的功臣。

　　杨守仁用宽广的胸怀，把他的学生和种子，一同播在祖国大地最适宜的"土壤"。他没有想到，这一胸怀天下的善举，收获了意想不到的效果，"鸡蛋没放在一个篮子里"。他虽然被打倒了，也被剥夺了研究的权利，更去不成天天惦念的试验田，但种子却长了"翅膀"，照旧生根发芽，茂盛生长。

　　冬去春来，上边指示要复课闹革命，杨守仁终于从重压下解脱出来。尽管被送到大洼的"五七"农校继续"改造"，毕竟是他的一技之长，让他拿起"五七大学"的教鞭，巡回讲解水稻栽培技术。

　　杨守仁的身体素质好，虽说大出血差一点要了他的命，却很快地恢复了健康。尽管身处逆境，只要讲起课来，还那样风趣，一点儿也看不出饱经磨难的样子。

　　一个星期天，杨守仁回到新屯，借用新屯小学的教室，重新上起了课。听课的都不大懂水稻，大多是盘锦当地的中学生。"造反有理"已经让学生不像学生了，有几个"红卫兵"干脆坐在窗台上，身子在屋里，双腿耷拉在窗外。如果老杨头讲得好，就进来，讲得不好，干脆跳下窗台，走人。

　　结果，杨守仁的课讲得环环相扣，引人入胜，妙趣横生，那几名调皮的学生被深深地吸引住了，忘记了是坐在窗台上，还和老师互动起来。他用知识和学问，降服了这几匹"脱了缰的野马"，"造反"了几年，终于明白了，先生还是先生，学生还是学生，历史又回到了原点。他们不得不规规矩矩地改了口，不再叫老杨头，恭恭敬敬地叫杨老师。

　　听课的不仅仅是学生，当地的稻田技术人员听到消息，奔走相告，很快，教室内外，挤满了听课的人。

　　当然，杨守仁最惦念的，还是稻作室的同事，还有他的学生。与他的"劳动改造"不同，他的同事和学生们只是在盘锦荣兴农场的种子队，接受贫下中农再教育。再教育最大的好处，天天和生产实践相接触。最大的缺点，缺少了研究的学术环境。

　　从大洼"五七"农校，到荣兴农场，相隔20多公里。酷暑难挨的三伏天，杨守仁常常顶着炎炎烈日，坐上一段颠颠簸簸的客运汽车，再徒步走上两公里，到达荣兴农场，迫不及待地和大家交流。

　　毕竟，他精心培育的种子，也随着他们一同"下放"了，种植进了荣兴农场种子队的稻田。种子是杨守仁的命根子，一日不见，如隔三秋，何况还是他魂牵梦绕的矮秆大穗新组合，他的同事和学生在那里照管。

守在种子田，正午炙热的阳光直射头顶，杨守仁看到，灌浆期间约有一半的阳光直射到达地面。万物生长靠太阳，矮秆大穗既通风，又透光。他放心了，愉快地踏上了颠簸的返程。

"五七"农校，课要讲，劳动也要进行，最重要的是，批斗不能减少。杨守仁经常被拉去，不是当成"反动技术权威"被批斗，就是给其他"地富反坏右"陪斗。有过一次扬场"出丑"还不够，"大草包"需要不断地被证明，否则，体现不出"反动"。

有一次批斗会，批斗组知道用稻种的办法难不倒杨守仁，就让一个老农民找出和稻苗长得最像的稗草，掐头去尾，捏住中间，让杨守仁区分。就像学武扎马步，研究稻子，最起码的基本功是区分稗草。

尽管两者之间的叶脉，肉眼已经难以区分了。可杨守仁却有"和植物说话的"本领。他教育学生，不能眼高手低，种稻能手们的经验之处，书本上很少讲得清楚，最直接的办法，把自己也变成种稻能手，天天和水稻对话。

在杨守仁的眼里，一脉一世界，他能和每一株稻苗"对话"，不用显微镜，手一碰，就会知道。因为稻苗的"话语"会滔滔不绝，而稗草，却木讷得像个哑巴。

这时，全场鸦雀无声，几百双眼睛都盯着杨守仁，有人怕他挑出稗草，有人盼他判断准确。而杨守仁却从容不迫地从中抽出了稗草。老农民还是诚实的，没有像批斗组盼望的那样，罔顾事实，当场承认了杨守仁的"权威"。

全场哗然，人们议论纷纷，权威就是权威，不是批斗组宣称的那样"五谷不分"，"这个'臭老九'不臭"。

当然，杨守仁在盘锦当"牛鬼蛇神"时，得益于一个人的照顾。那人叫王进民，对水稻研究特别上心。王进民是沈农学员中管理"牛鬼蛇神"工作队的队长，借着这个机会，正好向杨守仁请教，对杨守仁特别好，有意无意间，总是照顾杨守仁，让所有人不许打、不许骂，不许惩罚劳动，见面要叫老师。

别人在"文化大革命"中丢了知识，王进民却恰恰相反，看管杨守仁的过程，却成了学习的过程。"文化大革命"结束后，王进民被调到杨守仁身边工作，学有所长是一方面，当年杨先生在盘锦当"牛鬼蛇神"时，没遭到罪，或许也是原因之一吧。

千重浪

科学无坦途，所有的坎坷，在痴迷的目标面前，都无法阻挡。就像珠穆朗玛峰，再难、牺牲再多，也有人能登上顶峰。杨守仁三十年如一日，呕心沥血，不断求索，在逆境中负重前行，到达了当时稻作学的顶峰。

经过无数次的回交、复交，无数次的挫折、失败之后，奇迹终于出现，杨守仁获得了籼粳稻杂交育种的成功，培育出了稳定高产的矮秆大穗种子。他把这个品种命名为"沈农513"。

1969年春，"沈农513"开始在全省多个生产区试种，夏天到来时，每个试种区的稻株都表现叶片清秀、宽窄适中、株型紧凑、分蘖良好、长势挺拔，远远望去，别具一格。他伸出手，去拔稻株，却很吃力，显然是根系发达，充满活力，拔出来一看，根系果然呈现出最为理想的性状。试种的种子，没有发生任何波动，呈现了特别稳定的状态。

处暑过后，杨守仁站在试种区的稻田，一扫被批斗时的阴霾，心情格外舒畅。长达17厘米的大穗，直直地挺立在绿油油的叶片之上，稻粒黄中透白，粒粒饱满。他数了数，每穗着粒达130多粒，按千粒重25.4克计算，实现亩产千斤，即将成为现实。

东北稻区，几十年日本品种一统天下的时代，即将结束。"沈农513"产量将会比日本品种的最高产量高出一倍。面对丰收在望的试种区，杨守仁想到毛泽东的诗词《七律·到韶山》，其中的一句"喜看稻菽千重浪"，他最喜欢。恰巧"沈农513"亩产刚好达到千斤，他又把"沈农513"命名为"千重浪"。

1970年，"千重浪"散发到全国各地种植，成为我国最早通过籼粳稻杂交育出的株型较好的粳稻品种。

"千重浪"的广泛推广，标志着杨守仁完成了籼粳稻杂交育种的基础研究。下一个目标，他要转向水稻理想株育种的基础研究。

以开垦南泥湾、新疆和"北大荒"著名的王震，时任国务院农垦部部长。听闻杨守仁培育出"千重浪"，他特别高兴，第三次召见杨守仁，两人促膝长谈，展望着中国水稻的美好前景。

两个人的友谊始于20世纪50年代末，王震准备带着十万大军开垦"北大荒"时，特意召见了杨守仁。那是他们的第一次见面。这是王震将军第三次率军垦荒，他把科技的决策权交给了杨守仁，询问他黑龙江可否大规模开发水田？

面对着王震将军清癯的脸庞，深邃的目光，杨守仁虽然心里明白，在黑龙江发展水稻，是一种趋势，而且有可能稳产、高产，但答复还是十分谨慎的。他认为，黑龙江沼泽、半沼泽地面积大，发展水稻生产条件还不成熟，"要对问题给予足够的估计，逐步求其解决，创造条件，稳步前进"。

王震同意了杨守仁的这一原则，并邀请他去讲课、培训、指导。三江平原采取了开渠降水等措施，具备了开发水田的条件，往昔荒凉的"北大荒"，终于浮现出望不到边际的金色稻浪。中国的"北大仓"诞生了，源源不断地为天下苍生供应东北大米。

从此，这位国家领导人和杨教授保持了30年的友谊。

1972年2月初，沈农的收发室接到一封很特别的信，寄信人没有具体地点，只写着北京市王寄，用的是公用信封，国营某农垦单位的。别人不知道谁寄来的信，杨守仁却很清楚，他认识王震的字。

王震在信中说："承惠寄来信及'千重浪'谷穗早收到，请谅迟迟回复。非常高兴知道你遵照毛主席教导，走群众路线，理论与调查研究相结合，进行遗传学的研究与实践，搞水稻杂交育种和栽培技术，一心为人民，在共产党的领导下一定能作出贡献，特此祝愿。"

信中，王震还告诉杨守仁，身体也好了些，把那穗"千重浪"给了他在江西蹲点单位，还向杨教授要一份沈农的教材，给蹲点单位做参考。

其实，王震的回信，并不晚，间隔不足一个月，那是王震觉得重要，自认为迟了。有王震的支持，他所倡导的"北粳南引"，迈开了"南征"的步伐。

痛失妻女

盘锦那次大出血，让妻子荆荷珍担心不已，毕竟60岁的人了，大病初愈，不顾一切地培育品种，还要接受劳动改造，教育一群不大懂水稻的学生。盘锦的条件又特别差，丈夫又不会照料自己，身边没个人怎能行？

当时，盘锦油田开始了大规模的勘探开发建设，正是最缺人的时候。荆荷珍动员大女儿杨嘉民，放弃沈阳优越的工作，调到了盘锦油田。她知道，大女儿心细如丝，留在父亲身边，能很好地照顾他。

在他们的三个孩子中，夫妻俩最喜欢大女儿杨嘉民。大女儿的名字，就是两人爱情的见证，那是他们对台湾嘉义的纪念。大女儿长得漂亮，很像年轻时的母亲，大女儿体贴善良，能够替代母亲，帮助父亲洗衣做饭，照料日常生活。

几十年来，杨守仁从来不做家务事儿，把全部精力都投入教学、科研、生产、编著、审稿、学术活动中，经常夜以继日，对家里的事儿全然不管，三个子女都曾得过麻疹，他竟然一无所知。

妻子太心疼丈夫了，居然忽略了大女儿的感受。不是所有的人都像杨守仁那样，承受得住泰山压顶般的负荷。杨嘉民从条件优越的沈阳，到荒无人烟的油田工作，本来心里就不舒服，加上杨守仁为繁育"千重浪"，经常跑回沈阳，去盘锦照顾父亲，反倒名不副实了。

那时，油田的派系斗争特别严重，反正父亲不在盘锦，善良的杨嘉民，恐惧没完没了的斗争，跑回沈阳，躲在了家里。

1972年3月，杨守仁过60岁生日那天，一家人欢天喜地拍了张全家福。在"文化大革命"后期，像杨守仁这样有过留学背景，又有台湾关系的科学家，能有自由之身，已经特别难得了。假若没有"千重浪"，没有那么渴望粮食、担心饥饿的人，或许杨守仁就没有不幸中的万幸了。

然而，这个美好的时光没持续多久，一家人其乐融融的日子很快就结束了。杨嘉民最讨厌两派斗争，最终依然没有躲过去。派系斗争中的一派工人，追到沈阳的家中，逼迫她回去参加斗争。

荆荷珍不同意女儿回盘锦，1973年丈夫结束了在盘锦走"五七"道路，回到了沈农，没必要再让女儿去盘锦了。一个女孩子家，孤身一人，实在让母亲不放心。留在沈阳，找个恰当机会，把女儿的工作调回沈阳。

杨守仁却不是这个观点，他相信组织，相信女儿能在斗争中成长，督促女儿回到生产第一线，多为祖国出石油。耳顺之年的杨守仁，依然保持着科学家的天真，以为女儿是纯洁的，不像自己有过那么多复杂的经历，也没被戴上"反动"的帽子，只是暂时逃避斗争，组织上不会为难她的。

事实却恰恰相反，女儿回到盘锦，就成了派系斗争的牺牲品，遭受到了不堪的折磨，斗争的残酷性超出了女儿的承受力。女儿一时想不开，在油田的井房里自杀了。

噩耗传来，荆荷珍一下子被击垮了，终日以泪洗面。她无法接受这个残酷的事实，鲜鲜亮亮的女儿，活蹦乱跳地去了盘锦，却永远地留在了那里。她后悔让女儿去盘锦工作，后悔没能坚持住，没能把十分不情愿走的女儿留在家中。

　　她捧着女儿的照片，一直精神恍惚，不相信女儿先她而去，身体一下子垮了下来，从此，一病不起，瘫痪在床。

　　杨守仁也是心似油煎，追悔莫及，一生只忙于事业，对女儿关爱较少。如果不是自己督促女儿回盘锦，哪儿会有天降横祸，是自己的固执，害死了女儿。很多时候，他就这么愣愣地看着精神恍惚的妻子，默默无语，两眼泪水涟涟。

　　从此，他最怕的两个字就是"盘锦"，这个让他洒下心血和汗水最多的地方，成了他又爱又恨的地方。他的学生没人敢提盘锦，他再也没去过盘锦，但他的学生却一个又一个地被他派到盘锦，一如既往地完成他的心愿，让广袤的"南大荒"稻浪滚滚。

　　忘却悲伤的唯一办法，就是拼命地工作，挤光所有的时间。杨守仁以坚强的意志、顽强的毅力，拖着带病的身体，指导稻作生产，撰写《水稻施肥与水肥管理》等一线生产最需要的指导性文章，让东北大地真正地"喜看稻菽千重浪"，让更多的老百姓不再觉得吃上"大米饭"就是奢望。

　　就在最悲伤的那几年，他全身心地投入，完成了一篇又一篇分量极重的论文，筑牢自己的理论谱系。1973年在《遗传学通讯》第二期上发表了《籼粳稻杂交育种——二十年来经验与体会提要》；1974年1月参加在吉林省农科院召开的"北方15省水稻育种会"，在大会上做了"水稻株型的问题"的发言；1975年在《铁岭农学报》上发表了论文《水稻株型的研究》；1977年在《遗传学报》上发表了《水稻株型问题讨论》。

　　以杨守仁为中心的水稻科学家谱系，逐渐稳固。

　　学有所成的学生们，虽然散落于全国各地，但和老师的心总是相通的，时常聚在杨守仁的身旁，一边聆听教诲，一边帮助老师照顾师母。张龙步更是与老师形影不离，如同父子，从20世纪50年代开始，做了一辈子老师的助手，甘心把自己一生都埋在老师的影子里。学生杨桂清，得知师母患病卧床，带着从医的丈夫，当起了师母的"家庭医生"，送上了对症的良药"牛黄安宫丸"，定期来到老师的家，给师母把脉开药，调理身体，想方设法消肿止痛，让师母活得有质量。

杨守仁一生不想亏欠别人，学生看望老师，带来礼物，他总是回馈学生。可是，妻子的病，却让他不得不亏欠学生了，为此，他感激不已，念念不忘。

尽管杨守仁和他的学生们尽全力挽救荆荷珍的生命，可是她在女儿谢世后，仅仅坚持了5年，还是撒手人寰，追随女儿去了。1978年1月5日，荆荷珍去世，年仅60岁。

自从妻子去世后，杨守仁就在自己的卧室兼客厅最显眼的地方，摆放着妻子的遗像，遗像前从未断过鲜花与水果。即使耄耋之年，他看着妻子的遗像，依然潸然泪下，用颤抖的手，在妻子的遗像下写题下一行字：

十年浩劫凌辱苦，

天知地知何处诉；

鲜花采来常祭奠，

饮恨终生梦魂间。

第五章 ～～～～～

科学的春天

黄金时期

一般来说,科学家的黄金时期,应该是中年。杨守仁虽然悟性高、学识广,成名也早,但生命中最辉煌的时刻,还是来得晚了一些。厚积薄发是一方面,毕竟,培育成功一个稻种,起码需要十几年的时间,只有到海南岛进行"南繁",才有机会缩短一半的时间。可是,他生命中最重要的十年,被"文化大革命"挤压得喘不过气来,能顶住压力,忍住悲伤,把"千重浪"培育出来,已经是天大的造化了。

对于一般人来说,60岁就退休了,杨守仁是沈农的一级终身教授,一辈子不退休。恢复高考那年,他已经65岁了,却迎来了生命中的第二春。

这一年，在农大的校门口，他接来了久违了的新生。这一年，他不仅成了辽宁省第五届人大代表，还成了省人大常委会的常委。沈农的老师和学生见到他，为了显示对其尊敬，毕恭毕敬地称他为杨先生。

1978年3月18日，更是杨守仁一生难以忘怀的日子，中华大地经历了十年"文化大革命"之后，终于迎来了科技的春天。这一天，全国科学大会召开了，杨守仁作为特邀代表坐在台下，认真地聆听着邓小平在开幕式上的讲话。邓小平明确指出"现代化的关键是科学技术现代化""知识分子是工人阶级的一部分"，重申了"科学技术就是生产力"。把知识分子从"被改造的对象"中解救出来，落实知识分子政策，推动科技教育界的改革等等一系列举措，一字字、一句句都像重锤一样敲在杨守仁的心灵。这么多年来，他一直期盼着这一天，能够甩开膀子，踢开羁绊，把自己从事的稻作学研究，也把自己钟爱的教育事业，推向更高的台阶。

3月31日，全国科技大会闭幕，时任中国科学院院长的郭沫若发表书面讲话《科学的春天》。他用诗一般的语言宣告："这是革命的春天，这是人民的春天，这是科学的春天！让我们张开双臂，热烈地拥抱这个春天吧！"

杨守仁和众多科技工作者一样，备受鼓舞，真切地感受到知识分子的黄金时期即将到来，迸发出了极大的科学热情。那一年，他被聘为第一届国务院学位委员会学科评议组成员、农业部第一届科学技术委员会委员、中国水稻研究所理事会理事。论文《水稻株型问题讨论》在《遗传学报》上发表，引起了学术界的大讨论。

从北京回到沈阳，杨守仁搬出了自己的家，家里处处都有老伴的身影，留在家中，免不了沉湎于老伴去世的阴影里。更何况，他不会照料自己的生活，就搬到了儿子杨惠民家，由儿媳照顾他的饮食起居。儿子孝顺，儿媳贤惠，给他带来了家庭的温暖。到了1981年1月，孙女杨萍出生了，孩子活泼可爱，他既能享受天伦之乐，含饴弄孙，又不耽误更深入的研究。

沈农的学术氛围越来越浓，杨守仁的思考也越来越深入。他深知科学技术对发展生产的决定性作用，没有科学上的突破，就没有技术上的进步，也就没有生产上的飞跃。他特别认同数学家华罗庚"没有理论的深度，就没有应用的发展"的观点，瞄准源头创新，展开了艰苦卓绝的应用基础研究工作。他在赠给学生的条幅中写道"必古人之所未及后世不可及而为之"，表达了他继承传统，改造现在，创造未来的决心。

全国改革开放的春风吹遍神州，和他研究的水稻一样，杨守仁也迎来了他人生中的"高产"时代。"籼粳稻杂交高产育种及理想株型的研究"被确定为国家重点科技攻关项目；"籼粳稻杂交育种的理论研究"获得国家自然科学基金的资助；"北粳南引的重新研究"初步成功。1981年9月国家科委负责同志专程到沈农视察，随即一次性拨款30万元资助杨守仁开展"水稻理想株型育种的基础研究"。

杨守仁创新水稻育种理论与方法，探索出一条别人没有走过的育种科学之路，形成了籼粳杂交、理想株型、超高产育种三大理论体系，成为我国超级稻育种的首创者。

严谨求是

科学与伪科学，就像如影随形的鬼魅，科学只能用科学不断地证明伪科学的危害。就像永动机，总有人尝试着做，就像鸡毛能飞进太空，总有人相信。

1978年2月，杨守仁在武昌参加了植物远缘杂交会议。所谓的远缘杂交，通常是指植物分类学上不同种、不同属甚至亲缘关系更远的物种之间的杂交。那时，"玉米稻"煊赫一时，宣称两米多的株高像玉米，又宽又长的叶子像玉米，丰富的气生根像玉米，直立紧凑的穗形像玉米，大而饱满的籽粒更像玉米。有些农业科研部门和农业主管部门，按捺不住喜悦与激动，大肆推广"玉米稻"。

杨守仁尖锐地指出，所有这些言过其实甚至别有用心的东西，不是误导就是蒙骗。他认为，"玉米稻"不强调杀雄防自交，存在玉米花粉在水稻柱头上难以克服的生理障碍，其后代不能表现出远缘杂交的特征，以及毫无玉米性状，是靠不住的。也就是说，远缘杂交技术中杂交亲本之间亲缘关系不能太远，如果杂交亲本之间遗传关系相对较远，在杂交过程中会出现杂交不亲和、杂种衰亡或不育以及杂交后代性状疯狂分离、获得稳定材料耗时较长等现象。

为此，他撰写了一篇《我所知道的"玉米稻"》，亮明观点"试想一粒稻谷放在玉米胚的浸出液中泡一下，就能产生'遗传工程稻'，真会有那样的事吗？出自于一位副教授，又经知名人士鉴定，我真感到难为情！看来学术界也有'打假'的必要"。"'遗传工程稻'之类是否与早些时候的'人工根瘤'之类乃一样的货色？我们的科学家轻易表态，造成不应有的损失，可能还要反复重现。"

这篇文章，几年后才在《作物杂志》上发表，时间证明了"玉米稻"的不可行，"玉米稻"不过是一时甚嚣尘上的概念炒作。

正像杨守仁预测的那样，15年后，"玉米稻"又出笼了，某省农学院通过遗传学技术，把玉米的基因导入水稻里面。这种转基因的水稻秆子很粗，而且叶片又宽，省领导特别欣喜，正准备大面积推广。

这一次站出来反对的是袁隆平。

袁隆平得知这个消息后，指出这种违背现实科学的理论，实在是风险性很大。于是，他顶着各方面的舆论压力，写了一篇关于种植"玉米稻"需谨慎的文章。他认为"推广新品种，必须要进行小面积试种，如今'玉米稻'没有经过试种实验，这样贸然大面积推广，这是对农民的不负责任的表现"。

经过不懈努力，最终这篇文章以农业厅公函的方式，发到了全省各级农业、种子和技术推广站等部门。当时，省领导对袁隆平非常有意见。然而当"玉米稻"产量出来，农科院面对稻农几百万元的索赔时，他们这才明白，袁隆平这是为了"拯救"他们，不然他们面临的赔款，可就不是几百万这么简单了，也许是天文数字！

杨守仁坚守真理，严谨的科学态度，不仅体现在对"人工根瘤""玉米稻"等学术问题上，自我批评也毫不含糊，勇于修正科研、教学中的错误，成为"吾日三省吾身"的典范。他的授课讲义，五易其稿，常修常新。晚年还将几十年讲错和过去不敢讲的问题，进行认真梳理，为全系研究生及其导师讲解，予以补充和修正。

对于写进教材、著作中的观点、结论，杨守仁始终"抱着对天下后世负责的严肃态度"。比如，籼粳稻杂交育种新途径是在"经历30余年来理论与方法的反复探索，又经历20多年育种实践"后，才郑重提出。一种理论，经历了半个多世纪的考验，他才敢放心地写进教材中，放心地写到有关书本中。

1982年，杨守仁参加一种小麦育种新途径的评审，因为这个品种获过奖，属于"盖棺定论"的范畴，与会的专家给予了很高的评价。而杨守仁却"唱起了反调"，他认为，一个品种或者一种途径好不好，"得过什么奖不足为凭"，坚持不宜"评价过早、评价过高"。与会人员接纳了杨守仁的意见，因为他们知道，1938年获得诺贝尔物理学奖的费米，事后证明还是错误的呢，何况他们评审的项目，获得的并不是权威奖项。

那几年学术界一度出现了"宁做鸡头，不做凤尾""夫妻店"等不健康现象。面对这种精致的利己主义现象，杨守仁特别反感，也特别反对。科学是宽广的，哪怕是一粒种子，内部的世界也像外部浩瀚的宇宙，无穷无尽。面对无限的未知世界，个人能力太微弱了，也太有限了，妄自尊大、自命不凡、坐井观天都是危险的，必须倡导协作精神。

1986年2月14日，《人民日报》大地副刊以将近整版的篇幅，发表了报告文学《绿色革命序曲》，以非常美妙的笔法，介绍了空前未有的绿色革命——人工诱发固氮根瘤，盛赞这一重大课题首先在我国突破，能把空气中的氮气变成氮肥，固定在小麦的根部，中国又创造了一项世界第一。

杨守仁认真地读了这篇文章，既难以为情，又哭笑不得。深深地感到，随着科学的日新月异，伪科学也跟着水涨船高。有人想标新立异，有人想鱼目混珠，都想搭上科技兴国的便车。真理与谬误之间，往往只有一步之遥。"一种妄自尊大狭隘的爱国主义思想，是十分可怕的。一种把农业增产看得那么容易的思想，更是十分有害的。"

《人民日报》是中国影响力最大的媒体，全世界都在关注，如果伪科学在这样的媒体上大行其道，直接影响我国在世界上的威望。

他没有批评报纸，也没有责备作家，因为他们是"圈外人"，并不在行。他气愤的是有的农业专家参与其中，为伪科学佐证，致使人工诱发固氮根瘤死灰复燃，误导了舆论。这是科研工作者的职业道德问题。

愿望再美好，心情再急迫，也不能跑在科学结论的前面。

两天后，他奋笔疾书，给时任国务院主管农业的副总理万里写了一封"可以公开的信"，表明了自己的态度，人工诱发固氮根瘤这项研究，目前还处于实验阶段，尚无科学的结果，现在宣布成功，是不可取的。他还提出了自己的三条建议：各级政府都要有一个以科学家为主的智囊团；各级领导干部要形成和科学家交往的风气；科学方面的争议应该由有关科研部门负责处理。

这篇报告一石激起千层浪，杨守仁没有想到，会有那么多正直的科学家站出来，本着"严谨治学，实事求是"的原则，书面质疑。3月11日，《人民日报》刊登了中国农业科学院等5个单位29位高、中级农业科研人员的来信，指出人工诱发固氮根瘤这项研究，尚无科学的结果。

事实上，《人民日报》以这种方式，向科学致敬，变相为科学正名。

杨守仁不迷信权威，不为世风所动的治学态度，确实值得我们反思。当下的科学界，无论自然科学，还是社会科学，浮躁成风，"专家"居然成了揶揄的代名词。成果剽窃、论文造假、精致利己，比比皆是。

这种治学严谨、低调沉稳、耐得住寂寞，几十年磨一剑的学术品格，正是当下最稀缺的，也是最值得我们珍惜和弘扬的。

科学家最应该坚守的就是科学精神。

水稻的哲学

哲学是人类智慧的结晶，它能指导人文学科，也能引领自然学科，实现突破和发展。杨守仁充分运用唯物辩证法，对水稻的现象与本质、原因与结果、必然与偶然、可能与现实、形式与内容等进行系统研究，开展水稻育种与栽培。

对哲学的思考，杨守仁与袁隆平有异曲同工之处，两个人虽然主张不一样，研究方向也不同，一个是北方粳稻，一个是南方籼稻，一个主张矮株直立大穗"蜡烛稻"，一个主张高株垂穗"瀑布稻"。但道理相同，都是运用唯物辩证法，不同的原因是南北地理和气候差异造成的。

两个人惺惺相惜，经常交流，也常在各种学术研讨会上合影留念。年长袁隆平18岁的杨守仁，从不认为自己是长辈，而是虚心向袁隆平求教。正因为两个人互相取长补短，共同成就了中国水稻界的两位标志性人物：中国超级稻之父和中国杂交稻之父。

杨守仁谨记母校老校长竺可桢早年在《论我国气候的几个特征及其对粮食作物生产的关系》中的论断，在同一纬度上，我国各地夏季温度高于日本，"我国北方种稻的单产不应低于南方和日本"。竺老的论断，是建立在他丰厚的气象学的学养之上，经过反复比对，才得出的推论，只是他没有能力去实现。杨守仁不辱使命，用了30年时间，证明了老校长的论断是正确的。

育种和栽培之间是相辅相成的辩证关系，想要搞育种，必须要有良好的栽培基础，这是杨守仁追求了一生的科学方法论。两者之间相互依存，相得益彰，良种配良法，才能发挥高产品种的增产潜力。优良的栽培方法和技术对育种十分重要，水稻是三分种、七分培，所以要搞好栽培才能谈育种。

不管是在省内还是在省外，不管在河南还是河北，不管是去了黑龙江还是到了宁夏，杨守仁始终灌输"搞育种先要搞栽培，搞栽培先要走江湖"的理念。在不同场合，他总是在讲，水稻理想株型问题主要是育种问题，但又与栽培密切相关。栽培要下基层实践，多走走，多看看，多学学，只有多了解，长见识，勤实践，才能做好栽培，做好育种。天天在实验室里，对育种是没有用的，因为育种本身就是一种实践工作。

在省外，杨守仁经常不由自主地"推销"沈农。他说，沈农很会处理两者之间的关系，既注意育种，又注意栽培，在沈农求学，就可以"笑傲江湖"了。无形中，杨守仁也等于给沈农做了"招生广告"。

这就是杨守仁，他不用深奥的理论说话，简单、朴素、幽默中，蕴含着深邃的道理，他的科学世界观和方法论，还有博学的才识，被大家行云流水般传播下去。

在农学专业设置的讨论中，有人提出把育种和栽培分成两个专业，他坚决反对，认为这是理论和实践的脱钩，对学生不负责任，也是对研究人员不负责任，"历史的经验教训使我们感到，常规育种不能老一套"。他以江苏的徐州和云南的大理为例，同样的种子，最适叶面积大有不同，显然是株型问题，也是栽培问题。"轻视栽培，轻视良种与良法相结合，栽培与育种各搞各的，互不通气"会出大问题。

在协调矛盾中求发展，这是杨守仁水稻哲学中的另一个观点。他的科研实践，充满了对世界认识的智慧，他用哲学观点和方法避开了科研中许多弯路。他常说："世界是充满矛盾的，发展又是无止境的。问题在于如何协调内外各方面的矛盾，在矛盾中求发展。"

天下事，有利必有弊，某个性状突出，一定会影响其他性状，这是杨守仁观察事物的辩证视角。就水稻而言，一亩地只有60万平方寸，如果每亩穗数达30万穗，每穗连同茎叶，不超过2平方寸。方寸之间，就产生了穗大与穗多的矛盾。稻穗大小，必然与秆粗叶面积成正比关系，而秆粗叶大必然影响分蘖力，间接影响的是亩穗数。

杨守仁汲取了矮化育种、杂交稻育种的优点，而避其两者的不足，形成了"三好理论"，即"植株高矮好、稻穗大小好、分蘖力强弱好"，把三个"好"作为杂交后代的选择标准，大大地提高了籼粳稻育种的效率。

在生活中，杨守仁几乎没有选择，越简单越好。可在理想株型的探索中，遇到的复杂矛盾比比皆是，偏大穗、偏矮秆、偏大粒、分蘖力等，都需要在优势利用中，协调诸多矛盾，因地制宜，恰到好处地做出最佳选择。

杨守仁认为，水稻与环境，地上与地下部分，生物产量与经济产量，群体与个体，穗数与穗重，都存在辩证关系，既有相互联系、相辅相成的一面，又有相互制约、矛盾相克的一面。栽培上要充分利用这些特点，趋利避害，在相对有利的条件下求得协调发展，实现增产的目的。

"学而能思"是杨守仁的一贯主张。他特别强调理论联系实际，辩证思维。提倡一边学、一边思、一边应用，把有限的知识放大到极限。

他始终把现代科学知识与传统种稻经验结合在一起，博采众长，在继承中开拓创新。他提出的"水稻既喜水又怕水""水层的有无、深浅是水稻栽培上的重要环境条件""我们搞社会主义经济建设不能不讲经济效果，不能不讲群众的实际利益""稻区绿肥问题是我国水稻生产问题中的重要问题之一，也是可持续性农业中一项应该特别予以重视的问题"都充满真知灼见。

"具有'学会和植物说话'的本领（看苗诊断）显然是异常重要的，而这正是种稻能手们颇有经验之处，又正是我们新一代往往眼高手低之处，当然也是书本上很少讲得清楚之处。"这话说得多么好啊！在《杨守仁水稻文选》一书中，这样的文字、这样的论述比比皆是。

世界上的一切事物，运动是绝对的，静止是相对的。杨守仁在栽培学上，远见卓识地提出了"动态概念"。水稻的一生也是一个动态发展过程，且受环境变化的影响，有很强的自身调节特性。所以，在栽培措施上要有"伸缩性"，根据不同情况，灵活地运用栽培技术，不能绝对地一成不变，一切都留有余地。

他常说，作物栽培与耕作学这一学科的精华在于辩证运用。在耕作改制方面，他在抗日战争时期便研究过我国两季稻的种类和分布，四川冬水田的开发利用和南方稻区发展绿肥的重要性等。新中国成立后，他除坚持"北粳南引"的研究外，曾多次向有关方面建议先在长江流域下游各地推行籼稻改粳稻，以满足京、沪、宁、杭各大中城市对粳米的需要。

在水稻栽培生理生态方面，除以现代科学阐明"稀播培育壮秧""育苗先育根""肥田宜稀""用粪犹用药"和"节水种稻"等传统种稻经验外，他很强调"水稻的半水生性""水层在水稻栽培上的作用""源足、库大、流畅"和"根粗与抗旱性的关系"等论点。在穗大的物质基础及其不利的一面等研究，以指导今后水稻的高产更高产。

特别是对水稻栽培的促控技术，杨守仁尤具独到见解。他认为叶色变化规律在水稻栽培上至关重要，是水稻高产量、高效益的中心问题。但叶色变化并不是目的，促进或控制要审时度势地运用，达到生长稳健、内外协调从而获得高产的长势和长相。他从各地的实践中总结出"促中可以有控、控中可以有促"的新经验。

沈阳的水稻生产得杨守仁之益最多。近水楼台是一方面，主要是他的得意弟子之一陈奎峰，主管沈阳的农业。杨守仁甘愿无偿当沈阳稻田的"家庭医生"，为稻田问题"出诊"，随叫随到，毫无保留地将一生积累的学问倾囊而出。

本来，沈阳稻作区面积并不大，仅限于辽河与浑河低洼的河畔，也不集中连片。杨守仁把打井种稻的经验，传给沈阳的农技部门，用以弥补水源不足的问题。在他的指导下，沈阳打井数万眼，开创了我国打井种稻的先河。

打井种稻，说起来容易，做起来却不那么简单，尤其是气候较为寒冷的沈阳。井水抽上来是凉的，直接灌溉，会影响水稻生长发育。杨守仁提前20年，找到了解决方法，他把自己从农学家变成了工程学家，设计出一种水渠，绕在稻田里，直至将井水晒到常温，才灌溉进稻田。这种靠阳光自然增温的水渠，又是杨守仁首创。

沈阳的稻田面积在20世纪80年代初，一下子发展到了135万亩，占沈阳耕地总面积的十分之一，杨守仁推广的打井种稻，功不可没。他凭一己之力，让辽河流域成为富饶的"中国粮仓"。

稻田多了，可单产一直徘徊在600斤～700斤，杨守仁针对沈阳水稻产量不高、不稳的情况，多次提醒，苗齐、苗壮是丰收的基础，育秧先育根，必须在水稻苗上下功夫。

在杨守仁的指导下，推广了胡台的"客土育苗"、刘二堡的"草炭营养土育苗"，两地的经验，使沈阳地区形成了适时早播的好习惯。20年之后，直到杨守仁过世，他们依然坚持着杨守仁的"稀播营养土保温旱育苗"的一整套技术。

1983年沈阳全市水稻亩产突破千斤，第二年又增产了147斤，胡台、杨士岗等乡镇，亩产甚至超过1300斤。1987年沈阳市的水稻单产已居全国乃至全世界第一，而杨守仁却将其归功于沈阳人民的勤劳、社会主义建设的成就。

也许，沈阳大米并不是名气最响亮的，这也像沈阳人的性格，踏实做事、不爱标榜。但事实上，沈阳位于北纬41°，是世界公认的黄金水稻种植带。丰沛的水资源、肥沃的黑土地，都给予了沈阳大米丰厚的滋养。沈阳大米颗粒饱满、色泽清白，入口蓬松软糯、筋道有弹性，晶莹剔透间，米香浓郁，丝丝清甜。如今，沈阳大米已正式列入沈阳农业十大品牌之一，成为沈阳人最拿得出手的伴手礼。

粮食危言

1984 年全国粮食产量 8200 亿斤（4.1 亿吨），比改革开放前的 1978 年高出了 2000 亿斤，这是空前的大丰收。秋收时节，全国的田野一片金黄，举国上下喜气洋洋。联产承包释放了生产力，农民的生产积极性高涨，这是丰收的动力。优良品种的推广，才是丰收的内因，在中国的粮食增产中，起着根本性的作用。

时任农牧渔业部部长何康，在世界粮农组织大会上，代表中国政府向世界宣布，中国基本解决了温饱问题。因为粮食增产，供应充盈，1985 年取消了实施了 30 年的粮食统购统销制度，改成市场调剂。

形势一片大好，到处莺歌燕舞，满街歌唱"光荣属于八十年代的新一辈"时，杨守仁却发出了"不和谐"的声音。

农稳社稷，粮安天下。这个观念早植根在杨守仁的心里，新中国成立后我国粮食生产几起几落，始终在盲目乐观与悲观失望之间徘徊。尤其是"浮夸风"和"三年困难时期"的惨痛教训，深深地印在杨守仁的脑海里，仿佛昨天一样，历历在目。

连年丰收，难免让人麻痹心态。杨守仁居安思危，发出预警，轻视农业必将遭到又一次惩罚，1984 年为此连续写了 4 篇《粮食危言》的文章，力陈粮食生产的极端重要性。在不同场合授课与交流中，他也经常"危言耸听"，大谈盛世粮食安全问题。

他上书给农牧渔业部，"我国人口基数那么大，每年的人口增长便是一个大数。鉴于近年进口粮食数字的巨大，我们怎么强调粮食生产的重要性都不过分。因此，对如何提高今后粮食生产的后劲，既要下大决心，还要千方百计"。

谷贱伤农，是中国历史上屡见不鲜的问题，杨守仁奋笔疾书，"我国人口年增加一千几百万，全国粮食生产必须年年稳定增长，才有可能保持某种水平。一些地方余粮卖不出去，产生谷贱伤农问题。在今后工副业挤种植业，经济作物又挤粮食作物发展情势下，采取'以工补农'以及压低化肥、农药、农业机械售价等紧急措施外，有必要深入研究这一问题，定出百年大计"。

杨守仁的4篇《粮食危言》，力陈我国粮食生产的重要性，犹如盛世警钟，回荡近40年，那种先见之明，异乎寻常的爱国爱民之心，跃于纸上，至今依然振聋发聩。

在大丰收的背景下，杨先生的大声疾呼，似乎有些杞人忧天。但接下来的5年，我国粮食总产量徘徊不前，始终没能突破8000亿斤，杨守仁的担忧成为现实。不管承认与否，即使科技再发展，粮食生产也摆脱不掉靠天吃饭，只不过是减弱对老天的依赖而已。事实证明，1984年至1998年，粮食产量在周期性波动中逐步提高。

从1985年开始，粮食产量基本呈现"一年减、两年增、三年一轮"的周期性波动。每经过一个波动周期，粮食产量就提高到一个新的水平，这便是警钟长鸣的效果。1996年，全国粮食总产量一度突破万亿斤大关。从2015年开始，连续8年，粮食总产量保持在1.3万亿斤以上。

"饭碗端在中国人自己的手中"，这是中国社会稳定的基石，让老百姓幸福的压舱石。

杨守仁的大声疾呼，收到了良好的效果，毕竟，部长何康是农业专家，懂得中国农业社会，更知道科学家们的心声，给中央或国家关于农业问题的建议准确到位。比如，那几年的中央1号文件，都是关于农业农村问题，其中就有杨守仁的建言献策。

1993年，何康获得了世界粮食基金会颁发的第七届世界粮食奖，成为第一个获得此奖的中国人。随后，他将20万美元的奖金全部捐给中华农业科教基金会，用于奖励高等农业院校品学兼优的学生和农业科研项目。

何部长知道，这个奖不仅仅是奖励给他个人，而是奖励给所有的中国农业科学家，其中也包括杨守仁。

杨守仁已经过世 18 年了，粮食危言的警告，依然回荡在人们的耳畔。杨守仁在世时，从不承认自己有先见之明，是深厚的学养，使他能洞若观火，水到渠成地预感到未来。他认为，这是老生常谈的问题，是事物周期性发展的必然规律。

如今，全球性粮食短缺，价格涨幅过快，导致 40 年来前所未有的粮食恐慌与危机。2022 年上半年，联合国世界粮食计划署宣布，人类或将面临"二战后最大的粮食危机"。中国人没有这种感觉，那是因为中国政府的未雨绸缪，只是让我们暂时平安处于台风眼的位置，并不意味我们的外围没有风暴。

我们能够平安，能够"衣食无忧"，是我们拥有袁隆平、李振声、杨守仁、谢华安、陈温福等一批优秀的农业科学家，他们用毕生的精力，把我们送到了"诺亚方舟"中，让我们有了"藏粮于技""藏粮于地"的本事。

第六章

第二次超越

理想株型

　　理想株型育种，是指以特定的植物形态、植物机能为选择指标，充分有效利用光能和地力，保证获得高额产量和优良品质的植株型态。

　　1967年，杨守仁发现了矮秆植株也可以生成大穗。从此，开始了他一生中第二次理论研究，重点从籼粳稻杂交育种，转向水稻理想株型育种。

　　1979年试验地由铁岭迁至沈农院内，杨守仁不必再拖着疲倦的身体，奔波在两地之间了。他潜下心来，在"千重浪"的基础上，选育出了株型好、产量潜能高的"沈农1032"，他的学生们也先后育成了"辽粳5号"、粳型恢复系C57、"辽粳326"、"沈农91"等高产品种，大面积推广应用，结束了辽宁稻区长期以引进日本品种为主的历史。

1980 年"沈农 1032"在试验田里种了几十平方米，每穗粒数达到百粒以上，如果每亩 40 万株，理论上说完全能够实现亩产吨粮。

亩产吨粮，是十年前亩产的十倍，已经是稻界的奇迹了。然而，杨守仁是谨慎的，试验田的成功，不能说明什么，只是测试出了水稻高产的潜能。他"高产四系"的理论，在实践中得到了验证，生活力极强的根系，高矮适宜而粗壮、强韧、整齐的茎系，光合效率高的叶系，总粒数适宜的穗系。由此，他坚定了由理想株型入手使水稻单产有所突破的信念。

尝试只能在试验田里进行，真正推广出去的稻种，必须有十足的稳定性，不能把不确定性交给稻农。"沈农 1032"虽然有亩产吨粮的可能性，但抗病性偏弱，生产上不能应用。虽说杨守仁对"沈农 1032"情有独钟，它是理想株型育种的重要转折点，但在他的眼里，吨粮田还只是"概念"，只能轻轻按下，他不允许炒作。

世界就是这样矛盾，高产不一定稳产，就像山巅之上的帽子，容易被风吹走。而稳如泰山，往往却达不到高度。只能在高度与稳定中，取得平衡。

1981 年经过改良的"沈农 1033"特别稳定，还能自行繁育。这个通过籼粳稻杂交选育出来的株型理想粳稻品种，在辽中县刘二堡公社刘南大队种子队试种成功，亩产突破 1230 斤。虽说与期望的吨粮田还有距离，但在当年，这已经是奇迹了。

从此，以矮秆直穗为特征的理想株型，在中国北方粳稻种植区，迅速铺开。

时任国家科委副主任童大林，是 3 年前中国科学大会重要筹备者，他特邀杨守仁参加了大会。向来尊重知识分子，主张"大农业"的童大林，听闻"沈农 1033"试种成功，特别兴奋。1981 年 9 月 10 日，率领《人民日报》记者，专程到沈农试验田，现场视察理想株型育种。当天下午的座谈会结束后，童大林做了相关批示。

没多久，《人民日报》发表了专题报道，盛赞"沈农 1033"。

当年，沈农用国家科委的拨款支持，筹建了专用实验楼，为稻作研究室的快速发展，奠定了基础。

1982年1月5日至14日，在北京召开的第四次全国农作物育种会议上，有13名著名育种专家、教授介绍了经验，这是"文化大革命"后，全国农作物育种界的第一次盛会。杨守仁在会上正式提出"水稻理想株型育种是继矮化育种之后的又一次发展"的主旨发言。第二年"籼粳稻杂交高产育种及其理想株的研究"被确定为国家重点科技攻关项目，"水稻理想株型育种"获中国科学院科学基金资助。

嗣后，杨守仁和他的助手张龙步等继续完善理论体系，以科学和谨慎的态度，逐字推敲论文的观点与内容。1984年在《中国农业科学》上正式发表了《水稻理想株型育种的理论和方法初论》。这一年，杨守仁被聘为国家重点攻关项目"农畜育种技术及繁育体系"水稻专家组顾问。

这一年，最让杨守仁难以忘怀的是，他以72岁的高龄，加入了中国共产党。别人写入党申请书，讲的是理想信念，可杨守仁的申请书，写的都是大实话，总共不到600字，用半自传的方式，阐述了自己对党的情感，包括自己的彷徨与困惑。科学的春天，让他"老夫聊发少年狂"，他看到了"在共产党的领导下，假以时日，中国一定要兴旺发达"，他还自谦地说"我虽已经年过七十，还可多干几年，为人民事业的某个角落填补缝隙"。

1985年8月，杨守仁在沈阳主持召开了有史以来首次水稻理想株型座谈会。杨守仁明确指出水稻理想株型育种是矮化育种的进一步发展，是形态与功能兼顾的高光效育种，并对水稻理想株型提出耐肥抗倒、生长量大和谷草比大等三项要求，为后代的选择提出了简单实用的标准。

事实上，杨守仁完成了籼粳稻杂交、理想株型育种，他还要更上一层楼，悄悄地开始了水稻超高产育种的开创性研究。他把产量、品质、抗性等好几个系统工程纠缠在一起，并且牵涉到许多"微效多基因"控制的高科技前沿问题，率先提出"超高产基因集团"，因为这一领域，还根本没有触及。但"超高产育种"倒可以先摸索一下，用育种成果促进遗传学发展。

世界是无限的，只是人的想象是有限的。杨守仁把探索的目光聚焦进了未知领域。水稻高产之上的更高产，难度越来越大，就像攀登珠穆朗玛峰，到达顶端，只是极少数人。谁也没有想到，耄耋之年的杨守仁，最终，又成了站在顶峰上的那个人。1998年，86岁的杨守仁获得了何梁何利基金科学与技术进步奖。

三杨（羊）开泰

世间事，总有一些微妙的巧合。"三杨"聚在沈阳，水稻的理论、技术、实验，三个关键要点，都掌握在杨姓人的手中。杨守仁与杨胜东、杨振玉三人的密切合作，带来了三杨（羊）开泰的好局面，被传为一段佳话。

中国民俗，崇尚吉祥，多被写作"吉羊"。羊，儒雅温和，温柔多情，中国先民朝夕与之相伴。甲骨文中"美"字，即呈头顶大角之羊形，是美好的象征。羊与阳同音，在中国古代，羊即为阳，宫廷中小车多称羊车，即取意吉祥。"泰"是卦名，乾下坤上，天地交而万物通也，我们见到"泰"，总会是大吉大利。

只要沈阳的三杨聚在一起，大家就会不约而同地想到"三杨（羊）开泰"，就会想到吉祥顺遂，万象更新，兴旺发达。果然，他们三人在一起，开创了北方粳稻"三杨开赛"的局面，成就了一番大事业，中国粳稻育种引领全世界。

依照字面解析，"三阳"就是太阳的三种状态，即早阳、正阳、晚阳，均含生机勃勃之意。"早阳启明，其台光荧"，正适合三杨中的领头羊杨守仁，他的理论创新，让天地豁然开朗。"正阳中天，其台宣朗"，当数杨胜东，他在浑河农场任教授级高级农艺师，虽说不是杨守仁的亲传弟子，但他最彻底地贯彻了杨守仁的"走江湖"理念，始终坚守生产第一线，选育出矮秆直穗型高产品种，收获一片金黄。"夕阳辉照，其台腾射"，正适合杨振玉，他是杨守仁的学生，将老师的思想具体化，特别是南北品种交流方面，首屈一指，让杂交粳稻造福人民。

三杨组合，相互间珠联璧合，你中有我，我中有你。巧合的是杨胜东与杨振玉同龄，比杨先生小了15岁。虽说他俩都尊称杨先生为老师，实际相处中，亦师亦友亦兄弟。稻田里、田野边，经常留下三人笑得合不拢嘴的合影。杨守仁最喜欢"青出于蓝而胜于蓝"，杨胜东就是那个最杰出的"青"之一。

严格意义上讲，毕业于湖南农学院的杨胜东，并不是杨先生的学生，却不妨碍他们之间的师承关系。他最坚决地贯彻杨先生的理念，通过近30年的艰苦拼搏，1976年选育成功"高光效直立穗理想株型"水稻新品种"辽粳5号"，其株型之理想超越世界水稻专家的设想，比日本负有盛名的"丰锦""秋光"增产20%左右。1982年获国家农垦部重大科技成果奖；1983年获国家发明二等奖，扭转辽宁半个世纪以来种植日本水稻品种为主的历史，是辽宁水稻种植史上具里程碑意义的优良品种。

有人给杨胜东的名字做个诠释"战胜东瀛"，称他是"抗日先锋"。因为他用技术扭转了东北半个世纪来种植日本水稻品种的历史，培育出了水稻种植史上具里程碑意义的优良品种。他却不这么认为，好的品种都是集世界各种优良品种的大全，都是你中有我，我中有你的融合。

杨振玉在"胜于蓝"方面，毫不逊色。20世纪70年代初，在杨先生的指导下，他首创"籼粳架桥"制恢技术，育成C57、C418等高配合力粳型恢复系，率先攻克了国际上长期未能解决的粳稻杂种优势利用难关，使我国成为世界上最先应用杂交粳稻的国家，为世界稻作发展作出了突破性贡献。

1978年杨守仁作为特邀代表参加全国科技大会，会上最让杨守仁兴奋的是，大会宣读了"首届全国科学大会奖"获奖技术成果名单，学生杨振玉的"籼粳架桥"制恢技术名列其中。看着那鲜艳的获奖证书，杨守仁比自己得奖还高兴。后来，这项研究成果以专利形式转让美、日等国，确立了我国杂交粳稻的国际领先地位。

学生和老师一样，都是谦逊的，称其为站在老师的肩膀上获得的。杨守仁却认为，肩膀是人类进步的阶梯，扛起别人，就是扛起了人类。

杨守仁的理论指导意义一直都在影响着几代人的水稻研究。虽说两人都取得了不凡的成绩，但科学是无止境的，按照杨守仁的要求，两人都知道自己的不足和遗憾。比如，杨振玉搞的"黎优57"，虽说高产，但米质不好，不太稳定，抗性也不够好，种植几代后，也不行了，不抗稻曲病和稻瘟病。

当然，杨胜东与杨振玉也在努力地更上一层楼。后来，两个人的科研之路越走越远。

杨胜东在 20 世纪 90 年代育成的糯稻新品种"浑糯 3 号"亩产 600 公斤～700 公斤，打破糯稻低于一般粳稻产量的局面。接着，他在向小叶稻进军，研究方向又是超世界先进水平的。

1987 年以来，杨振玉在两系法杂交粳稻研究中又取得重大进展，提出按不同生态条件选育光温互补不育系的技术路线，育成培矮 64S/C418、108S/418 等两系亚种组合，在江淮稻区示范成功，为两系籼粳杂种走向生产奠定了基础。

沈农的历届学生，都把"三杨（羊）开泰"奉为美谈。杨守仁迟暮之年，他的学生岳玉峰早已两鬓斑白，在沈阳农科院研究员的岗位上退下来，还念念不忘那段美谈，特意送来"三羊开泰"的雕塑。

象征着传统吉祥的三只白羊，晶莹剔透地相拥在一起，在灿烂的阳光下，熠熠生辉。

人类的财富

杨守仁的胸襟是宽广的，他的研究始终是开放的，上至世界粮食奖获得者国际水稻研究所著名水稻育种家库希博士，国家领导人王震、万里、宋健，下至乡村农技推广员，双腿沾满泥巴的普通稻农，只要热爱水稻，成果随时与人分享。优良的种子，属于全人类，这是他的基本观点。

他认为，人与水稻的关系，是人与自然的一个组成部分。从自然中摸索出规律，培育出高产的种子，再回馈给自然，播种在广袤的田野上，最终造福于人类。他很清楚，自己迈出的每一步，都是借鉴前人的经验，得益于国际的学术交流。

在学术研究中，有个不成文的现象，一个课题的技术路线和技术核心往往是保密的，特别是对同行，这个密级就更高了。杨守仁却不是这样，从来不懂保留，他主张搞水稻研究要通力协作，博采众长。

不管是他主持的会，还是他参加的会，杨守仁习惯性地将他的研究成果印成书面材料，毫无保留地和大家分享。试验田里的亲本或其他材料，他也慷慨地请同行带回去，进行试用。他说："严格选择亲本，永远是杂交育种成败的关键。在早年，也许七搞八搞，便可以搞出一个新品种。今后，难度会越来越大，一些新材料，相互资助，发挥协作的威力是极其重要的。"

1987年9月，杭州召开的国际水稻研究会议，杨守仁向与会者分享了用中、英、日三种文字撰写的《三十六年来籼粳稻杂交育种的研究及发展》（1951—1986）一文，该论文系统地论述了他和他的同事们在籼粳稻杂交育种、水稻理想株型育种和水稻超高产育种三个基础研究领域所取得的开拓性成果，赢得了与会200多位国内外科学家的重视和赞扬。

菲律宾培育的一个新品种，用的就是杨守仁赠送的水稻亲本。还有他提供给国际水稻研究所的"沈农366"，成为他们研究新株型超级水稻的亲本。

《水稻理想株型育种的基础研究及其与国内外同类研究的比较》是杨守仁关于理想株型育种研究的综述性论文，分别以中、英、日三种文字在国内外发表。日本学者来访，都随身携带该日译文章，足见其在日本影响之大。

除了无私奉献，杨守仁特别注重向国外学习，尤其是对日本、朝鲜稻作的学习与研究。毕竟由于特殊的历史时期，东北的种稻经验与日本、朝鲜有过深度交融。

刚到沈农时，杨守仁学习朝鲜的经验，认为大垅栽培、畜力中耕的做法，合乎辽宁的实际需要，大力推广。他率先提出北粳南引的重要研究，成为长江流域部分稻区籼稻改粳稻的主要倡导者和推动者，是建立在对日本水稻充分研究的基础上，有理有据提出来的。他借鉴日本专家在公主岭搞的水稻高产试验的经验，同时又否定日本专家无视我国传统种稻经验，强调重施穗肥的做法，"扬弃"地学习外国先进经验。

时至今日，依然有人误解，东北水稻是日本种。事实上，经过杨守仁的籼粳杂交后，东北的水稻已非传统的稻种了，兼收并蓄了各国各地稻种的优秀基因，形成了最适于东北的新品种，东北稻田逐渐淘汰了日本品种。

物竞天择。现如今，除了在科研项目中保留，日本品种已经绝迹。假若有人尝试，直接拿来日本的稻种，到东北种植，气候环境的差异，会导致严重的"水土不服"。换一种思维方式，我们拿出80年前日本人在东北的稻种，进行尝试，农学家们不无遗憾地摇摇头，时过境迁，两者早已不可同日而语了，完全失去了商品化种植的意义。

东北本土科研工作者，经历70多年的杂交育种，一大批东北水稻品种，已经完全适应了东北地区不同地域的气候与土壤，和东北移民一样，经历过几代的生根发芽，完全融入了这片黑土地，成了新的群体，东北人，东北稻。

科学就是科学，时代不同了，杨守仁不会有"师夷长技以制夷"的观念，而是"洋为中用"。人家有优点，就应该向人家学习。东北积温低，无霜期短，水稻的生长周期可谓是"争分夺秒"。日本有大棚育苗技术，能延长水稻的生长日期；日本有机械化插秧技术，而我们却是人工插秧，体力劳动非常繁重。听说吉林省引进日本工厂化大棚盘育秧机，还有配套技术机械化设备，杨守仁特别高兴。

1979年秋天，杨守仁特意赶赴吉林省水稻研究所进行考察。当听到设备和生产成本高，推动水稻生产机械化有困难时，杨守仁立刻想到了"入乡随俗"的解决办法，和吉林水稻研究所的研究员商讨，如何用吉林的床土替代日本的床土。同吉林省农科院交流时，想出了塑料软盘代替硬盘的办法，降低育苗成本。与四平农机研究所交流时，他给出建议，能不能用他们研制的四行插秧机替代日本的插秧机。

这种交流与互动，杨守仁能现场解疑答难，别人受益匪浅，他也会在交流中大有裨益。每逢这时，杨守仁总会抑制不住地开怀大笑，那是他从心底流淌出来的笑，也是替天下苍生在笑，生产成本的降低，意味着稻农的腰包会鼓起来。

在杨守仁的心目中，农业增长很重要，农民增收更重要。

日本的农业科技水平高，尤其是水稻育种和种植技术，走在中国的前面，这是客观实际。我们可以不忘国耻，牢记日本帝国主义的入侵和殖民，但不能因噎废食。日本种植粳稻历史比东北早，经验成熟，人家有优点，就应该向人家学习。1951年杨守仁归国之后，没再走出国门，1984年9月出国交流，他便选择了日本。

担任代表团长的杨守仁，在日本也久负盛名了，出访日本受到了热情的接待。代表团一行拜访了北海道大学石冢喜明教授，在九州大学进行了广泛的交流。在日本，杨守仁还结识了在抗稻瘟病和萎缩病研究方面贡献突出的高桥万右卫门教授。

此次出访，杨守仁和角田重三郎结下了一生的友谊。两个人对理想株型育种都有深入的研究，有异曲同工之处，虽说各有千秋，但殊途同归。回国后，杨守仁觉得，角田重三郎的观点对我国稻作种植很有启发，特意组织专家，翻译了角田重三郎的《稻的生物学》一书，由农业出版社出版发行。

水稻理想株型研究，在国际上产生了较大的影响，农牧渔业部非常重视这项研究的国际交流，支持沈农举办国际学术会议，交流中国经验。1985年8月初，水稻理想株型座谈会召开。

低调的杨守仁，没想把规模扩大，所以才叫座谈会。世界各地对此有所研究的农学家纷至沓来，结果却开成了世界上第一次水稻理想株型国际学术会议，参加"座谈会"的有百余人。

其中，日本东京大学的教授角田重三郎是驰誉国际的农学家，著作《植物育种》在我国农学界很有影响，该书从基因入手，阐述植物育种学，对我国育种工作中的原始材料搜集、保存、常规育种法以及各种性状鉴定、田间试验设计及基本统计方法等，均有所启发和借鉴。

接到邀请的角田重三郎特别兴奋，因为一批水稻界享有盛名的中国科学家纷纷到场。如丁颖谱系第二代传承人，在广东开创中国水稻矮化育种先河的黄耀祥；水稻界的耆宿，引黄河水在低洼盐碱地种稻，培育出郑粳11至15号品种的著名农学家柯象寅。能与这些中国名家进行高端论坛，也是他一生中难得的收获。

连续8天的上午，角田重三郎交流了他多年的研究成果，谈出他育种的各种体会，双方互动，精彩纷呈。其他农学家或在大会上发言，或作学术报告，百花齐放，各抒己见，讨论十分热烈。会议的间隙，杨守仁和角田重三郎还特意实地考察，他们在沈阳郊区的稻田里，留下一张特别有意思的合影，挽着裤脚，穿着水靴，没等出水呢，靴子便是"两脚泥"了。

会上，杨守仁做了《水稻理想株型育种向何处去》的发言，陈述了10个方面的议论性意见。他运用辩证统一的观点，对水稻理想株型做了经验性总结，指出"理想株型是一个发展中的动态概念"，并从"北粳南引"

的重新探索、对源库学说的进一步认识、透光性与光能利用等方面，系统地论证了通向超高产育种的途径。

杨守仁的发言，博得了与会人士的赞赏。会后，角田重三郎对杨守仁说，"中国在水稻理想株育种方面，又走到了前面"。虽说会议长达9天，大家依然觉得会期很短，开得紧凑，开阔了视野，拓宽了思路，影响深远。

会议最引人注目的是材料。编印了高教代表团赴日考察水稻的报告、日本水稻20年高产竞赛情况分析、国外有关水稻理想株型文集。会后，世界著名的 *Plant Breeding Abstracts*（《植物育种文摘》）刊出了会上水稻理想株型育种的摘要。

中间层次的新学问

水稻超高产育种，头绪纷繁，没有现成理论可循，未知领域庞大。杨守仁认为，能否取得进展，关键在基础研究。"千粒穗"也好，"万粒斤"也罢，某一个突出产量，某一种重要性状，构成因素或许是偶然的，暂时的现象。印度尼西亚育成穗长70厘米的水稻，不一定适应我们。超高产育种需要的是对几种优势性状的结合和优化，而不是为了哪一点突出，盲目地碰运气。

正当杨守仁对超高产育种困惑之际，在《光明日报》上读到了钱学森关于《迎接21世纪大农业发展的一个重大问题》的文章，提出要有"中间层次的新学问"。杨守仁为之一振，茅塞顿开，"他山之石，可以攻玉"。

钱学森是我国"两弹一星"元勋，家喻户晓的人物，虽说是物理学家，却非常关心农业，深知粮食安全对于国家的重要性。在全国政协常委会上，钱学森提出，"农业要以现代科学技术发展农业型知识密集型产业，实现生态效益、经济效益和社会效益的三结合"。他从一项植物生理研究技术成果的应用谈开，结合其他学科类似问题的演变情况，提出建立一个中间层次的新的学科的见解。

钱学森的见解，得到了《光明日报》的响应，这篇文章便这样公之于众了，在全国引起热烈反响。

杨守仁认为，对于超级稻研究，"中间层次的新学问"是同样值得重视的大问题。共鸣之际，他欣然命笔，致信钱学森。此后7年，20余封书信往复沈阳、北京，两位耄耋老人开始了隔空的科学对话。

杨守仁在信中说："回顾1951年归国以来从事水稻育种事业的正反经验，确实需要钱老所说的'中间层次的新学问'。""从前人们把植物遗传学视为作物育种的基础科学，但随着作物育种的发展，要讲高产更高产，就不能不涉及生长发育、光合作用、呼吸作用、抗性机理等。这就有必要把植物生理学作为作物育种的另一基础科学，还有别的比较次要的基础学科。如果把范围扩大为作物生产，那就牵扯到光、温、水、土等种种条件，以及作物栽培与耕作中的种种措施，涉及的中间层次的学科就更多。"

钱老很快回了信，从此便开启了他们之间的学术交流和共鸣。他在回信中说："水稻超高产是我国的一个重大研究课题，过去同志们也有不少争议，这说明问题的复杂性。是否应该说水稻超高产是一个复杂的系统工程，育种是其中的一个问题，还有田地土质、灌溉、日光、气温、种植、密度、用肥、防虫害等许多问题，所以是一项工程，犹如航空工程的飞机设计、制造与应用。我说的中间层次学问，可称为生物技术学，则是这项工程，水稻高产工程的指导性理论，一门方法学。您文章中提出的几点很有启发性，很值得有志于生物技术学创建人思考。""您为我国农业奋斗了一生，做出了突出成绩，诚可庆贺！大穗与直立穗结合起来，是新理想株型稻，真了不起！我要向您学习。"

杨守仁在日记中也曾引用钱学森的话："钱老说，农业的发展也要有中间层次的学问。一句话，开始扭转了我国现代史上重工轻农思想。这是当前反复验证过的至理名言，协调发展的核心思想。"

从这些通信中，我们不仅看到了两位老人在学术上的交流和认知，同时也能了解到，他们对前沿科技的远见卓识和对国家的热爱。钱学森说，"我作为一名中国的科技工作者，活着的目的就是为人民服务。如果人民最后对我的一生所做的各种工作表示满意的话，那才是最高的奖赏。"而杨守仁则在91岁突发心梗抢救回来后，第一时间用颤抖的手为子女留下"为国争气"四个大字。可见其拳拳的爱国之心，毕尽一生。

在"中间层次的新学问"系统工程原理启示下，1996年中国第一代直立大穗型超级稻"沈农265"在沈农诞生。

这一年，杨守仁84岁。

桃李满天下

从1951年春归国回来，到2005年仙逝，杨守仁在教授的岗位上执教50余个春秋，是一位真正的集科学家、教育家、思想家于一身的，博学多才的农学家。他经常讲，教书要为人师表，严谨治学，弘扬正气，言传身教。

杨守仁有一句非常经典的话，朴素、简洁、有力，"教书不能误人子弟，误人子弟如杀人父兄"，无论对学生还是青年教师，"严是爱，松是害，教不严，师之惰"的古训，成了他的口头禅。他常以"业精于勤""行成于思""知之者不如好之者，好之者不如乐之者"等古训来鼓励学生和青年教师。

从表面上看，杨守仁极其严肃，对学生的要求，苛刻得不近人情。许多学生认为，十年寒窗苦，考入大学，终于可以松口气，60分万岁了。可是，成为杨守仁的学生，才知道，上了大学，读了本科，哪怕是考上了研究生，只是万里长征走完的第一步。杨守仁的四条规定，无疑是四道紧箍咒，不经历九九八十一难，不把真经学到手，休想拿到毕业文凭。

第一道紧箍咒，无论哪一科，成绩必须达到80分以上，甭想60分万岁。第二道紧箍咒，只要上学，别想休息这件事儿，星期天上午到实验室听讲课，下午到试验田参加科研活动。第三道紧箍咒，三年的研究生别想休假，尤其是夏季，水稻生长旺盛，是科学实验的最佳时期，放假等于放任自流。第四道紧箍咒更苛刻，不让学生过早地专业定向，栽培、育种两个专业都要学。上一次学，等于读了两个专业的研究生。

这四条铁律，从他20世纪50年代带的第一个研究生何绍桓开始，到他80岁高龄招收最后一名博士生权太勇为止，无一例外。杨守仁没有节假日的概念，学生只好丢下了休假日的习惯。古稀之年，每个星期天，杨守仁都会拄着拐杖，从一公里之外的家走到实验室，午后还要横穿一道马路，去沈农对面的试验田。即使是耄耋之年，哪怕坐着轮椅，他也要到试验田里去看看。

"学海无涯苦作舟"之后，学生们渐入佳境，尝到了苦中的乐趣，这才明白，杨守仁苛刻的表象下，心里却燃着一团火。惰性是人的天性，也是每个人的敌人。只有战胜惰性，培养出乐趣来，自觉学习、自主思考才能成为习惯。

很多学生从"严苛"中受益，抱着一颗"悯农"之心，投身到火热的科研与生产之中，回味学生时代，更加感受到老师那颗滚烫的心。所以，只要做了杨守仁的学生，那就是一辈子的学生，始终念念不忘。

开门弟子何绍桓，是杨守仁"文化大革命"前招收的4名研究生之一，毕业分配到吉林农业大学，讲授水稻栽培学37年，推动了吉林省水稻生产的繁荣，对苏打盐碱地种植水稻有特殊的研究，并把杨守仁的理论带到了俄罗斯。

关门弟子权太勇，是杨守仁1992年招收的博士生，主攻水稻功能基因，在显微成像方面具有较为丰富的经验，后来去韩国浦项工业大学生命科学学院做博士后，又到日本京都大学生命学部做访问学者，在植物生理学方面颇有研究，现供职于山东大学。

杨守仁的家，始终是高朋满座，客厅成了学术报告厅，交谈成了座谈，因为杨守仁三句话不离本行，言必称水稻。苦的是家里人，好客的杨守仁，常留客人吃饭，尤其是学生的毕业季，杨守仁一定邀请学生到家里，尝一顿丰盛的晚餐。杨家待客，典型的江南风格，酒是花雕酒，主打菜是清蒸鱼、烧黄鳝，都和水稻有关。

杨守仁不收礼，学生想表达心情，一瓶酒、一袋水果也不行，他不允许学生这样做。但杨守仁却爱"送礼"，育苗之后，杨守仁利用空闲地和围墙周边，种上青椒、豆角等蔬菜，给实验室的教工们"搞搞福利"。每逢农忙，试验田都要雇用校外工人帮忙插秧，这本是学校的公事，杨守仁却总喜欢自己掏钱，请工人和师生们一块儿吃饭。杨守仁见过许多高官，有些给他留下了深刻印象。一次他到延边为学生讲水稻栽培技术，正赶上建州30年庆典，他看到一幅感人的场景，州委书记为摔跤冠军牵牛，非常感慨，终于看到了和科学家一样的官员。

杨守仁鲐背之年，许多学生也过了耳顺之年。有人退休了，有人不再忙碌，他们常从祖国的四面八方来看望先生。见面时，满头白发的学生，还念念不忘当年的提携，如何带着他们参加全国学术活动，拓宽视野汲取专业知识。讲述受挫时老师邮给他们书法作品，寄语鼓励。学生们还清晰地记得老师送上亲手抄写的学习卡片，手把手示范他们操作实验……他是学生心目中的严师慈父，是学生前行路上的人生导师。

每次相聚，杨守仁总能滔滔不绝，学生们的共同体会是，见到了老师，一辈子不曾下课。

学生阙更生、章琦、李南钟等在回忆文章中说，他们同老师的关系，一生如同父子，学业结束了，恩情却更深了。老师每每有新作问世，总会寄给或托人送给学生。书上都是有针对性的亲笔题词，殷殷期望，尽在其中。一旦学术上遇到了难题，实验中遭遇到失败，他们还要向老师求教。

老师刚刚培育出"沈农1033"时，得知学生培育的品种水稻白枯叶病严重，没有办法解决，便毫无保留地把新品种寄过去，让抗白叶枯病强的"沈农1033"做轮回亲本材料，育成新品种。该项目获得了国家发明二等奖，但功劳簿中，却没有老师的名字。

培育一个新品种，不是那么容易的，试验就是不断地碰壁，不断地走迷宫，十几年才能看到一条可以走的路。杨守仁不想让学生走更多的弯路，经常无私地把自己培育出的新材料、实验中的经验与教训告诉给学生，让更多的高产量、高品质的优良稻种，供养天下苍生。

世间名利，皆是浮云，唯有种子，才是万物的根本，而他的根本，就是学生。

盼望学生比自己更好，走得更远，是杨守仁一辈子的追求。他清晰地意识到水稻事业的发展必须后继有人，他惜才爱才，宁愿用自己的肩膀扛起人才。半个世纪以来，一批批直接或间接的学生，在他的扶持下羽翼丰满、展翅高飞，播撒进华夏大地，不少学生已扛起了当地水稻事业的大梁，担负起了重任。

杨守仁20世纪50年代就培养出了杨振玉、张龙步等科学家，但事实上，杨守仁手把手带出的硕士生、博士生，并不很多。20世纪五六十年代，沈农招收研究生的名额极少，加上杨守仁的条件太苛刻，能入他法眼、考入他门下的学生寥寥无几。等到20世纪80年代，恢复招收研究生，杨守仁已经是古稀之年，考生若是成绩不格外出色，成为他的硕士生和博士生的资格都没有。

杨守仁一生直接培养的研究生，不过三十几位，都成了业界的扛鼎人物。杨守仁直接教授的学生屈指可数，却不妨碍桃李满天下。间接的学生，学生的学生，论文、研究成果等被杨守仁点拨过的学生，还有听过他讲课的本科生，却有一大批。

杨守仁谱系的科学家中，第二代传人，都是20世纪50年代师从杨守仁，大多成了他的助手、同事，并参与培养第三代传人。目前，第二代、第三代传人，均成为国内水稻科学家的领军人物，并直接培养出了第四代学术骨干，甚至第五代传承者也初出茅庐了。一批学思并进、知行合一的优秀学子在杨守仁的教诲下成长、成才、成功，成为业界翘楚。

其实，从第三代传人开始，部分学生虽在杨守仁门下——真正指导他们、带着他们搞科研的老师，实则是师从张龙步、杨振玉了，只是在关键节点上，得到杨守仁的点拨，画龙点睛地助他们腾飞。而第四代传人，则属于杨守仁的再传弟子，大多师从于陈温福、徐正进、王伯伦等，现在，他们已经成为青年水稻科学家的带头人，最具活力和科研创新力，肩负起了继往开来的重任。

在杨守仁谱系中，也有一个特例，不是学生，胜过学生，那就是高佩文。高佩文并非嫡传弟子，杨守仁担任盘锦农垦局顾问时，她是农垦局生产处的技术人员。杨守仁每一次到农垦局指导，高佩文都是陪同者和执行者。不由自主间，就以师生相称了。

杨守仁指导盘锦农垦局十几年，水稻产量从二三百斤，跃升到近千斤，水稻种植面积也扩大了五倍，让"南大荒"变成了"南大仓"，艰苦与艰难的滋味，只有亲历者才能尝得出。高佩文为把杨守仁的指导直接落地，把理论变成千顷稻浪，让沁满稻花香气的米饭，滋味千家万户，立下了汗马功劳。

高佩文的执行力，杨守仁目睹了，多年来跟随自己，等于边实践边跟着读研究生，积累了丰富的抗旱节水和盐碱地种植水稻经验。改革开放初期，高佩文已经取得了多项研究成果，并担任了省盐碱地利用研究所副所长。

此时，沈农急需有实践经验的人充实到师资队伍中，杨守仁也要加强栽培方面的力量，看中了身在盘锦的高佩文，想把她调过来，担任助手。在动议调任之前，他特意征求相关研究人员的意见，稻作研究室里的人一致同意后，他才向校方提出申请。

那时是1982年，高佩文已过天命之年。校方认为，这么大年龄了，调入不合适。杨守仁反驳道，我搞水稻育种的时候，已经40岁了，高佩文在辽宁稻区搞了 20 多年的研究，比谁的经验都丰富。

高佩文到任后，协助杨守仁培养硕士研究生，为本科生编写《抗旱种稻》和《盐碱地种稻》讲稿，主持校内试验田管理，到辽中县建立校外水稻实验基地。她一直在生产一线搞研究，没有实际教学经验，只能加倍努力，战战兢兢、如履薄冰地完成任务。

杨守仁的要求虽然严格，却不失慈爱，缜密严密中，又不失循循教诲，大到做人、做学问，小到一篇文稿中简体字的正误，标点符号的疏忽，都不会放过。经过两三年的努力，以高佩文为核心的"水稻高产生理生态研究"课题，取得了可喜成果，获得了辽宁省科技进步奖二等奖。

杨守仁最为可惜的是高才生沈锡英。她是杨守仁 20 世纪 50 年代的学生和首任科研助手，1959 年至 1964 年间在沈农稻作研究室工作。1969 年为解决夫妻两地分居的困难，她调回广州，因为没有合适的位置，只能当一名中学教师。

在给杨守仁当专职助手期间，沈锡英带着 3 名试验工人，开始了长期、稳定的籼粳稻亚种间杂交育种实验研究。可是，他们培育的稻种却是不稳定的。有一年，偌大的一片试验田，只培育出 8 粒种子，她的眼泪掉了下来。可她没有想到这 8 粒种子，却创造了"籼粳稻杂交育种"的奇迹，也成就了她与杨守仁一起写的论文。

几年的时间，沈锡英在水稻研究方面，已经如日中天了。可她为了家庭，放弃了成为优秀水稻科学家的追求。杨守仁没有责备，而是尊重学生的选择。每个人都有各自的难处，尽管依依不舍，还是依依惜别了女弟子。

30 余年间，师生父女情深，往来书信、论著、墨宝、照片 90 余件。尤其是杨嘉民去世那段难熬的日子，杨守仁拿沈锡英替代自己的长女，学生给老师带来很多精神上的慰藉。

1988 年初，杨守仁在信中赞许说："籼粳稻杂交育种研究课题已申报 1987 年国家教委科技进步奖，此课题的许多结论都是你在这里时得到的，你总算在水稻方面也做出了可以传世的一点东西。也应向你致贺。"3 月，又在信中说："教委之奖（证书）如无异议，几个月后当可汇到，届时当以此报昔日之努力也。"是年 6 月，沈锡英在职称评定中，学校根据杨守仁及时寄来的"国家教委科技进步奖二等奖"证书和她在教学方面的表现，顺利批准其高级职称。

1985 年沈锡英接连收到杨守仁发来的两封会议通知。第一封通知页眉上写道"锡英同志：我们欢迎你来。旅费即邮寄 200 元。交通困难，要早买票，早动身"。接着又来信说"你是特邀与会人员，旅费可以报销。来时务必买卧铺票"。

当时沈锡英因失去亲人而神情忧郁，意志低沉。见面后，杨守仁以自己失去妻女之痛为例，开导学生，走出小我，拥抱生活。看到先生过了古稀之年，仍精神矍铄地为钟爱的水稻事业奋斗，先生的高尚的人格和顽强的精神鼓舞着她，使她重新振作起来，返穗后精神饱满地投入工作和生活。

在沈农，水稻研究所的团队特别有凝聚力。他们尊重知识、尊重人才、尊重前人、尊重同行。他们和他们的老师一样，都喜欢牛顿的那句话"我之所以成功，是由于站在巨人的肩膀上"，后来许多诺贝尔奖得主在获奖后的答谢词中，都喜欢引用这句话，表示对前人和同行的尊重。

水稻所的团队，不管取得多大的成绩，始终不忘杨先生的"巨大肩膀"。杨先生也是念念不忘水稻所，晚年时，他已经行动不便了，家里的客厅便成了新的交流场所。先生业余爱好不多，除读书看报写字，偶尔会看电视转播的体育比赛。

那次世界杯足球赛，中国队小组出线，获得了到主场参赛的资格，杨守仁很关心中国队。看到世界强队行云流水般的配合，他感慨万千，突然给水稻所的人打电话，问道："昨天晚上的世界杯足球赛看了吗？"大家听到后，觉得很新鲜，因为杨先生曾反对过学生们踢足球，批评踢足球的学生玩物丧志，"上午是一天最好的时光，要做研究"。直到先生说出，"要想进球，球员就得相互配合得好，我们搞水稻也是一样，要相互配合，才能取得好成绩……"原来，说的还是水稻。

做人正派，相互配合，求真务实，奋发向上，是水稻所的"杨氏遗风"，杨守仁在世时如此，杨守仁辞世十几年了，依然如此。

这一切，皆缘于春风得意的 1980 年。那一年，杨守仁最得意的事情，不是"沈农 1032"获得的巨大成功，不是沈农正式成立了稻作研究室，更不是他被国务院学位委员会批准为首批"作物栽培与耕作学"学科博士生导师，而是意外地收获一个人，他招收了"文化大革命"后的第一位研究生，即"独苗"——陈温福。

后来，陈温福的路越走越宽，可谓是"青出于蓝"，还被评为中国工程院院士。

老骥伏枥

整个八九十年代，杨守仁从古稀迈进耄耋，他从朝气蓬勃的年轻人身上，获取了动力之源，老骥伏枥，岁月无痕，同年轻人一样勤奋。他著书立说，功在稼穑，一大批著作井喷般问世，《对当前若干水稻群体问题的讨论》《论水稻要有一个较长的长粗时期》《培育大穗十要》等论文都深受同行重视。他的高年之作《对水稻高产栽培上若干理论问题的讨论》《水稻高产栽培及高产育种论丛》，一个侧重于栽培，一个侧重于育种，可以说是融汇古今中外的精心论述，既弘扬了我国传统种稻经验，又开拓了新的水稻育种领域，堪称是我国稻作学科学文库中的宝贵财富。

1998 年，又是一个金秋十月，杨守仁获得了"何梁何利基金科技进步奖"，赴京参加了在人民大会堂召开的表彰大会。获此奖项的农业科学家全国仅两人，奖励杨守仁"对籼粳稻杂交育种、水稻理想株型育种及水稻超高产育种有重要贡献"。授奖词中还写道：育成在寒地亩产超 800 公斤的超级稻，农民可以自行留种，增产增收，育种理论和方法可靠。

在国际育种领域，有一种特殊现象，研究成果"留后门"，用技术手段，控制种子的繁育，不让发展中国家的农民轻而易举地获得种源。在粮食财阀强悍的资本挤压下，很多农业科学家身不由己、忍气吞声地选择了"收紧口袋"，让农民离不开他们的种子。尤其是美国的一些公司，向发展中国家输送了所谓的"绿色革命"和"转基因革命"，把控制种子当成控制世界的工具，离开他们的种子，地都不能种，留下了"终结者"的恶名。

中国的科学家不会承受资本的挤压，只有公益性和责任感。杨守仁站在人类发展的立场，从农民的利益出发，无论多难，都要让农民实现自行留种。

实现农民自行留种，不是件简单的事情，品种每年都要提纯复壮，不然会退化。这就需要他们不断地减少稻种产生的代衰，让常规稻打出杂交稻的产量。

这便是高风亮节的杨守仁。

如此高规格的表彰会，杨守仁却很平常地对待。合影时，大家都是西装革履，只有杨守仁和另一位科学家，穿着严谨的中山装。在庄重场合如此着装，是杨守仁保持了一辈子的习惯。

会上，有人说，中国科学界欠杨守仁一个公道，那就是中国工程院院士。他却不以为意，中国工程院成立那年，杨守仁已经 82 岁了，早就超过了院士候选人的最高限龄，说话人大概忘记了杨守仁的年龄。

捧着证书，杨守仁的眼光越过千山万岭，落回了沈阳，落到了学生陈温福身上。人生不过百年，他已经看到了自己生命的尽头。还是那句话，江山代有才人出，陈温福是他的希冀，也承载着他的全部事业上的生命。

11 年后，陈温福不负众望，当选了中国工程院院士。13 年后，和杨守仁一样，他也荣获了"何梁何利基金科技进步奖"。遗憾的是，杨守仁已经辞世，没有看到学生的荣誉。

1999 年，又是一年金秋时，杨守仁在学生们的搀扶下，来到了示范田，观看陈温福带领的团队研发出的新品种，第二代优质超级稻"沈农606"。新品种保持着"沈农265"的超高产特性，望着一片金黄，杨守仁估算一下，毫无疑问，亩产突破了800公斤。

杨守仁最关心的不是产量，实验数据和生产实际总是有着距离的。高产会有很多办法，有的办法是做噱头而已，拿到生产实际，就不行了，除了写论文，没有意义。大面积推广，最重要的是稳定，最需要的是品质。对"沈农606"，杨守仁最欣慰，在超高产的同时，主要米质指标也达到部颁一级优质粳米标准，实现了超高产与优质的统一。毫无疑问，"沈农606"的研究成果，达到国际领先水准，中国超级稻育种计划第二阶段目标也因此提前完成。

过完米寿，杨守仁的身体大不如前了，越来越差，高血压、糖尿病、心脏病越来越重地缠绕着他。尤其是糖尿病，已经发展到重度了，伴发着多种并发症，走了一辈子"江湖"，再也走不动了，去实验室、到试验田的次数越来越少。

为了超级稻，杨守仁快熬尽了心血，真的要"交棒"了。超高产育种，他只开了个头，进一步的超级稻研究与培育，他已经力不从心了，都交给了陈温福。在家里整理自己的论文，成了杨守仁的主要工作。

本想清闲，因为"何梁何利基金科技进步奖"的缘故，辽宁省人民政府锦上添花，又授予杨守仁"辽宁省劳动模范"称号。本来无欲无求，荣誉却追赶着杨守仁，送上门来，如"全国归侨、侨眷先进个人""辽宁省科技进步奖一等奖"等。

金杯银杯对于杨守仁来说，都是身外之物，他在乎的是稻农的口碑。

到了1999年，杨守仁的身体状况越来越差，先后五次心梗发作，都因抢救及时化险为夷，转危为安。杨守仁是为水稻而生的，前两年，杨守仁糖尿病并发症频频发作，就预感到，自己的来日不多了，还有两件大事没有做完，所以不顾休息，只争朝夕。

第一件事是编辑《杨守仁水稻文选》。虽说文章都是现成的，可杨守仁却不想这么编进去，这是他对自己一生稻作学研究的总结，传下去的，就应该是精品，要适当地修正并加以评注，对后世有个交代。

另一件事是，中国超级稻被全世界认可，普及到同纬度其他国家，造福全人类。所以，他特别在意国际水稻研究所库希博士的来信，感谢库希博士对中国超级稻是水稻史上"第三次突破"的评价。他唯一的遗憾是没有能力将中国超级稻的研究继续下去，并将研究成果译成英文，提供给世界。当库希博士的第二封来信，谈到将促成此事时，杨守仁特别高兴，称其为中华民族的光荣。

1998年，杨守仁的家里添置了一台电脑，专门配置给了17岁的孙女杨萍。这下可好，杨萍就成了杨守仁的打字员，天天帮助爷爷打印文稿，常常头一天晚上孙女打完的稿子，第二天早上，那摞稿子又摆上了电脑桌。那是修改过的稿子，爷爷拿着钢笔，连夜修改完成，拙朴有力的文字圈圈点点地画在打印稿上，连一个标点符号都不放过。

孙女起床的第一件事儿，重新帮爷爷敲进文字，再打印输出。爷爷的稿子，反反复复地推敲，需要修改七八遍，才能定稿。孙女功课忙，帮爷爷改来改去，怕耽误了功课，不耐烦了。爷爷看出了孙女的情绪，对孙女说："科学的东西来不得半点差错，搞学问就是要认真，写文章也是这样，就是要不断地修改，不断地完善。"

孙女并不知道，爷爷抱病整理的，正是毕生的精华，传世之作《杨守仁水稻文选》。这是杨守仁留给这个世界最后的宝贵遗产，必须像当年修正"泥烂如羹"那样，逐字斟酌，不留遗憾。爷爷也不想耽误孙女的时间，家里就是"学习园地"，就是爷爷帮助孙女学习的佐证，爷爷把屋里的物件都贴上了英文标签，就连冰箱上也贴了一堆英语单词。孙女生活在英语的环境里，天天感受的是学术的熏陶。所以，后来孙女留学澳大利亚，英语的能力是在爷爷耳濡目染中，融会贯通的。

杨守仁牺牲孙女的时间，确实是时不我待呀，他不能把知识带到另一个世界去。他特别想趁着活着，见到自己的文选出版，趁着还有一口气，把文选寄给最需要的学生们。因为，有些发表过的论文，因时过境迁，不适应新时代了，他修修补补无数次，才最终收进文选，目的就是让学生们修正从前知识上的偏差。

整理完书稿，杨守仁等不得相关部门的资助，就去找出版社了。远在台湾的内弟，得知姐夫急着要出书，资助过来了1万美元，加快了《杨守仁水稻文选》的出版进度。

杨守仁的工资很高，却没有多少积蓄。他喜欢做善事，比如为家乡的教育捐款，赡养高寿的舅妈，接济老家的亲戚，请学生们到家里吃饭，帮助贫困的学生，经常把自己弄成"月光族"。杨守仁有句名言"积善者心安，积德者心喜。心安而心喜，百岁也不稀"。这也是杨守仁长寿的秘籍。

杨守仁最不想欠别人的人情，无论是亲人还是学生的。学生拎着东西来看他，他最不高兴，一定从家里找出值钱的东西，回馈给学生，弄得学生不好意思再拎东西了。杨守仁最高兴的事情是请学生吃饭，吃家宴，品尝他们家的江南风味。杨守仁家常年宾朋满座，被誉为高才生的第二食堂。如此好客与豪爽，杨守仁能攒下钱，那才怪了呢。

尽管内弟荆育英是台湾有影响的企业家，1万美元对他来说不算啥，但却成了杨守仁很大的心理负担。他已经行动不便了，无法完成还钱的心愿，便写进了遗嘱，告诉儿子杨惠民，一定要还。

杨守仁的无私与无我，感动了相关部门，"辽宁省文化名人系列丛书"由此启动，作为该丛书第一部，《杨守仁水稻文选》得以出版。

为国争气

杨守仁喜欢和学生们书信往来，把热爱稻作事业的学生，当成一生的知己。学生们呢，也都是信奉"一日为师终生为父"的教诲，尊重爱戴先生。先生的信多为人生哲理和鼓励的话，最有意思的是，杨先生落款时，往往不是具体时间，而是重要的历史时候，比如"写于新中国成立五十年国庆之夜""申办奥运成功之时"。学生邹邦基保留着先生的一封信，那是杨守仁写给他们夫妇的，除了承认超级稻"有你俩的辛勤"，落款最有纪念意义"澳门回归次日晨"。

杨守仁一辈子就是这样，哪怕日常生活，都在潜移默化地体现爱国情怀。

2002年初春，杨守仁再次突发大面积心梗，这一次病情更加严重，沈阳市急救中心的医生，下达了病危通知书。午夜时分，杨守仁的心脏停止了跳动，医生采用电击的方式，进行抢救，但没有丝毫效果，于是，医生决定，加大电压，再搏一次。这一次，奇迹出现了，原本成为一条直线的心电图，又恢复了曲线。凌晨两点，杨守仁的心脏再一次停止了跳动，医生又一次进行电击，两次从死神怀里抢回杨守仁的生命。

太阳升起的时候，杨守仁渐渐苏醒，半睁半闭着眼睛，声音含糊地要纸和笔。重症监护室，哪儿有笔和纸啊，儿子杨惠民灵机一动，撕开了装营养品的外包装，整理成规规矩矩的纸壳，寻来一支笔，递给处于朦胧状态的父亲。

谁都不知道，两次起死回生的杨守仁，执意地要笔和纸，到底要干什么？大家都以为，老人家要向家人交代后事，或有什么话对学生说。谁也没有想到，刚刚从死亡线上挣扎回来的杨守仁，摸着纸壳，用颤抖的手，奋力写下"为国争气"四个大字。字迹虽然歪歪扭扭，却不失苍劲有力。

看到此番情景，在场的人，无不动容，流下了热泪。

脱离危险，身体得到了一定的康复，杨守仁回家休养了。孙女一直不解，生死关头，爷爷什么都没交代，为何偏偏写下"为国争气"四个字？杨守仁解释道，人在垂危之时，有意识，有感知，仿佛飘浮在云梦里，一生中最刻骨铭心的片段，电影般回放在脑海里。医生抢救他时，他的时空完全交错了，回到了在美国留学时，看到了洋人扬起高傲的头，肆无忌惮地欺侮中国人，中国人在国外学知识，本领再强，也要低人一头。国家不强大，人民就没有尊严，年轻人就应该为国争气。

孙女考上澳大利亚肯迪大学的研究生，杨守仁特别支持。出国学习，很有必要，国外有很多知识和经验可以借鉴，能培养出国际视野，用人类的观念思考问题，开开眼界也是好的。临行前，爷爷紧抓孙女的手，久久不放，郑重地说，学成之后，必须回来，报效国家。

然而，就这一别，竟成永诀。接连从阎罗殿上闯回，杨守仁已经承受不住脑血栓、心脏病、糖尿病等病魔的折磨，身体越来越虚弱，牙齿快掉光了，吞咽也很困难，手总是颤颤地发抖。

即便如此，杨守仁依旧惦记着水稻，2003年先后4次坐着轮椅到试验田，看新品种的长势。2004年10月，尽管杨守仁的身体相当羸弱了，但选种的时候，实在是忍不住了，在陈温福等学生的陪同下，执意去了试验田，手持着拐杖，艰难地从轮椅上站起来，感受着金色的稻田。临走时，他还像少女抱着鲜花一般，抱着一簇水稻，回到家中。

2005年2月28日6时20分，心中再无牵挂的杨守仁与世长辞，享年94岁，若说遗憾，只是孙女没在身旁。

云山苍苍，江水泱泱，先生之风，山高水长。

先生走了，走到了天国。

先生的家空了，陈温福的心也空了，他一时难以适应没有先生的日子。

家还是从前的样子，赭红色的老沙发还在，那里承载着先生和学生们无尽的欢乐。先生的书法还挂在墙上，每一幅都是激励，都是情怀，都是哲理，都会让人生命不息，奋斗不止。还有雪白的墙上，依然挂着一簇簇带着泥土的水稻。

每时每刻，陈温福都能感受到先生的气息。蓦然回首，仿佛又看到了先生的音容笑貌。这是送别先生之后，他又一次泪奔。

杨守仁逝世一周年那天，陈温福在纪念文章中这样写道："又是一年春草绿，又是一年稻花香，遥看长空飞鸿去复回，却不见神州先生有归期！斯人已逝，天堂里多了一名德才兼备的科学家，人世间却少了一位学识渊博的一代名师！"

杨守仁走了，但杨守仁亲手栽下象征着"三人行，必有吾师"三株银杏树，已经像他培育的学生那样，枝繁叶茂。银杏树前陈温福也像牛津大学那样，给杨守仁塑了一个半身雕像，杨守仁的音容笑貌，永远地留在了水稻研究所的楼前。

杨守仁是彻底的唯物主义者，晚年入党之后，就留下遗嘱，"丧事从简，不留骨灰"。按照杨守仁的遗嘱，逝世两年后的6月，杨守仁的亲人和学生，带上杨守仁的骨灰，前往大连，参加辽宁省第52次海葬活动。

伴随着鲜花与稻粒，杨守仁的骨灰播撒进了大海，杨守仁完成了他与这个世界的最后一次"播种"。这些种子，会随着大海的波涛，融进他走过的山川大河，那里有他童年放牛的地方，有他青年的梁山、桃源和八百里洞庭，有祖国的宝岛台湾——那里有他的足印和亲人，还有他曾经留学的大洋彼岸……

下篇

第七章

遇到恩师

饥饿的童年

2022年8月，我与陈温福院士相识，确实是件愉快的事情。他说话率真，言谈幽默，表达准确，喜欢打比方。无论多么复杂的学术问题，他都能说得化繁为简，讲得妙趣横生。

大道至简，这便是"杨氏遗风"，很多地方，陈温福与老师是相映成趣。

坐在陈院士身旁，你就会感到有一种磁场，吸引力来自他的语言。他能用辽北人特有的幽默，谈学术、谈人生、谈灵感，谈人与自然的关系。话题天南海北，思维瞬间转换，哪怕瞌睡虫钻进你的脑髓，也会被他的机智秒杀。

见了面，他开门见山地说，我就是个农民，种了一辈子地。他当了十几年中国工程院院士，水稻科学界领军人物，居然称自己是农民！我先是惊讶，然后是惊喜，最后则是惊叹。想一想，他春抚稻苗，夏拈稻花，秋捧金穗，冬考良种，自谦为农民，并没有错。他一生做的事情，就是让农民鼓足腰包，让中国端稳饭碗。

他说，我在农村长大，是乡下的苦孩子。说罢，他陷入深深的回忆中，带着我们一行人，跟随他叙述的声音，回到他成长的乡村，回到他的童年。

从沈阳出发，向北偏西，驾车行驶 100 余公里，便是法库县包家屯镇榆树坨子村。村子始建于清崇德七年（1642），郑亲王之女和硕格格下嫁给蒙古郡王的一个随差，落户于此。因宅子建在长满榆树的坨岗之下，遂得名。于是，这里便成了皇家放马的地方。

陈温福的高祖是个老秀才，因山东济南府老家人多地少，实在过不下去了，携妻带子闯关东到了这里。见此地人烟稀少，皇家的马场也因再无战事，撂荒了，到处都是能开垦的土地，再也不愁饿肚子了。老秀才便在此落地生根，家谱按照"天彦克继尧，温良恭俭让"排列，陈家一代代繁衍下来。

到了父亲这一代，排到了尧字辈。大伯陈尧如（后改名为陈恒力），父亲陈尧栋，三叔陈尧兴。大伯继承老秀才的基因最多，爱读书，又聪明。可是家里太穷，念不起，家乡有个私塾先生，免费教他。后来，先生教不了他了，他知道的比先生还多，还爱给先生挑毛病。比如，先生爱讲《三国》，讲到诸葛亮七出祁山，他纠正道，是六出祁山。先生只好叹气，让他远走高飞吧。那时，大伯已经十五六岁了，自己跑出来闯荡，居然在沈阳的张氏帅府谋得了差事，类似文书之类的工作。法库县有个进步青年叫冯基平，比大伯大，同在私塾里读过书，想用两张印有张氏帅府名头的便笺。大伯二话没说，拽出两张送了过去。空白的便笺虽然简单，但上面写上文字，就不简单了，相当于少帅有令。结果事情暴露了，大伯提前得信儿，连夜逃跑。后来，两人分别投奔了延安，新中国成立之初，冯基平出任北京市公安局局长，大伯则先后担任原松江省水利局局长、农业部编译局处长、中国农业遗产研究室副主任等职。后来从事农史研究，出版有《前汉时代的农业生产》《我国农业技术的历史传承》和《补农书研究》等著作。

父亲，是个纯粹的农民，一辈子勤劳苦干，只认识庄稼，不识字，甚至自己的名字都不会写。而三叔呢，与父亲恰恰相反，能说会道，典型的"屯不错"，爱张罗事儿，邻里纠纷、家庭矛盾等，都愿意让他说和，或者摆平。

当然，这些都是陈温福出生前的事情。

1954年腊月二十八，正是数九寒天，西北大风在平原上无遮无拦地刮，这个小小村落几乎被大雪覆盖。然而，积雪却掩盖不住一个婴儿嘹亮的啼哭，一个普通的农家院落，诞生了一个后来很不普通的人物，那便是陈温福院士。

陈温福儿时印象最深的是村里的榆树。大树、老树、古树，各种榆树满村枝虬交结。坨字是方言，比如面条坨了，聚在一起，特别坚硬的意思。除了山岗坨子之外，榆树坨子本身也是对长得奇形怪状、疙里疙瘩老榆树的称谓，简明地说，就是榆木疙瘩。不过，不是顽固不化的贬义，而是寓意生活在这里的人很有耐力，适应能力强，坚硬得斧子难劈开，锯子拉不动。

榆树的生命力特别顽强，河里涨水不死，高坎干旱不绝，虫子吃光了叶子，还能死而复生。在城市的老旧小区，最常见的是高楼的水泥缝隙间，不知不觉地就挤出棵小小的榆树苗，迎风招展。

然而，陈温福6岁时，遍布村里村外的榆树，遭到了灭顶之灾。榆树坨子村的榆树几乎绝迹了，很多年，榆树只"长"在村名里。

那是三年困难时期最艰难的第二年，刚过完年，就有许多家断顿了。没有粮食吃咋办？就把苞米从外面的皮到里面的瓢子，一块放到锅里煲，直到煲干了，然后拿出来捣碎，弄成面儿，最后掺上很少很少的苞米面，仅能黏在一起，上边还美其名曰"淀粉"。吃了那东西，会有啥结果？饥饿感是消失了，人消化不了，堵在肚里，屙不下屎。人和其他动物不一样，牛羊吃了它，是美食，人就不行了。牛和羊是反刍动物，能把纤维素从左旋糖变成右旋糖（葡萄糖）消化掉。人没有那种酶，只能消化右旋糖（葡萄糖）。孩子吃完，屙不下屎，憋得嗷嗷叫。

小孩子饿过劲了，有个特点，就像是我们从媒体上看到非洲饥饿儿童的照片一样，大脑袋，小细脖，胳膊腿特别细，只有肚子是鼓的。若是夏天，不穿小小衬衫儿，鼓鼓的肚皮像是能透明，看到里边儿是青的。这个形状，就是饿的。

小温福亲眼看到，有的孩子走着走着，就倒在地上，死了。

没有了吃的，人们的眼睛就盯上了村里村外的榆树。人们先把榆树钱儿吃没了，再吃榆树叶。叶子吃没了，把榆树皮给扒下来，做榆树皮面汤。扒榆树皮是有讲究的，老皮扒掉，只留中间黄色的韧皮，把韧皮切成段，放到锅里烤，烤到基本上不怎么含水分了，然后拿出来用碾子轧成粉面，拌着野菜熬粥喝。

榆树皮比“淀粉”要好吃很多，黏稠稠、滑溜溜的，还不会胀肚。饿极了的人们，都扑向了榆树。常言道“人怕见面，树怕剥皮”，没过多久，村里村外，一片白森森的树杆，榆树从树干到枝，被剥得精光，全村的榆树就这样几乎死光了。

榆树坨子名不副实了。

困难时期，陈温福算是幸运的。那时，村里办了个幼儿园，有特殊待遇，三年期间，他都在幼儿园。所谓的特殊待遇，在陈温福的记忆中，就是做菜团子时，多加点儿苞米面，就这一点点面，是救命的粮，没有饿得胀肚。

他的三哥就没这么幸运了，正是长身体时，却吃不到粮食，差一点儿饿死。三哥比他大两岁，超过八岁了，不让进幼儿园，就饿成了大肚子，路都走不稳了，恐怕一跌倒，就再也站不起来了。

熬过那三年，饥饿的记忆，便刻骨铭心。只要能吃饱，人生没有什么不幸的事情。陈温福做事情，一直韧性十足，或许与榆树的韧劲有关。就像一株劫后余生的老榆树，突然从根部冒出嫩芽，重新长成了参天大树。

采访时，我问他，你后来选择学农，是不是和童年时的饥饿有关？他沉吟片刻，认为这可能是潜意识的，不一定就有主动意识。那时候，他的人生方向是渺茫的。"文化大革命"期间，九年一贯制，读完书，就务农，好像是天经地义的。他说，学农的原因有很多，饥饿不是唯一的原因。但把农学好，饥饿却是动力，不能眼睁睁地看着人们挨饿呀。

成长之痛

上了小学，虽说不再挨饿了，但吃饱饭，也是件很奢侈的事情。陈家人口多，就父亲一个劳动力，家里的粮食得省着吃。刚上学那几年，"文化大革命"没开始，学校的学习氛围还很浓，陈温福很要强，语文、算术的基本功打得特别扎实，是个通过考试走出去的苗子。然而，没等小学毕业，"文化大革命"就轰轰烈烈地来了。

到了1968年，学习再好，没有用了，大学不招生了，升学也不考试了。从小学到高中，九年一贯制，直接拿到初中戴个帽的"高中毕业证"。学校搬到了"广阔天地"里，学生的老师变成了"社员"，课堂就是农田，学习的内容就是让手掌长出茧子，"三好学生"的标准只剩下一好了，那就是劳动好。劳动好是陈温福的底色，从小就被父亲培养出来了，加上身体结实，啥农活都能干得有板有眼，可他心里惦记的还是学习，大好时光不能总耗在农田里。

在"读书无用论"甚嚣尘上的日子里，陈温福特别纠结，不知道如何是好。这时，他就想起了大伯，大伯是老革命，见多识广，他就开始给大伯写信，诉说自己的苦恼。每次回信，大伯都是鼓励他好好念书，学生就应该以学为主，知识越多越有用。

尽管陈温福只是初一的学生，大伯就开始和侄子探讨农业问题。比如，家乡附近的辽河沙化严重，用什么科学方法解决，水患问题怎么治理；科尔沁沙地沙化问题得不到治理，不仅要侵蚀到法库，还会威胁到沈阳，种植沙枣林能起到什么效果？

这些问题，对于初一的学生来说，那是天大的难题。大伯用这些因势利导，让他懂得认真学习，打好基础，知识掌握多了，难题就会迎刃而解。

大伯是陈温福最信服的人，大伯写给他的信，他珍藏着，一遍又一遍地读，按照大伯指点，他一步步地做。当别人把书本扯了，满天飞扬的时候，陈温福却把读书当成天大的事，细致的程度，差不多能把全书背下。无论是数学还是语文，还是后来的物理化学，哪怕是副科历史，都不放过。若是老师提问，他不用翻书就知道在哪一页，哪一行。无论数学公式还是物理定义，无论老师教与不教，他都会弄通弄透，弄清楚其中的奥秘。

读书的目的是做有用的人，哪怕是一棵禾苗，从种子到收获，都需要学问。不认真学习，就连种子为什么会发芽都不会弄明白。大伯的一封封来信，就是他夜行的灯笼，照亮他微茫的人生路，指引他生活的每一步。

许多年后，他一直在说，影响他最大的，就是伯父。他之所以学农，或许就是伯父潜移默化的影响。每当他有困惑、彷徨时，都能收到伯父的回信，给他解惑，为他鼓劲，让他在学习上更上一层楼。

伯父伯母一生无子，而陈温福家兄弟多，其实，伯父早就把侄儿当成了儿子，不断地邀请他到北京来，其中的含义后来陈温福才明白，是想把他过继过去。可是，家里太穷，他舍不得钱买一张去北京的火车票，就耽搁了下来。

等到他想明白，准备去北京时，伯父却身患癌症，没多久就去世了，享年68岁。就这样，年少时对他影响最大的人，他却从未见过面。伯父少年离家，只回来过一次。那一次他却没见到伯父，缘分最深、影响最大的亲人，居然从未谋面，这是陈温福一生的遗憾。

尽管陈温福学习好，但当时学校里所有的考试都取消了，谁也不知道谁究竟学到了什么程度，别人是糊弄着读完了九年，连函数曲线都看不懂。

而陈温福却是扎扎实实的高中毕业，因为他学进去了，学出了兴趣，也学出了乐趣。数学公式的演绎和推导、公式之间的奥妙联系，让人其乐无穷。物理和化学实验，妙趣横生，大自然如此的丰富，有限的认知便是这样吸引人，那么无穷的探知领域，是多么有魅力。所以，无论是课本内的知识，还是课外参考书的内容，只要陈温福抓到手，就如饥似渴地学习。

老师们被批成了"臭老九"，学生们也不拿老师当回事儿，拿批斗老师开心。陈温福恭恭敬敬向老师求教，反倒让老师们感到惊奇，认为这孩子敦厚仁义，就倾囊相授。所以，他念的九年书，真的是把"书吃进了肚子里"。

那时候，九年一贯制学到了头，就真的到头了，也没有毕业考试，即使有，也是象征性的，没难度。好在老师手里不缺题，尤其是考大学的题。有的老师就用这些题测试陈温福，结果让他们很惊喜，庆幸没白当一回老师。

即使题答得再好，也不再有高考了。接下来，就是真正的"农业大学"——到生产队面朝黄土背朝天劳动，陈温福只能丢下笔杆子，拿起锄杆子，回村劳动。

那时的粮食产量很低，即使全天都投在庄稼地里，即使汗水也能浇灌农田，到了秋天，收成照样不理想，苞米的亩产量始终徘徊在三五百斤。这时，"大有作为"的人来了，那就是城里来的下乡青年。

接受贫下中农再教育，是个好听的说辞。事实上却是缓解人口的压力，最早时，提出口号"人多力量大，干劲足"，鼓励多生。可是，人多了，问题也来了，城市的工业搞不上去，就业岗位有限，短缺经济又造成了商业先天不足，创造不了多少就业岗位。大学招生的数额极少，很多人读完中学，没处再读书了，人口爆炸给城市带来了巨大的隐患，广阔的乡村成了承载这种爆炸的"蓄水池"。第一批下乡青年到来时，学校组织学生们夹道欢迎，陈温福也举着小旗迎接"上山下乡"的城市青年。

那时，还有还乡青年之说。还乡青年是本地的学生毕业后，回生产队当社员的青年。在还乡青年的潜意识中，下乡青年不但不会干活，还来抢他们的饭碗，冲突难免发生。1974年，陈温福也成了还乡青年。

新中国成立初期，我们是"四万万同胞心一条"，和平的环境，人民翻身得解放的幸福，加上医疗条件的改善，中国的人口呈倍数增长。尤其是三年困难时期结束后，一年几乎增加一个澳大利亚的人口，很快就"七亿神州尽舜尧"了。我们的工业不发达，吸纳不了那么多人就业，如果不给他们找到出路，城市的社会稳定就会是大问题。"上山下乡"其实也是变相就业，缓解社会矛盾的"软着陆"。

城市青年下到农村了，农村青年想摆脱"面朝黄土背朝天"的命运，基本上属于"白日做梦"，根本就没有希望。1974年，陈温福九年一贯制中学毕业了，成了一名还乡青年，别无选择地当"社员"。当学生时，他是个好学生，不捣乱，更没像其他学生那样，造老师的反，也不像别的孩子糊里糊涂。可一毕业，他学过的数理化，还有俄语，在生产队里毫无用处，书念完了，书本也就扔了。

"社员"比的不是谁知道的多，而是谁手上的茧子厚。

那时，"农业学大寨"高潮迭起，新"社员"陈温福扛着锹镐，拎着土篮，随着"突击队"，到拉马河"改天换地"。拉马河是辽河的一个支流，处在辽河的冲积平原上，弯弯曲曲地流进辽河。河道九曲回肠，夏天最容易发洪水，水大时，会淹了庄稼，也会进村入户，形成灾害。"战天斗地"的方式，手提肩扛，全部是人工劳动，给河道裁弯取直，把本来弯弯的小河，按照人的意志，让它笔直地流下去。

从现在生态学的观点看，这是最不科学、最不合理的。河水流淌，都是有自然规律的。弯弯曲曲，有利于保持生态平衡。人工取直了，一泻而下，河道里再也存不住水了，这也是有些北方河道干涸的原因。就像人的肠子，弯多是为了更好地吸收营养，做过切除手术的人，肠道短了，吸收能力减弱，营养供应不足，神经功能紊乱，很容易消瘦。

同样道理，河道人为地裁弯取直，就等于人长了直肠子，不是因势利导地解决水患，而是简单粗暴地破坏。生态平衡不可逆地失去了，河道涵养不住水资源，也无法滋润周边的土地了，直截了当地流入辽河，流进大海。本来水源丰沛的地方，反倒是干旱频发。

恩格斯早就在《自然辩证法》中阐释了人与自然的辩证关系："我们不要过分陶醉于我们人类对自然界的胜利。对于每一次这样的胜利，自然界都会对我们进行报复。"

许多年后，陈温福对那段治河，始终耿耿于怀。如果不是因为治河，他的家乡也会是水稻之乡，他完全可以凭本事，润泽家乡。然而，随着治河，便一去不复返了，因为有些生态环境具有不可逆性，破坏了，就无法修复了。

虽然读完了九年一贯制，算是高中毕业了，他当时还不懂河道裁弯取直不科学。很多机遇在他身上还没有发生，他十分不甘，却又毫无办法地把自己锁定在了农村。而农民的本分，就是劳动，不干活，就是罪过。再想捧书本，就是"不务正业"了。

修拉马河的大会战时，正是春天。东北修河，多在春天，枯水期，便于劳动。沈阳以北，春来得晚，过了五一，地表化了，下面隔着冻土层，没化透呢。挖下两尺，底下是冰，刨开冰层，地下水开始往地上渗。这时，就舍不得鞋了，鞋金贵，拧在泥里，三下五下，就坏。想穿雨靴干活，没有几家买得起，指望"大会战"指挥部发，美死你了，只好光着脚丫子干，冰冷刺骨，还得挑起土篮，连泥带水地往大坝上爬。

修河大会战，"早晨三点半，晚上看不见"，隔三岔五还得打个夜战。"下乡青年"还能逃得过去，城里人，没干过这样的活儿，公社和大队要高看一眼。"还乡青年"可不行，从小在泥里长大，就是干活的命，想偷会儿懒，拉你上河段上游行，晚上圈起来还要批斗。陈温福是在劳动中成长起来的孩子，干活犯怵，会让人瞧不起，多难也得坚持。大会战的日子，"起得比鸡早，睡得比狗晚，干得比驴多，吃得比猪差"。

再有就是"农业学大寨"，也就是修梯田。修梯田是件好事，山坡地修梯田，能保墒，也可以防止水土流失。但修梯田也有个科学问题，要在适度的坡度上修，小于 25 度坡，没有必要修。结果，劳民伤财的事情又发生了。

包家屯公社大多是平地，所谓的丘陵山坡地，也特别缓。但为了"完成任务"，体现学大寨的精神，硬是在缓坡上修梯田。远远地看上去，一层层上去，确实好看，公社和大队都有面子。可是，修梯田时，养了几百年的熟土被翻走了，生土留在了田里。

这么瞎折腾一番，秋后就上眼药了，亩产更低了，还没超过 300 斤，农民的积极性更低了。

谈到这段经历，陈温福感慨万千。现在我们 14 亿多人了，比那时的人口多了近一倍，不仅能吃得饱，还能吃得好，主食副食多得令人眼花缭乱，大多数家庭开始讲究营养配餐了。可那时，吃饱饭依然是问题，除了种子化肥的因素，不尊重科学，也是重要原因。

本来，农村生产粮食，结果，生产者吃不饱，城市人却每月舒服地吃着供应粮。每一个社员心里都长草了，都想跳出农村，陈温福也不例外。

峰回路转

"读书无用论"再盛行，村部也需要能写会算、勤劳肯干的。经受过"农业学大寨"的考验，陈温福被选中了，担任榆树坨子生产大队团总支书记。这个位置，说白了就是给村里跑腿学舌的，上传下达把事情都说清楚了。这个差事，心机重的人，不想干，被人使唤来使唤去，还没实惠，不值得。只能找个心眼儿好使，心肠热，又不会计较的人。

村里找个能当团书记的人，也不那么容易。年轻人中能有机会入团的，并不多，腿脚灵活、说话办事干净利索的，更是凤毛麟角。陈温福在学校时入的团，那时在学校入团，和走上社会入党一样难。不是各方面都出色，当不上团员，到了毕业时，一个班也没几个共青团员。

大队书记挑来选去，最终把眼光定在了陈温福的身上，就你了。陈温福便懵懵懂懂地当了团书记。其实，大队团总支书记，算不上是村干部，兼职的，一边在生产队干活，一边跑跑颠颠给村里张罗事儿。

陈温福跑得最多的地方是包家屯公社，他最羡慕的人是公社农业站的技术员。技术员站在田间地头，指指点点，用不着亲自劳动。更神奇的是，指点之后，确实有效果，比如苞米种子泡过了什么药，出芽率高，苗齐苗壮。哪片地里缺什么肥，哪片地里该扬点儿草木灰了。

技术员说的术语，好多农民一脸的"懵圈"，陈温福心中一笑，不过是些化学名词、化学反应罢了，多读几本化学书，谁都能成技术员。这时，他便有了一种渴望，到公社当农业技术员，教会社员科学种地，多打粮，别再让农民过吃了上顿愁下顿的日子。

这个愿望看起来很简单，和公社农业站技术员面对面地站着，好像没啥距离，就一步之遥。事实上，他们之间隔着一座不可逾越的山。农业站技术员并不是农民，人家的粮食本不是"红本"，就是"蓝本"。两种颜色的本，指的是粮食供应本，县城里的人是红色塑料皮，居住在农村的非农业户，是蓝色的本，比如学校的老师、卫生所的医生、公社的干部等。他们每月吃的都是国家供应粮，除了有足够的粗粮作保障，每人每月都能供应几斤细粮，还能打上半斤豆油或者菜籽油。他们的子女，都有机会安排工作，农业站的技术员，只能从他们中间产生。

生在乡下的纯农业户，没有这些待遇，只能一辈子蹲在垄沟"刨大地"，每天起得比鸡还早，晚上回来，累成了一摊泥。最欢天喜地的事情，是每年每户分两次细粮，春节和中秋节，每次只有两斤。"谁过年不吃顿饺子"，可不是随便说的，随人情，看老人，都指望这 4 斤白面呢，过年吃饺子，也不是家家能做到。即使包了饺子，也不能把面全吃了，还得留点儿，家里来客人了，咋办？再穷也不能薄了待客之道。

有一点儿志气的青年，都想逃离农村，就像电影《人生》里的高加林。

当公社农业站的技术员，需要搬走的第一座山，就是改变户口。不是"供应户"，没门。农民"变户"的途径，实在太少了，招工只面对供应户，唯一的出路是当兵转干。陈温福的大哥，就是当了兵之后，转业到了城里，当了工人，还娶了城里的媳妇，他好羡慕。即使不能提干，复员回来娶媳妇也不难，"一人当兵，全家光荣"嘛。

陈家也有过光荣，是陈温福的大哥带来的。大哥初中毕业后，在家务农一年，去当的兵。20世纪60年代末陈温福的大哥转业了，成了村里人人羡慕的工人，拿起"红本"，领供应粮了。送二哥当兵时，开始有人和陈家争了，毕竟陈家是"光荣军属"，再接再厉是必然，二哥也穿上了军装，在部队干得挺好，还入了党。只是因为想家，没在部队继续干，复员回村，依然还是"香饽饽"，公社想让他当大队书记，他不想干。

陈温福的第一个目标就是像两位哥哥那样，当兵去，至少能干点儿轻巧活儿，起码说媳妇的选择余地更大些。等到他要当兵的时候，当兵成了"千军万马过独木桥"，门儿都没有。就那么几个名额，村里干部、乡里干部，把那三三两两的名额全占了。父亲就是个勤劳朴实的农民，斗大的字不识一升，除了认识庄稼，一个有背景的人都不认识，帮不上儿子的忙。

唯一出去的门路被堵住了，陈温福认命了，死心塌地留在生产队认真干活吧，毕竟年轻，早起晚睡，也累不死。

然而，命运的转折点却悄悄地来了。

1976年又开始招收工农兵学员了。前两年招过两批，不考试，直接入学。说是不考试，总得设个门槛吧，在基层选的时候，要求写一篇大批判稿，写什么都行，根据这个来考察能不能上大学。

尽管不考试了，大学要的是有知识的人。让"下乡青年"优先上大学，已经形成了规律，村里的青年都觉得与己无关，没人动念头去和他们抢指标。

可是，1976年的情形发生了变化，城里不派"下乡青年"了，"老知青"

逐渐开始返城，他们的集体宿舍——"青年点"，冷落下来，没人再喊"扎根农村一辈子"，心都长草了。推荐工农兵大学生，本来是件好事，这些"下乡青年"谁也不肯去，都等着回城呢。因为念工农兵大学有个前提条件，文件里明确规定，要"社来社去，哪儿来哪儿去"。他们迫切地想回城当工人，如果上大学，读了几年书，毕业了还得回农村，没机会再回城了，得不偿失。所以，动员谁，谁都不去。

名额来了，也不能浪费掉，榆树坨子大队就开始从"还乡青年"中找人选。小村不大，人也不多，陈温福在大队当团总支书记，也算是"近水楼台先得月"吧，公社领导、大队干部、生产队长都和他熟，再加上他爽快、勤劳，不会藏奸耍滑，人缘特别好。

大队干部讨论这事的时候，陈温福就在一旁。有个老贫农代表指着他，直截了当地说，你去得了。大队书记也没当回事儿，因为全公社只能向县里推荐一个，公社教育助理已经内定完了，是他的侄儿。剩下的指标，就是陪榜，当分母而已，谁去谁丢面子。榆树坨子村能认真对待这件事，就算对得起公社了。

就这样，陈温福被推上去，参加了选拔。

大队书记已经交代了，给上边凑个数，别抱希望，陈温福也是这样想的，不让别人为难，不给村里丢脸就足够了。就这样，他没有任何压力，到公社，把批判稿交上去，回村里该忙啥还忙啥，就当没有这回事儿。

至于后来发生的变故，陈温福毫不知晓，若干年过后，有人告诉了他事情的来龙去脉，他才知道了其中曲折的故事。想想那次经历，他经常哑然一笑。本来是当"分母"，却莫名其妙地变成了"分子"，好运来了，挡都挡不住。

那次选工农兵大学生，部队要先选一把，上国防科工委所属的院校。除了现役当兵的，还给了地方"还乡青年"两个名额。部队的要求是很严格的，冥冥之中，不知哪个人心血来潮，制定了新标准，在全县推荐的工农兵学员候选名额中，选21岁以下，团员以上的。

包家屯公社选来选去，符合这两条规定的，就陈温福一个人，别人都不合格，好像这个门槛专门给他设的，把别人都挡在了外边，包括教育助理的侄儿。

此时的陈温福，以为自己做完了分母，也就完事了，剩下的和自己毫无瓜葛。他和往常一样，在生产队里忙秋收。晚秋季节，霜已经把苞米叶全打干枯了，割起来很轻松。他正汗流浃背地干活，就在这时，村里的通讯（信）员匆匆忙忙跑来，告诉他，电话打到了村里，让你马上到县里去，明天体检。

陈温福愣住了，问道，啥事呀，非得体检，我都不知道啊。

通讯（信）员告诉他，当小兵、上大学。

这是意外的惊喜，陈温福高兴得跳起来，怕来不及赶上体检，家也没回，衣服也没换，直接跑出来。从村里到法库县城，40 多公里，那时长途汽车又少，赶不上，那可就麻烦了。还好，紧赶慢赶，天黑前赶到了县城。当晚，他被安排进了县招待所，21 岁的大小伙子，居然是第一次去县城，看什么都是新鲜的。

第二天体检，推荐的人选共 18 个，能到部队院校当小兵的，名额只有 5 个。要知道，陈温福最渴望的是像大哥、二哥那样当兵，通过上大学的机会，实现当兵梦，那是多么可心的事情啊！

体检时，有 3 个人不合格，先被淘汰了。剩下 15 个人，减去 3 名当兵的，最后能被录取的，只有 2 个人。陈温福身体好，体检没问题，进入了下一轮。下一轮，选谁不选谁，就有说道了。军人吗，要讲究形象，起码得英俊挺拔吧。再者，还得有一定的根基吧，两眼一抹黑，人家不认识你，凭什么让你过关。

最终的选拔权是县武装部。那时，武装部的权力很大，全县基干民兵训练，也由他们负责。前一年，全县的民兵训练基地，设在叶茂台公社。最终被录取的 2 个人，就是该公社曾为武装部服务过的人。

原来处处都能"近水楼台"，陈温福还是被甩了下来，当了分母。

被淘汰下来的人，毕竟都是先行选拔出来的，不是表现出色，不可能坚持到最后的环节。被选走的那 2 个人，大家心里都不服。就像体育比赛，选拔赛不当回事儿，可是让你进入到预赛，必然对决赛有一种冲动。没弄明白到底输在哪儿了，决赛就结束了。不服胜负的结果，是正常的。

以往出现这种现象，淘汰了就是淘汰了。但这次毕竟是部队招小兵，容易提干，是唯一改变"社来社去"的机会，大家都在争这个名额。想一想，不经考试，谁比谁强啊？前一年招工农兵大学生，提前招小兵时，就出了问题，没被录取的人告状，弄得县领导焦头烂额。

这一次招小兵，县里怕落选的人告状，就改变了策略，让县教改组负责教育的头头，找他们集体谈话，对他们说，你们虽然没入选，但不要着急，安排你们体检，只要是合格的，还是要提前录取，没有部队的院校，还有其他院校，你们说，你们想去哪个学校？只要有名额就行。

当兵的愿望落空了，可第二愿望却在翘首期待着陈温福，那就是像大伯那样学农。既然是农民的孩子，念书回来当个农业技术员就行，老百姓吃饱饭太难了，学农起码能让农民能多有一碗饭吃，多几分收成。于是，他毫不犹豫地选择了农业。他的志愿填得也不高，那时，法库县归属铁岭市，他连出市的想法都没有，志愿填的是铁岭农学院。

陈温福一生与农业的缘分，就这样确定下来。

农学院读书

从法库县城回到家，陈温福觉得还像在梦里，觉得并不真实，就这样鬼使神差地成了大学生，不可能吧？所以，他该干啥还干啥，好像没有这回事儿。回村的第三天，教育助理的侄儿来找他，这个本来是"分子"，最后"分母"都没弄成的小伙子，闻到点儿风声了，问他：咋回事儿？

陈温福自己也云里雾里的，不知道咋回事儿。公社的教育助理却有知情权，早就弄明白了，斥责他侄儿，人家已经录取完了，你还瞎折腾啥，拉倒吧。教育助理本想让侄儿上，弄来弄去，反倒成全了陈温福，让他搭上"工农兵大学"招生的末班车，捡了个大学上。

有时啊，命运就是这么捉弄人，好在结果不错。

1976 年 12 月 7 日，陈温福到了铁岭农学院报到。那时，铁岭农学院是辽宁农学院的分校，三年前沈阳农学院更名为辽宁农学院，设立了铁岭、朝阳、旅大（现大连市）、锦州好几个分校。

开学那天，陈温福是坐着大卡车进入的校门，接他的是个文文静静戴眼镜的老师，叫张玉龙。张玉龙只比陈温福大一岁，来自辽西朝阳地区的建平县，才毕业没几个月，就留校当老师了。新老师接新生，这是大学的习惯，张玉龙亲自将陈温福的行李从卡车上接下来。后来，张玉龙当了沈农的校长，成了陈温福的顶头上司。

"文化大革命"结束了，一切都不一样了，全社会的学习氛围一下子就浓了起来。知识分子不再是"反动"的代名词，成了时代潮流的引领者。虽然新生都是工农兵大学生，已经没人想"社来社去"的事情，一味地埋头学习，恨不得把丢失的十年都补回来。

多年不上课了，连高等教育的教材都停止了出版。没有现成的课本，全都是老师刻蜡纸，在油印机上推滚子印，然后发给学生。《作物栽培》教材是张龙步老师编写的，专门针对他们这批"工农兵大学生"，一折两面，用线装订成册。尽管是油印的书，老师刻得板板正正，尤其是张龙步老师，怕别人刻写教材会出错，自己亲自动手，将蜡纸按在钢板上，一笔一画，点灯熬油地刻。

陈温福第一次接触沈农的老先生，老先生不仅讲课水平高，那种敬业精神，更令他震撼。他始终认为念农学院的第一本专业书，里面印的不是油墨，而是张龙步老师的心血。所以，他格外珍惜，至今还珍藏着，每一行是什么内容，都记忆犹新。

工农兵大学生的特点是半工半读，也就是半天劳动半天上课。教室很简陋，连桌子凳子都没有，坐在铁马扎上，男男女女，老老少少往那儿一坐。黑板是流动的黑板，老师拉过来，竖在那里，就开始讲课。后来，学校才越来越正规，配备了课桌课椅，固定的黑板，正式出版的教科书。

大学三年，陈温福恶补了从前知识的欠缺，还要保证每一科的分数都要达到90分以上，丢一分都要反思自己，哪儿出了问题。除了正常上课，他每天的业余生活简单得只剩下"三点一线"，宿舍、食堂、教室，周而复始。

学校外五里有个小村子叫地运所，经常放露天电影，同学们常成群结伴地去看电影。而这三年，陈温福一场电影也没去看过，尽管同学们回来把《大篷车》《追捕》等风靡一时的电影，讲得眉飞色舞，他却不为所动，他所有的时间，都用在学习上了。

尽管大家都在说，工农兵大学生"哪儿来哪去"，但知识改变命运的趋势已经摆在了面前。况且，恢复高考后的77级学生已经入学，后面有人追赶着呢，如果学习不拔尖，还是摆脱不掉"起得比鸡早，睡得比狗晚，干得比驴多，吃得比猪差"的命运。

所以，电影再有吸引力，也大不过陈温福的自制力。当然，这两部电影，后来陈温福也看到了，不是在电影院，而是在飞机上，明白了当年同学们为什么为此着迷。只是这一"课"时隔45年之后他才补上。2022年7月，陈温福到外地出差，漫长的旅途，百无聊赖，别人昏昏欲睡，他却打开事先准备好的笔记本电脑，津津有味地看这两部电影，圆上了当年的梦。

在接受我采访时，陈温福微微一笑，我这个影迷，来得有点儿晚，快70岁了，才补上青春梦。

后来，学校又开设了外语课。是选修课，有英语、日语、俄语，学哪门外语，自愿选。大家对学外语都不情愿，都没有学外语的基础。工农兵学员，学完了回去种地，庄稼能听懂外语呀？都有抵触情绪。

有个讲植物学的老师，叫高东昌，他没有孩子，也和同学们一样，住在宿舍，精力都用在了学生身上，几乎成了学生们的"舍务长"。他跟学生的关系特别好，学生们有啥事，都愿意和他商量。听说大家对学外语有畏难情绪，他口气特别坚决地说，不行，将来不知啥事能用上，必须学，不学咋能读懂外文资料，咋和外国人交流。

学哪门外语呢，陈温福犯愁了，俄语有一定基础，会的不过是些日常用语，舌头的弯打不好，越学越累。学英语吧，人家快讲两个月了，跟不上。高东昌老师就说，日语好学，里面汉字多，容易理解，我会日语，帮你们辅导。

就这样，陈温福从零开始学习日语。他们这届工农兵大学生，共 6 个班，180 人。6 个班的日语课代表是陈温福的同班同学，叫陈德利，他有日语基础，外语课刚开始时，他就报名学日语了，成绩好。就算同时起步，他已经把大家甩下了两个月的课程。

因为高中基础打得好，专业课是高中课程的深化和系统化，陈温福接受得特别快，学得比较轻松，大把的时间都用在了学外语上。有高东昌老师开小灶，他的日语提升得特别快，天天摇头晃脑地背，虽说是零基础，功夫用到了，却是后来者居上。期末考试时，他的日语成绩是 95 分，而课代表陈德利呢，却屈居第二，答了 90 分。

3 年的学习时间很快就结束了，那时已经是 1979 年了，大家的心思就乱了，是分配还是"社来社去"？莫衷一是，没人知道，学校下的通知也是模棱两可，回家等着去。

考了一堆好成绩，最终还是回家种地。入学的时候，早就申明了，"哪来哪去"，没啥可抱怨的。陈温福又回到了从前的状态，忙碌着帮家里干活，拿起镰刀，打柴火去。夏末秋初，田野里的各种秸秆都成长了，他便到苞米地割苍耳秸、荆棵子。割了一个月，晾干了，堆成了一座小山，足足能让家里烧上两年。

打柴的时候，陈温福也没闲着，学习习惯养成了，想停都停不下来。打柴累了，就往也曾"裁弯取直"的新开河大坝树荫下一坐，开始读他的日语。

125

结缘杨守仁

1979年9月，陈温福正在家里打柴，突然接到通知，让他到沈阳报到。一般来说，在铁岭毕业，分配不到沈阳，因为辽宁农学院解散了，归属沈农的铁岭农学院迁回到沈阳，回归到原来的沈阳农学院模式。沈阳农学院更名为现在的沈阳农业大学，是后来的1985年，邓小平为学校题写了校名。

陈温福幸运地留校了，分配到了沈农的图书馆。爱读书的他，福从天降，一下子扎到了书堆里。沈农的图书馆，可不简单，它的前身是复旦大学农学院图书室，1952年随着复旦大学农学院，"陪嫁"给了沈农，藏书量特别大。

能进图书馆，又是命运垂青，陈温福至今还感到很幸运。在学农这条路上，他每走一步，总有一种力量在背后推着他。图书馆是很重要的部门，也是最不好管的部门，年龄大一点儿的，不愿被别人管的人，都送到图书馆工作。

当时的图书馆馆长叫赫荣，这个老太太特别厉害，得理不饶人，谁都怕她，最不好管的图书馆被她管得井井有条。她想成立一个科技情报室，留几个应届毕业生，从事日语、俄语、英语农业科技情报工作。于是，散落在外地的沈农几个分院，纷纷向赫馆长推荐人选。

赫馆长挺固执，科技情报室用人必须得外语好，总觉得别人推荐的人选不放心，自己亲自到教务处翻档案，看谁的成绩高。翻来翻去，翻到陈温福的档案时，她的手就不动了，日语考了95分，几个分院中排名第一，马上拍板，我就要这个。

老太太的巴掌重重地拍在档案上，一下子陈温福被选中了。他拿起镰刀割柴火那一刻，已经准备好了"社来社去"，结果，因成绩好，成了分配生。从此，沈农就成了他一辈子的家。

图书馆的科技情报室，工作挺清闲，陈温福专门负责日文材料的收集和翻译，量不大，等于天天学外语了。从念书时的紧张，到工作的不疾不徐，他反倒有些不习惯了。无论是体力劳动，还是脑力劳动，挑战、克难都一直这么走过来，四平八稳的生活，反倒不舒服了。考硕士研究生的冲动，又在他心里涌动起来。

陈温福毕业之前，国家恢复了研究生招生制度，他考了一次，同班几名学习出类拔萃的，都参加考试了，他报考的是安徽农学院遗传学教授黎洪模的研究生，黎洪模在水稻育种科研工作中，非常有影响，结果没考上。

虽然很幸运地分到了沈农图书馆，陈温福不死心，觉得应该继续学点什么，还想考研。

1979年下半年，沈农举行了一次外语测试。学校规定，想要晋升副教授、教授职称，外语测试必须拿到乙级证。想被聘为讲师，必须拿到丙级证。测试的语种有英语、俄语和日语。50多名老师参加了测试，有年龄大的、年龄小的、外语学得久的、翻译资料多的，什么情况都有。结果全校仅有5人获得了日语乙级证，学外语时间最短的陈温福，便是其中之一。

当时，考研究生最难的是外语，而陈温福恰恰有外语优势，测试的结果给了他信心，还要报考研究生。

1980年，又招研究生了，这次是恢复研究生招考的第二年。报考哪个导师呢？陈温福心中在不断挑选。一般来说，第一年报的导师，目标高了，没考上，再次报名，会降低选择导师的标准。想来想去，他非但没降低标准，反倒定得更高了，本校的老教授杨守仁先生。

在沈农图书馆工作快一年了，陈温福经常碰到杨先生。这个老头，挂着拐棍，看着挺富态和蔼，风趣幽默。内在的高贵气质，却能拒人千里之外，让人觉得可望而不可即。杨先生对水稻的研究出神入化，而他在沈农上班之前，大米饭都没吃过几顿，跟着先生研究水稻，给个梯子都够不着。

谁都知道，杨先生的标准高，招收条件苛刻。前一年，有许多学生信心满满地报考杨守仁的研究生，结果，先生都没相中，谁也没要。陈温福把目标定在了杨先生，是缘于铁岭念书时的老师张龙步。张老师无论是做学问，还是做事，都特别认真细致，尽管他们这些"工农兵大学生"知识能力参差不齐，教大学生和教初中生差不多，可他还是不遗余力地教大家，因人施教，力争把学生们都教会。

张老师为人这么好，是得到了老师的老师杨先生的真传。杨先生人品好，学问高，能投身到杨先生门下，他也能像张老师那样，学到真本事。权衡一番过后，陈温福决定，哪儿也不去了，不管考上考不上，就在本校，报考杨守仁的研究生。

陈温福兴致勃勃地填完表，找馆长赫荣签字。没想到，赫馆长大发雷霆，坚决不同意，好不容易把你挑出来，没干一年就要跳槽，那能行吗？

赫馆长高低不签字，陈温福就没咒念了，很郁闷，赫馆长那脾气，找谁说话，都不好使，何况他还是沈农的新人，他最熟悉的领导，就是赫馆长了。张龙步老师倒是挺喜欢他，可张老师是个老实人，万事不求人，找了也白找。

看来真的没辙了，陈温福的情绪很低落，又没出本校，杨先生的研究生特别难考，行与不行，总得让他试一把。正愁眉不展时，路上恰巧碰到了沈农的教务长顾慰连。顾慰连就管研究生招生的事情。

顾慰连也是个了不起的人物，搞玉米的农学家，是随上海复旦大学农学院搬迁到沈阳的，当时还兼着农学系的主任。可惜的是，顾老师担任沈农校长后，没日没夜地操劳，去世时没超过60岁，累的，肝癌到了晚期都不知道，住院20天，人就没了。

顾老师的父亲更厉害，名叫顾毓琇，美籍华人，精通文理的大学问家，活过了一百岁。在上海交大当教授时，他是江泽民的恩师，江泽民访问美国时，特意专程看过他。儿子去世后，顾老先生向沈农捐资设立了"顾慰连奖学金"，既表示哀悼之情，又遂奖掖后人之愿。他还为此赋诗一首：

从来生死由天定，农学阐扬励志坚。菊酒奠儿挥老泪，白山黑水梦魂间。

那时，陈温福只知道大家都很敬重顾老师，顾老师说话有分量，并不知道他碰到的又是一个恩人。他走到顾老师面前，自我介绍道，我叫陈温福，在图书馆情报室工作，想报考杨守仁先生的研究生，我们馆长不同意。

顾老师也是个急性子，马上表态，那不行，我现在就跟她说去，这哪行啊，阻碍年轻人的发展，不行。当天，他就找到赫馆长，对她说，年轻人想进步，现在国家特别需要人才，你不让人家考是不对的。

别看赫馆长这老太太厉害，顾老师毕竟是沈农的元老，属于校领导，教务长分管图书馆，是老太太的顶头上司，只好点头答应。不过，事后赫馆长依然刨根问底问陈温福，你找顾慰连了？

陈温福如实回答，没找，半路上碰到了，就说了这事儿。

赫馆长倒也爽快，考吧，就给陈温福签了字。

这一年，报考杨先生研究生的学生又很多。知道杨先生的研究生难考，考试的时候，陈温福没有负担，轻装上阵，考不上是正常的，考上了反倒是奇迹。没想到，考试特别顺利，陈温福居然考上了，成了杨守仁教授"文化大革命"后的第一个研究生，而且是当时那届唯一的一个。

当时，只要一提"工农兵大学生"，人们觉得他们的知识水平很低。陈温福能考上研究生，证明了有些事情并不是绝对的，也算是给"工农兵大学生"争了一口气。但他在心里承认，基础薄，底子差，这是客观现实，是时代造成的，除了加倍努力，没有别的办法弥补。

这么闻名遐迩的大教授，就培养他一根独苗，真是幸运中的幸运，天降的福分都给了陈温福。采访的时候，陈温福对我说，若不是遇到杨先生，当个普通的大学老师就不错了，恐怕这辈子与院士、科学家都没有瓜葛。

第八章

严师出高徒

逼出来的英语

"所谓大学之大，非有大楼之谓也，乃有大师之谓也。"这是当年清华大学校长梅贻琦的名言。陈温福虽然脱颖而出，成了杨先生唯一的研究生，但年近古稀的杨守仁，面对一个学生，认真得像对着满教室的学生，依然严谨、严肃、严厉，第一次上课，就没有笑模样。

陈温福心里打鼓，平时看着挺和善的老头，上了课堂咋就变脸了呢？看来，大家口口相传的杨先生的教育理念"严是爱，松是害，教不严，师之惰"是真的。考上了，仅仅是寒窗苦读的开始，别想混文凭。

第一堂课，杨先生讲的依然是水稻的历史，讲中国是世界上第一个种水稻的国家。杨先生娓娓道来，既有知识，又有趣味。陈温福的记忆力超好，杨先生只讲一遍，他便全记住了。随后，杨先生对陈温福提出三点要求：一是立即补学英语，不是应付考试，是精通；二是作物栽培与作物育种两个专业的课程都要学；三是必须学会种稻。

加学一门英语课，陈温福脑袋"嗡"的一下子，他最擅长的是日语，考研时也是高分。英语，他一点儿基础都没有，像个小学生似的，得从字母开始学。在铁岭农学院，他学的是旱田专业，水稻长啥样儿，都没见过，专业课又是从零开始。他报考研究生的专业是"作物栽培与耕作学"，先生却层层加码，让他栽培与育种两个专业一起学。

这三点要求，除了第三点容易接受，从小劳动惯了，干活不犯怵，其他两点，陈温福觉得杨先生是给他出的难题。他心里犯着嘀咕，杨先生是不是嫌他是"工农兵大学生"，九年制毕业的学生，基础差，先天不足，是个废料，带不出来？

陈温福预感到了，艰难的日子又要来了，三年的研究生，每天都得面临着爬山。直到他读到了博士，进入更深的学术领域，才明白作物栽培与育种之间那种妙不可言的辩证关系。

上完课，杨先生又恢复了那个和善老头，约陈温福到家里谈话。到了家里，杨先生又提出约法三章，陈温福立刻紧张起来，上课时提出三点要求，到家里来又多了约法三章。杨先生提出的第一个内容是重复的，只是解释一下，为什么非得要学英语，因为英语是全世界通用语言，多数学术文章都是用英文发表的，国际上的文献，大多是英文，日语比较少，要想搞科学，搞教育，和国际交流，只懂日语是不够的。

接下来，杨先生又提出其他两条。一定要学好文学，知识要广博，写作能力得强，这是写学术论文的基础。再有就是不能找对象，大丈夫何患无妻，先把学习搞好，再考虑个人问题。

读上研究生，日语的课程多了，同时还要学英语，一个人在三种语言环境中求学，脑袋不灵活，都转换不过来。英语是从字母开始学的，杨先生给陈温福找的英语老师叫毛士田，英语水平相当高，给国际粮农组织当过翻译。可是毛老师偏偏不会辅导刚刚起步的学生，英语单词还没学多少呢，直接进入了语言环境，抱个录音机，天天放录音，陈温福听不懂啊，急得不行。

天无绝人之路，有趣的事情发生了。教陈温福生物统计与数理分析的老师梁文卿，英语也特别棒。发给学生的两大本厚厚的书，全是英文，梁老师要用英文讲课。陈温福面露难色，对老师说，不行啊，我不会英文，听不懂。

梁文卿说，数学和统计学的英文单词很少，我一边给你讲数学，一边给你讲英语，没事儿，你就学吧。

就这样，陈温福一边听梁老师讲专业课，一边学英语，听不懂就问。掌握了英语的窍门，弄明白了学习规律，他便开始大量地背单词，阅读文章，不明白了就查字典、问老师。半学期下来，不但能听懂了梁老师用英语讲专业课，还跟上了毛老师的英文课。

当然，提升陈温福的英语水平，导师杨先生也很重要。杨先生讲课时，英语时常夹杂其间，潜移默化间英语便突飞猛进了。

到了期末考试，沈农那一届5名学梁老师课的研究生，其中有一名英文很好，又是学生物统计专业的同学。结果，陈温福居然又考了个第一，分数是92分，比那名英文好、又学同一专业课的同学还高了3分。有后来者居上的，还没见到零起点，却能直接起飞的。几名同学对陈温福既羡慕又妒忌。

沈农良好的学术环境，给陈温福插上了腾飞的翅膀。他感谢梁老师、毛老师。

多年以后，陈温福也带起了博士生，他对学生说，人的大脑开发的潜质太大了，我们对大脑的有效开发，十分之一都不到，绝大部分处于休眠状态，没被激活，原因就是懈怠。尤其是年轻时，头脑灵活，知识装多了，最大的好处就是灵感随时能够爆发。电脑的储量再大，是程式化的，不会像人脑那样，灵感会在跨类别间爆发。

"独享阳光"

毕竟只带一名研究生，阳光只照一个人的头上，到底是不一样的。如同独生子女，家庭的温暖，只给他一个人。杨先生对陈温福的期望值非常高，恨不得把满腹的学问都倾倒给学生。他对陈温福提出新的要求，上午听课，下午到试验田，学种水稻。每科成绩都要 80 分以上，全年没有节假日，星期天待在实验室，拿出实验数据。此外，还得陪先生"走江湖"，积累栽培与育种的经验。

如影随形地跟着杨先生，陈温福懂得了什么叫"专而能博，学而能思"。从懂事到当"工农兵大学生"，他没离开过土地，可谓与土地一往情深。可是，凭肉眼估田地的亩数，他没先生准，更不用说估产量、摸水温了。更神奇的是，只要先生看一眼，马上能告诉你品种，即便是来自国外的，他也知道。

20 世纪 80 年代初，一切欣欣向荣，杨先生"老夫聊发少年狂"时，陈温福是最大的受益者。先生作为我国著名的水稻科学家，经常受邀参加各种学术活动，每一次外出几乎都是陈温福陪同。因此，年轻的陈温福结识了很多国内外农学界的名流，如朱祖祥院士、黄耀祥院士、卢永根院士、卢良恕院士、袁隆平院士……还有日本稻作学家角田重三郎教授，以及著名水稻育种家、国际水稻研究所的库希博士等。

在这些大家身上，陈温福时常有"听君一席话，胜读十年书"的感觉，不仅学到了许多课堂上和书本里学不到的知识，而且还学到了许多做人、做事、做学问的道理。

除了接触名家，杨先生最喜欢带着陈温福去实践，到试验田走走看看。尤其 1983 年，陈温福研究生快毕业那年，不接触实践，以后怎么工作？别看杨先生 71 岁了，走路拄着拐杖，其实身体硬朗着呢。

在试验田里，杨先生边走边讲，陈温福跟在后面，边走边听。或许人老话多，杨先生愿意表达，没人跟着，他还觉得寂寞。学生跟着他走，他还挺高兴。什么分蘖、扬花、长势，品种的渊源，亲本的来历，先生是见到什么讲什么。

陈温福肯思考，爱提问，问题越尖锐，越接近点子，杨先生越高兴，问什么讲什么，讲起来没完。学生不问，先生就自问自答，带着学生走进更加幽深的境界。

杨先生给陈温福讲水稻方面的知识，海阔天空什么都讲，历史和现状、理想和人生、做人和做事，都能成为先生的话题，陈温福知道，老师的话再多，从来没有废话，讲的都是知识，说的都是学问。陈温福默默地记下，哪怕有一点儿闲暇，就回味老师和他边走边说的话。说者有心，听者有意，有些知识无形间就融会贯通了。

第二导师

可以说，除了杨先生，张龙步老师是陈温福的第二导师，他一直是杨先生的助手。很多时候，杨先生做方向性、指导性的教授，具体的教学和辅导，大多由张老师带着陈温福，包括去实验室和到试验田。

对张老师，陈温福并不陌生，刚上大学时，已经很熟悉了，但那都是上大课。跟了杨先生读研，张老师和他才成了一对一的学习。张老师是广东人，来沈阳快30年了，虽然不爱吱声，做学问却一丝不苟。他不允许陈温福有一丝差错，是个典型的书呆子，不灵活，也不变通，杨先生交代他教学内容，他是不折不扣地执行。陈温福的育种、栽培和作物生理研究，学得格外扎实，与张老师的严格要求不无关系。

与杨先生的富态与机智相比，张老师恰恰相反，生得清癯，甚至神态有些呆板，是个不爱出头，不想管人，除了学问，啥也不去想的人，心甘情愿地把自己一辈子埋在老师的影子里。

除了老黄牛一样地工作，张老师不懂享受生活，也没有其他爱好。他每年都有一个厚厚的笔记本，试验田里所有的材料，包括生长环境、植株表现、生理特征，记得密密麻麻满满的一大本。

别看张老师不爱说话，可他的话，都说在了厚厚的笔记本里。平时，经常让陈温福翻阅。这些都是实践中的经验，课本里学不到。陈温福记忆力超好，只要翻阅过，就能记住。因为他始终跟随着张老师，亲身体验过的记忆，和书本里的就是不一样。

有人以为，上大学，读研究生，天天就是摸书本。陈温福跟着两位导师，从育苗到插秧，摸水稻的时间，超过了摸书本，尤其是国庆节假期，正是选种最关键的时候。

陈温福清楚地记得，那年十一放假，本科生们都回家了，只剩他一个研究生。父亲身体不好，他也想回家看看，张老师就是不吭声，不说放假，也不说你留下跟我选种去吧，只是埋头一门心思下到试验田。

看到张老师这样埋头干活，陈温福只好打消了回家的念头，自觉地跟随张老师一块选种。那时候，没有设备，选种全靠双手硬往上拔，不能下镰割，因为根系的状态是选种的重要一环。就他一个人跟着张老师，老师也快到天命之年了，还要做记录，干体力活的事儿，只能是他自己了。总共 6 亩地呢，那种劳累程度，可想而知。

到了中午吃饭时，张老师也不问问，你饿不？转身回家，自己吃饭去了，把陈温福丢下不管了。放假期间，食堂关门，他只好买了一堆面包，将就着吃。

或许面包放坏了，陈温福舍不得扔，吃坏了肚子，闹上了痢疾。痢疾虽说也是腹泻的一种，却和一般的腹泻不一样，痢疾发热高烧，控制不住拉肚子，甚至便血，延误治疗会死人的。而且屙痢疾一怕凉，二怕累。可下稻田选种，又凉又累，头天晚上吃了药，病情缓解了，但第二天又下地，拔了一天的稻子，又重了。就这样，痢疾反复发作，一闹就是一星期，脸都灰了。

张老师这个书呆子，只顾选出的稻种，根本不抬头看陈温福，感觉到陈温福反复跑厕所，拔不动稻子了，也不问，你咋的了，是不是有啥毛病，就是不吱声。陈温福也是个实在人，老师不吱声，他也不好意思说闹病了。

等到选完种了，勉强走到医院，医生吓坏了，不是年轻火力壮，就死在外面了。

这段经历，陈温福是刻骨铭心的，张老师不会关心人，不懂人情世故，已经到了无以复加的程度。若干年后，陈温福经常拿这件事调侃张老师，扒张老师的小肠，张老师还是不吱声，只是笑一笑，也没觉得有啥不好意思的。选种就是选种，是按计划来的，就像地球绕着太阳转，不能耽搁，一点儿差池也不能有。

不是别人有病，张老师不在乎，自己有病，他也不在乎。在他的眼里，稻子的生命，比人还重要。谁病了，谁饿了，谁头疼脑热，谁家里的什么难事，都走不进张老师的视野，他的脑子里根本没有这根弦。

后来，杨先生年龄大了，张老师就当了稻作研究室的副主任主持工作。再后来，陈温福博士毕业留校了，也成了副主任。

张老师60岁时，已经患上了糖尿病，消瘦的身体，却背沉重的药壶，下田打药，累得直哼哼，原因是3个工人谁也不怕张老师，就是指挥不动。张老师太害怕稻子发病虫，影响实验结果，干脆自己动手，亲自下地打药。

陈温福刚从英国归来，发现苗头不对，就连工人都敢欺负"领导"，询问几句，才弄明白。工人们不怕张老师，却怕陈温福。陈温福训斥他们，张老师一大把年龄了，还一身的病，他干活，你们瞅着，啥意思？再看到张老师下地打药，我把你们全部辞退。转过身来对张老师说，不能再下地打药了，你再背上药壶下去，我就辞职。

张老师就会自己干活，除了和水稻打交道，仿佛没有生活在人世间。

书呆子的无奈之处就是死板，可爱之处就是活得特别纯。张老师是教育部批准的第二批博士生导师，按照沈农的规定，博导可以70岁退休。

到龄后，张老师几次提出，办理退休手续，陈温福就是不同意，要聘张老师为水稻所的终身教授，没有退休这个概念，哪怕剩下最后一口气。刻板的张老师，坚决不同意，还是办了退休手续，他不想给别人找麻烦。

在水稻研究所，没人把张老师当成退休教授，依然有科研项目，生活起居，身体状况都有人照顾。一个重度糖尿病的患者，活过了米寿，直到2021年才去世，没人照顾，没人提供很好的医疗条件，怎会有如此长寿？

没有杨先生的理论，没有张老师亦步亦趋的实践，沈农水稻研究所也不会有今天的重要地位。

考博士

转眼间三年过去，陈温福研究生毕业了。尽管他按入学时的三点要求和约法三章，规规矩矩地去做了，可杨先生依然觉得，不够尽善尽美，尤其是论文，修改了多少次，专业知识没问题，可文章的结构、表达的技巧、文字的精准，仍嫌美中不足。

陈温福也想写出最优秀的论文，发表后在业界产生较大影响，可还是笔力不济。杨先生对他的约法三章中，文学的基本功扎得还不够牢。这也是没办法的事情，一直偏重理科，作文的基本功没有得到很好的提高。更何况，积累语文基本功最重要的时期，偏偏在"文化大革命"浪费了。

怎么写论文，没人教陈温福。他是"文化大革命"后杨先生的第一个研究生，前边没有参照，也找不到参考资料做样板，从前又没有过论文写作训练，不知道咋写，只能自己摸索。提起当年的研究生论文，陈温福至今都感到羞愧，他认为，这辈子写得最差的论文，就是研究生的毕业论文。

毕业以后，杨先生跟陈温福商量，你上盘锦吧，盘锦那儿有个盐碱地利用研究所，高佩文在那儿当所长，我们关系挺好的，你去那儿发展吧。毕竟涉及自己今后的走向，陈温福没言语，心里却在想，是不是先生没看上他，毕竟是"文化大革命"九年毕业生，想留在沈农当教师，基础太差，底儿太薄了。

想来想去，陈温福还是不愿意去盘锦。那里是"南大荒"，百里无人烟，搞对象都是个大问题。其实，陈温福还是错怪了老师，杨先生对盘锦是割舍不开，心里总是惦记盘锦的水稻，可他又怕去盘锦，女儿没在了那里，那是他的心底最疼的伤。把自己刚培养的研究生派去，实际上等于替他去盘锦，完成培育理想株型水稻的心愿。这个心愿，先生不能说出口。

恰巧，1983年沈农招博士生，杨先生是"文化大革命"后教育部批准的第一批允许招博士生的教授。前一年，有3名研究生报名，谁都没有考上来。这一年，又有4名外校的研究生报名考杨先生的博士，如果陈温福报名，那就是5人。若是5人成绩都够，也允许全额录取。

条件挺宽松的，陈温福第一次"忤逆"杨先生的想法，和先生商量，报考您的博士行不？

杨先生倒很敞亮，更没逼他去盘锦，只是简单地说了句，行。

考博士先考外语，外语不过关，专业课就不用考了。考哪门外语呢？陈温福陷入了两难。一直在学英语呢，英语用途广泛，这是大趋势。可衡量一下，他觉得英语的底子不行，没有日语厚，考日语心里更有把握。

外语这道关，过得挺顺利，其他4人的外语关也轻松过去了，就等着专业课考试了，5个人进入了备战状态。那时，考博士不像现在，统一出题，谁能成为自己的导师，都不知道。当时考博，报哪个导师，专业课就由哪个导师出题，导师有绝对的权威。

杨先生出题，陈温福又是先生的唯一弟子，总能透点题吧！考试前的一个月，陈温福问先生问题，先生非但不告诉他，而且突然间严肃起来，对他说，从现在开始，一直到考试结束，我任何东西都不能跟你讲，因为考题我已经出完了，你不要再问我任何学业问题。

陈温福没想到，先生非但没透题，辅导也取消了，一个月不让他见面，让他自己学，考啥样算啥样。他心里打鼓啊，先生最爱出偏题，难题，押题是难上加难。

本想临阵磨枪，不管考成什么样子，冲刺总是必要的。恰在此时，家里传来坏消息，父亲病危。三年前，劳累了一生的父亲，突然患了脑血栓，陈温福念硕士期间，父亲始终卧床不起。等到他临考博士之前，病情加重了。想想自己一直拼搏念书，没办法照顾父亲，农村的医疗条件又很差，自己还是个在读的学生，收入也十分有限，没办法让父亲得到很好的治疗，他感到很愧疚。得到消息，他心急如焚地往家赶。

百善孝为先，陈温福跑回法库，照顾父亲去了。杨先生反倒赞同学生暂且丢下学业，孝是传统文化的根脉，大臣还有丁忧呢，为人子女，理当尽孝。

博士考试的前三天，安葬完父亲，陈温福回到了沈农，才开始进入考试的准备阶段。

考场就设在本校，5名考生天南地北，各在各的考场。整个沈农，就陈温福一个人报考，偌大的教学楼教室里只有他一个人坐在前排。监考的两名老师，是本校研究生部的，平时就特别熟。两位老师一前一后，把陈温福夹在中间，考试时想作弊，门都没有。

他还和两位老师开玩笑，看这么严干什么。两位老师不理他，自己的学校，考自己的学生，不严格要求，丢的是沈农的信誉。等到打开密封的试卷，把试题发到陈温福的手中，他紧张的心情一下子松弛下来。

陈温福心里有数了。这些题，先生以前都讲过，不过，不一定在教室里，有些内容是在试验田里讲的，没机会做笔记，不做有心人，很难答出来。他记得，第一道题是：水稻为什么要恰当地发挥分蘖作用？

这个问题，先生在课堂上讲，在试验田里讲，不厌其烦地讲，其重要性，陈温福早就心领神会，印在脑海中。

还有一道题：我们国家老一辈搞水稻的科学家已经过世的有哪几位？健在的还有哪几位？他们都作出了什么贡献？这样的题，书上根本没有，不是对中国水稻界烂熟于心，单凭死背硬记当考试机器，根本没门儿。去世的水稻科学家，常在先生的嘴边挂着，健在的几位，先生带他都见过，而且还启发和开导过他，如果答不出来，太对不起先生了。

再比如，杨先生出了一道非常难的题：全世界搞籼粳稻研究最早的人是谁？作出了什么贡献？这个问题，书上没有，杨先生一直致力于籼粳稻杂交育种研究，所以，他特别看重这样的问题。一年前，先生给他讲过，1928 年日本水稻专家加藤茂苞，借鉴人类血清学研究方法，来研究水稻的分类问题，根据稻种的形态、杂种结实率及"血清"反应，将栽培稻种分为两大群，即粳稻为日本型亚种，籼稻为印度型亚种。第二个是赵连芳，他在印度时，搞过籼粳稻杂交研究。

那时的教材少，课外书也没有，信息不灵通，更别说现在的网络了。这些问题，书上根本找不着啊，不是听过杨先生讲课，想答出来是难上加难。所以外面那些研究生，跟陈温福一块考，等于吃了大亏。

这些问题，也许别人认为不重要，但杨先生认为特别重要。他培养的方向，不是靠死读书考出好成绩的博士生，而是能学以致用、对社会有贡献的水稻学家，知识不广博，还叫什么博士？

看过陈温福的试卷，杨先生很高兴，别人考过 60 分，先生就能录取，而对陈温福的要求，还是他的老标准，必须是 80 分以上。还好，出乎先生的意料，陈温福答了 85 分。

杨先生很高兴，说了一句，我没白教你，于是就开始解释他出的题，哪个题考的是哪个知识点，想提高学生的什么能力。

1983 年，曾经是杨先生唯一硕士研究生的陈温福，又成了杨先生唯一的博士生。陈温福也成了沈农建校以来的第一个博士生。

捣乱的麻雀

历经战乱的老科学家，家国情怀都特别重，比如钱学森、李四光等，那是刻在骨子里的，杨先生也不例外。陈温福生在新中国，对于国家的深重灾难，没有体验过。但耳濡目染中，他感受到了和先生对祖国深沉之爱的差距。先生对学生的苛刻要求，既是恨铁不成钢，又是想把自己的爱国情怀无声地传播下去。

爱国需要一代一代地传承，应该像流淌的大河，源源不断。而爱国不是说说而已，对于水稻学家来说，就是实实在在的每一粒种子。小种子却是大世界，民为国基，谷为民命，粮食是民生之根本，吃饱了才能建设国家。

其实，爱国是很具体的。

陈温福觉得，和杨先生比，家国情怀、敬业精神、科学态度，差距太大了。尤其是跟着先生读书时，那些严厉的要求，有时让他受不了，总想让老师缓一缓，退一步。杨先生对他的三点要求，他认为最简单的是第三条，可真的做起来，也不那么容易。

陈温福给我讲了一个"看麻雀的故事"。

陈温福虽然从"文化大革命"后杨先生的第一个硕士研究生，变成了沈农的第一个博士生，可杨先生对他的三点要求和约法三章依然没变。

当时的沈农稻作研究室，老师只有3位，杨先生、张龙步和王进民，博士生是陈温福，还有2名杨先生招的第二批硕士生，王伯伦和李南钟。师生总共6人，当时正是"籼粳稻杂交高产育种及理想株型的研究"被确定为国家重点科技攻关项目之时，"沈农1033"在辽中县刘二堡种植万余亩，杨先生忙得分身无术。

张龙步老师年龄也大了，身体不太好，杨先生舍不得让他累着。王进民被先生派出搞推广去了，背着相机，到处拍摄水稻资料。两名硕士研究生呢，王伯伦到乡下搞栽培去了，天天盯着"沈农 1033"。李南钟回吉林延边结婚去了。杨先生的身边，只剩下了陈温福一个人，所以一些事务性的事情，也就由他一人承担。

老一辈科学家爱国情怀，体现得特别具体。比如，李南钟是朝鲜族人，杨先生特别注意民族政策。别人读书时，谈恋爱都不允许，怕影响学业。可对李南钟呢，除了学习同等要求，生活上总是高看一眼，特许他回家为老父亲过生日，还允许谈恋爱、结婚生子。

那时节，高粱、谷子都没成熟，只有稻子抽穗了，麻雀在这时就盯上了稻穗，专捡穗大粒鼓的稻种鸽。试验田仅有 6 亩地，培育着各式各样的种子。稻粒一旦被麻雀鸽了，就会毁掉实验结果，若是鸽光了，那就彻底完了。一天下午，杨先生出差回来，马上赶到试验田，发现稻粒已经被麻雀鸽了。回到研究室，特别不高兴，他想批评张龙步老师，年龄太大了，张不开嘴。想批评王进民，找不到人。

抓不到别人了，杨先生就把看麻雀的责任交给了陈温福，告诉他，明天早上早点起来，看麻雀。陈温福马上答应了。

考博士时，考的是日语，读博士时，转回头，依然学英语，并且生物统计学课程，老师全程用英语讲，他每天晚上学习时间都要超过 11 点。陈温福虽然记得看麻雀的事情，可年轻人困啊，白天还累，头一挨枕头，没觉得过去多久，就是早晨 5 点了。

沈阳的夏天，天亮得早，4 点半左右，天就亮了，麻雀就从栖身地飞出来，扑向了试验田。陈温福从梦中惊醒时，已经晚了，跑到试验田，迟到了半个小时，杨先生已经拄着拐杖，到了试验田，劈头盖脸地批评陈温福，我开除你，这么懒怎么行，我都来这么长时间了，你还没来，麻雀已经吃完走了，你知道损失有多惨重吗？

本来重重加码的学习量，已经让陈温福不堪重负，每天的睡眠时间不到 5 小时。听到先生这么严厉地斥责，陈温福崩溃了，毕竟年轻气盛。当天他就找到了沈农研究生部部长杜芳老师，直接提出退学，压力太大，受不了。

杜部长一听慌了，沈农"千顷地里一棵苗"，就这么一个博士生，说不念就不念了，这怎么能行？就找到当时已经升任副校长的顾慰连。第二天一早，顾校长敲开了陈温福宿舍的门，问道：昨天杨先生批评你了，要开除你呀，你要不念啊？小伙子，有这种想法可不行，别听他的，他年龄大了睡不着觉，对年轻人这样的要求，是不对的，我找他去，批评他。

顾校长和杨先生感情很深，一般人，谁敢说批评杨先生？顾校长对杨先生说，这可不行，年轻人学了半宿，第二天能起来那么早吗？因为这件事儿，开除个博士生，太不近人情了。

杨先生心疼的是稻穗，虽然完成了水稻理想株型的研究，但杨先生还想更上一层楼，完成毕生追求的三级跳，那就是超级常规稻。千辛万苦培育了八年，才培育出的稻种，被麻雀毁了，损失太惨重了。迁怒陈温福也好，怪罪陈温福也罢，一旦稻种被麻雀鸽光，一切都要从头再来，人生能有几个黄金八年？况且，有些事情，是不能够重复的。

归根到底，杨先生还是出于对稻作事业的挚爱。

生气归生气，麻雀的问题还得需要解决。不要小瞧麻雀的智商，稻草人已经吓唬不住它们了，甚至"欺凌"到稻草人的头上，落在上面观察四周。敲锣吓唬，你在东边敲，它们飞到西边鸽，只能四面八方都有人看守，才能轰走麻雀。而稻作研究室经费有限，雇不起那么多工人。

陈温福虽然脾气挺犟，但随机应变的能力更强，当即拿出解决方案，重点培育的区域，用网罩上。

三天的冷静期过后，杨先生找陈温福谈话，收回了气头上说的话，但必须吸取教训，任何细微之处，不得再出现纰漏。陈温福也不再诉苦，先生对学生要求严，谁都知道，但对陈温福的要求，尤其严格，严得不近人情。陈温福并不知道，先生对他的期望值最高，把他当成自己科研生命的延续。那种严，是充满期待，学习的目的，是学以致用，不能舍本求末，不酷爱水稻，精心培育每一粒稻种，怎能成为水稻科学家？

　　古稀之年的杨先生，更感到时间的紧迫，想让陈温福把更多的本事都学到手，继承自己的事业，完成超级稻的研究，让中国生产出更多的稻谷。陈温福也深深地感受到了先生对自己的厚爱，师生又和好如初，情同父子。

　　人的成才需要磨砺，种子的培育成功，也需要闯过自然灾害的道道难关。没过多久，一场冰雹突如其来，陈温福飞快地赶到试验田，冒着冰雹和大雨，和杨先生一道，设法保护快要成熟的稻种。

　　风暴过去，天露彩虹。这一次，是陈温福最先跑到试验田，用行动保护住了最重要的稻种，虽说只有几十株免受灭顶之灾，但体现的却是对水稻深深的爱，杨先生的热泪与雨水混在一起，肆意飞扬，那是看到学生成长的喜悦。

　　除了他们护住的一块，试验田被冰雹砸得七零八落，可就在这片地里，师生俩惊奇地发现，居然还有几株矮秆大穗的水稻，承受住了冰雹的攻击。陈温福将这几株水稻移栽进盆里，与先生一道，单独培养它们、研究它们。

　　于是，中国超级稻的研究，从盆栽水稻开始，拉开了新的一幕。

学无止境

　　经历了麻雀风波，反倒加深了师生间的友谊，陈温福同时感受到了杨先生对水稻对自己的深切之爱。随着陈温福学识的加深，杨先生不再把他当成学生，而是当成助手了。沈农的人都看得明白，杨先生有两个"拐杖"，一个拿在手中，另一个藏在心里。

　　陈温福的心里渐渐清楚了，自己成了杨先生的"拐杖"，准备把他留在身边了。心中的"拐杖"不同于手中的拐杖，不顺手了，就换一个。这个活生生的"拐杖"，是他生命的依赖与延续，要注入更多的能量，派更大的用场。只要能扩展陈温福的知识，杨先生会调动沈农最好的教授，把本事都传给了他。

博士生入学后的第一学期，杨先生为培养他，费了很多心思。仅自己一个人教还不够，必须拓宽学生的视野，育种、栽培、遗传，什么都得明白。他邀请遗传育种教研室的余建章、杜鸣銮、陈瑞清三位教授，专门给陈温福开设高级作物育种课，夯实基础。除导师外，三位教授，给一名学生上课，在沈农的历史上绝无仅有。虽说讲的是同一门课，却各有侧重，各有千秋。

余建章教授非常了得，是中国大豆研究领域里的著名专家，已经过了天命之年，依然特别勤奋，被学界称为"追赶太阳的人"，而农民却亲昵地称他"大豆王"。楷模就在身边，老先生都到享受晚年的年龄了，还在锲而不舍，陈温福耽搁片刻时间，都会感到自责。

一般来说，给一个研究生上课，多以自学为主，给你一本书，自己看，看完之后，遇到什么问题，再去问老师，最后写个课程报告，教授打个分，一批就完事了。

杜鸣銮教授是研究玉米遗传育种的，也是特别较真的一个人。既然让他教了，就要正规上课，40个学时一点儿也不能差。陈温福清楚地记得，杜教授讲"作物杂种优势利用"时，每周二上午8点准时到教室开课，杜老师在上面讲，下面只有他一个人听。杜老师依然特别认真地备课，像给全班的学生上课，照样挂图，照样在黑板上写板书，照样提问。

第一次上课时，杜教授很幽默地对陈温福说，这就像开饭店的，只来一个顾客，想吃啥，我就给你做啥，开小灶。如果来十个人，一起吃饭，那就是我说的算，我给你做啥你吃啥。你想吃啥吧？就这样，随时"点菜"的教学，效果是绝对的好。有问题，陈温福可以随时提，所以，育种知识他学得特别扎实。

后来，陈温福学到的作物杂种优势的本领，是杜教授的真传。

三位教授，分不同场合，一对一地教学，把每个人的优长都传授给了陈温福。这种方式，有点像英国牛津大学的导师制教学。他得到"作物遗传育种学"得天独厚的真传，越走越远。二十几年后，陈温福成了院士，依然称杜鸣銮为老师。杜鸣銮认为，陈温福已经走得很远了，不敢以老师自居，陈温福却依然在讲，到什么时候都不能忘记老师。

即使这样，杨先生仍觉得不够，他要把陈温福送出去。

1984年是陈温福就读博士的第二年，尽管杨先生身边缺得心应手的人，还是把陈温福送了出去，送到上海复旦大学生物系学习，让他开阔视野，拓宽知识面。杨先生特意请资深教授薛应龙先生做陈温福的辅助导师，指导他学习高级植物生理、实验技术和英语。

上海复旦大学与沈农的渊源，本身就有传承关系。没有上海复旦大学的农学院，哪儿会有后来的沈农。在上海复旦的一年时间里，陈温福受这所名校浓厚学术氛围的熏陶和感染，不仅学到了当时植物生理学最前沿的知识和实验技能，英语水平也有了突飞猛进的提高。

师从杨先生之后，陈温福经历了从不了解、不懂水稻，对水稻没感情，到后来很亲近、很熟悉、很热爱、很愿意研究和种植水稻，最终与水稻的情感水乳交融了，仿佛自己的生命就是水稻的一部分。

除了跟随国内名教授学，杨先生更注重向生产实践要学问。他经常跟陈温福说，你要想把育种学好，必须先学好栽培，你若想学好栽培，得出去"走江湖"，到田间，到实践中去，从实践中学真知。读书期间，陈温福是跟着杨先生"走江湖"的，博士毕业后，就独自"走江湖"了，经常到生产第一线去，学了很多很多知识，长了很多很多见识。一"走"就是三十几年，直到把自己也"走"到了快古稀之年。

正是因为爱，陈温福对水稻的研究渐入佳境。从上海复旦大学学习回来，他就能协助杨先生写论文，代表导师参加各种会议。比如，在杭州召开的国际水稻研究会议，就是陈温福代表杨先生用英语作的"水稻超高产育种新动向"学术报告。会后，这篇论文在日本的《作物育种学杂志》上发表。

杨先生根据材料力学原理，推导出植株的抗倒伏与株高的平方成反比。

陈温福在导师的理论基础上，举一反三，论证出新的观点，抗倒伏能力与茎基部节间的长度呈负相关，与茎壁厚度呈正相关。

陈温福和杨先生一样，对水稻达到了知行合一的境界，每一次出差回来，就像远归的父亲急切见到儿子一般，直接扑到试验田里。试验田的每一实验区的稻子，陈温福都能如数家珍，偌大的一片试验田，几乎每一穗稻子都经历过他的抚育。

看到学生突飞猛进的进步，杨先生感慨万千，真是后生可畏啊，用不了多久，学生就能和老师并驾齐驱了。

1987年，陈温福获得了农学博士学位，顺其自然地留在杨先生身边，成了沈农水稻研究室的第四位老师，并晋升为讲师。没多久，就被任命为稻作研究室副主任，名正言顺地成了杨先生的助手。

1989年6月，沈农开始评聘职称，凭着陈温福的学术成果，又是沈农自己培养的第一个博士，完全有资格晋升为副教授，结果却不尽如人意，没有被聘成。陈温福是个情绪型的人，面对挫折，有些消沉。杨先生把陈温福找到家中，研墨提笔，书写一个斗方，摘录了恩格斯的一段名言"有所作为是人生最高境界"，赠送给学生。

陈温福顿时豁然开朗，先生是在教他如何在逆境和挫折中正确对待自己，淡泊名利，有所作为。他觉得，和杨先生比，自己的境界低了，格局小了，自己离有所作为，还有很远的距离呢。

依先生的成就，"文化大革命"前就应该是中科院的学部委员，先生从来没想过这个头衔。"文化大革命"中，先生妻残女亡，却没有一声抱怨，依然如旧地投身到"有所作为"中，培育和推广着他钟爱的"千重浪"。

杨先生是籼粳稻杂交、水稻理想株型、水稻超高产育种三项理论的奠基人，可每一次发表论文，哪怕学生做了一点点的贡献，都要把学生的名字署进去。所以，先生的论文中，经常有一连串的名字。

虽然杨先生没有批评他，但谆谆教导比批评还有力量。才三十几岁，就为职称所累，名利会遮住双眼的。"有所作为"是先生的一种境界，陈温福牢记住了淡泊名利，为国家，为人类有所作为。

投入工作中的陈温福，整日奔忙在有所作为之中，两眼只盯着科研，第二年评聘职称，他几乎没有放在心上，却顺风顺水地晋升为副教授。

1992年2月，陈温福在"有所作为"方面，更上一层楼，成为"英国皇家学会对华青年科学家奖学金"全国理、工、农、医学科5个名额的候选人之一。而农科类仅有一个名额，在激烈的角逐中，他最终胜出，成为了那个唯一，获得了该项奖学金的资助。英国皇家学会是英国资助科学发展的组织，在英国起着全国科学院的作用，成立300多年了，宗旨就是促进自然科学的发展。它是世界上历史最长，而又从未中断过的科学学会。

获得了此项奖学金，意味着他已是中国优秀青年科学家的代表，赴英国与世界顶尖级学院学习和交流。英国Reading（雷丁）大学递出了橄榄枝，邀请陈温福到该校开展合作研究。该校的农学与林学专业排名英国第一，位列世界前10名。

那年，正值雷丁大学一百年校庆，在这样吉祥的年份，陈温福到雷丁大学做访问学者，对双方来说，都是非常难得。在英学习15个月，他刻苦钻研，博采众长，成绩优异。有好几家大学和研究机构想把他招募在麾下。

国外的高薪厚利根本没有引诱住陈温福，学成之后，他毫不犹豫地选择了回国，回到母校。他说，"我是农民的儿子，我的根在中国，一辈子离不开中国的土地。我学农的愿望，就是让中国农民多打粮，让中国人吃饱饭，吃上好吃的大米饭。"

北粳南引

好吃的米饭，从香味和口感上说，自然是东北的粳稻。

"北粳南引"是老生常谈的问题。20世纪50年代，农业部提出长江流域"籼稻改粳稻"计划，由于从吉林引进"青森5号"惨遭失败，计划搁浅。杨先生虽然了解南北方稻区的差异，熟悉籼粳稻特性，但他从理论和实践上已经解决了热带、亚热带种植粳稻的诸多难题。他多次向有关部门建议，在报刊上发表文章，探讨"北粳南引"的可行性和发展前景。可是，多年来一旦谈及"北粳南引"，人们便如同谈虎色变。这也成了杨先生的心结。南方人喜欢吃东北的大米，却拒绝种植粳稻。

陈温福身上有一种一往无前的闯劲儿。既然这是先生的心病，他就要替先生医治好。师从杨先生一开始，他就不断地奔走在安徽与沈阳之间，与杨先生介绍的安徽农大同行左震东教授合作，开始了长达10年的北粳南引研究。

育种是生命科学的一部分，任何生物，包括植物、动物、微生物，通过万年甚至亿年的进化后，稳定下来的性状都是有用的。而要改变某个性状，何其艰难。种子像我们人类一样，呼吸吐气，需要阳光、养分和水分。但与人类不同的是，种子不能说话，不会表达。要想摸清楚其特性，只有不断观察、实验、摸索。

从开始育种，陈温福从来没有休息日，尤其节假日更是忙在一线。可即便是这样，要选育出一个好品种，也需要十几年甚至几十年的时间，有的育种家穷其一生可能也育不出一个好品种来。应该说，育种是一场几代人接续奔跑的接力赛，是几代人共同努力的结果。

他们总结出"北粳南引"存在的问题。由于南北方生态条件不同，北粳南引后植株繁茂性差、生长量不足、生育期不适合当地需要、抽穗开花期不耐高温、结实率偏低和脱粒困难。

针对上述困难，陈温福在杨先生的指导下，沿着先生当年的足迹，开始"走江湖"，进行实地考察、实验，足迹和汗水遍布鄂、豫、皖、川等广袤的大地。

经过反复比较，陈温福改用籼粳稻杂交育成的、适应性强的新型粳稻，引至安徽筛选、试种。近10年反反复复的实验，终于选育出适于"北粳南引"的代表品种"中粳564"。1991年"中粳564"在2000亩土地上实验示范获得成功，1992年在安徽稻区一举扩大到近万亩，1993年累计种植60余万亩，打开了江淮稻区"籼稻改粳稻"的新局面。

"中粳564"在安徽江淮稻区作中稻，不仅生育期适宜，繁茂性好，而且像籼稻一样容易脱粒。"北粳南引"的成功，标志着在水稻引种理论与实践上都取得了重大突破，为安徽江淮稻区乃至长江流域的籼改粳打开了新局面，为我国籼粳稻杂交育种研究开辟了更为广阔的应用领域。

"北粳南引"的成功，再次证明籼粳稻杂交是行之有效的水稻育种方法，并使我国籼粳稻杂交育种不仅在理论研究上居国际领先地位，在育种实践上也是最成功的国家。

虽然，陈温福一再说，这是杨先生的理论基础和实践指导的产物，是集体合作的结晶，但不可否认的是，陈温福在此项研究中，起着中流砥柱的作用。

压在杨先生心里40年的石头，被陈温福卸下了。从此，"东北大米"不再紧俏，既能成为流通全国的商品粮，又能安心地承担起国家储备粮的责任。

陈温福一战成名，中国稻作界的新星冉冉升起。

第九章

黄金搭档

接任所长

　　岁月不饶人，老是自然规律，人生不过百年。杨先生认为，延长自己所钟爱的事业，最好的办法是给予，后继有人，事业才能蒸蒸日上。

　　籼粳稻杂交育种、水稻理想株型育种、水稻超高产育种三大理论与技术体系，是杨先生率领团队历经几十年独创的研究精华。从一开始，先生就特别强调团队的协作、共享与传承。因此，杨守仁水稻科学谱系的继承者，始终人丁兴旺，不断发扬光大。一批批学子在他的羽翼下成长、成才，成为业界翘楚。

　　杨先生最引人注目的几个弟子，有 20 世纪 50 年代培养的学生杨振玉和张龙步，一个成为中国杂交粳稻的奠基人，一个成为北方粳稻研究的元老。尤其是他20世纪80年代培养的陈温福和徐正进，教学相长、相得益彰。

1993年6月，陈温福从英国归来，81岁高龄的杨先生觉得自己精力不足，只想好好带研究生，行政职务应该让位给年轻人了。他立刻向校方提出申请，辞去水稻研究所所长职务，提议由陈温福接任。他给出的理由是，水稻研究所不能继续老化，需要新鲜血液，年轻人，翅膀已经硬了，要好好使用，别让培养出的学生都成了"飞鸽"牌。

沈农水稻研究所，老师老的老，小的小，杨先生的助手张龙步都60岁了，正是青黄不接之时。年轻的陈温福，从先生"文化大革命"后的第一个硕士生到第一个博士生，又被送到英国深造，已经成了沈农的新秀。杨先生卸任所长，陈温福是不二人选，任命是水到渠成的事情。就这样，他开始出任沈农水稻所的第二任所长。

以前，陈温福是躲在杨先生的身后，心无旁骛地搞研究，遇到难事儿，有先生遮风挡雨。这回可好，杨先生直接把他推到了前排，把水稻超高产育种的接力棒交给了他。

在陈温福的脑海里，杨先生不仅是终身教授，也应该是终身所长，只要杨先生在身边，就是他们的主心骨。江山代有才人出，所长哪有终身制的，杨先生辞得坚决，陈温福想不干都不行。

在其位就要谋其政，不管多忙，陈温福都要科研、行政两不误。看起来，行政会抢研究的时间，如果运用得巧妙，像先生那样，把全所的力量都调动起来，行政职务就成了像"航空母舰"那样的载体，全所的整体战斗力就会立刻提升。

在英国的一年多，以及后来的若干次出国交流、考察或者参加继续教育，陈温福感触最深的是办学理念和国际视野，这是差距，不能不承认。一所大学，仅仅教出一些毕业生，是远远不够的，那是中学的办学理念。大学是要参与国际竞争的，要有国际影响力。陈温福认为，若想在激烈的竞争中立于不败之地，无非是三条。

　　第一条就是历史传承。他感触最深的一次，是随国内一个学科带头人访问团，到牛津大学进行为期一个月的培训与访学。访学期间，去了剑桥大学交流，接待大家的是常务副校长，校长是名义上的，不管事儿。这位常务副校长，是位很有风度的老太太。在讨论时，同行的一位学科带头人很自豪地对剑桥的老校长说，我们中国也有一个东方剑桥，你对这件事有什么看法？老太太沉吟了一下，笑了，只回答一句话，剑桥大学已有800多年的历史了。

　　仅仅一句话，此时无声胜有声。陈温福受到了很大的刺激，历史传承如此厚重，怎能比较？后来，他听到有位新建大学的校长喊出奋斗目标，20年赶上清华，便不住地摇头。那是瞪着眼睛说瞎话呢，清华一百多年的建校史，怎么比？只能越比越浅薄。

　　陈温福最在乎的是文化积淀，这是立于不败之地的第二条。文化积淀是个漫长的过程，办学特色是长期积淀的结果，没有历史，哪来的积淀。文化积淀是靠每个学校长时间一点一滴积累起来的，稍稍不注意，就会出现纰漏，文化传承就断了。

　　牛津大学的校园环境，陈温福记得刻骨铭心。几百年过去了，外观上还是从前的样子，有的墙体也倾斜了，即使维修过，也看得出历史的痕迹。校园里，到处是塑像，有的雕在石块上，有的是石膏人像，就往草坪里一放，上面书写着某某教授，某某科学家，作过某某贡献，都是影响世界的名人，学生在草坪上一坐，就能进行时空对话。而我们的大学呢，动不动就扒了旧楼盖新楼，虽然富丽堂皇了，也花团锦簇了，却看不到人文的历史痕迹，缺了历史，丢了内涵。时至今日，他对沈农建校之初老教授居住的甲级楼被拆，始终耿耿于怀。那是老沈农的见证，居住的是建校初期那批老教授、老专家。每间屋子，都有故事，都是文物，都有传承，都能成为某种学问的博物馆。拆了，就永远也找不回来了。

　　陈温福觉得，最重要的是第三条，即办学的特色。办学没有特色，学校就没有生命力。牛津、剑桥为什么出那么多的诺贝尔奖获得者，出那么多的总统，出那么多的官员？他们办学，不是研究生才有导师，而是大学生一入校，就实施导师制，一个导师带几个学生，或者是一对一的。后来，这种模式由牛津传到了美国的哈佛。

杨先生培养陈温福时，就是这种模式。这也成了沈农水稻研究所的办学特色。他出任所长后，依旧按照杨先生的模式，采用导师制的教学方法，发挥团队精神，带领全所师生，沿着杨先生开辟的道路，将籼粳稻杂交育种、水稻理想株型育种、水稻超高产育种等研究做得轰轰烈烈。

如虎添翼

陈温福出任所长的年底，还有一件喜事，师弟徐正进通过了博士论文答辩，获得了博士学位，成为水稻研究所的副研究员。比他小3岁的师弟，5年前硕士毕业时，就留校任教了，3年前在职考取杨先生的博士生。他边当杨先生的学生，边当本科生的老师，教学经验积累得相当丰富。

与陈温福的身体敦实、反应灵活、机智活泼恰恰相反，徐正进是瘦高个儿，沉默安静，少言寡语，不善交际，甚至有些木讷。他的优点是，研究时进入状态非常快，专注得雷打不动。只有走进教室，开始教学时，他才换了个人，打开话匣子，滔滔不绝。

两个人恰好相互弥补，珠联璧合，相得益彰。

陈温福赴英国学习交流期间，徐正进既当学生，又当助手，陪护在杨先生身边。先生看起来还是那样耳聪目明，精神矍铄。但由于长期操劳过度，其实已经透支了身体，患上了高血压、糖尿病、心脏病，几次晕倒在田间，还坚持每天最早来到实验室，最后一个离开。

还好，陈温福没有推却接任所长，杨先生终于可以卸下重负了。在徐正进的眼里，大学是搞学问的地方，没人愿意当官。越是研究部门，当官就越没意思，有责任，没时间，不是学科带头人又干不了。

年底，徐正进的博士论文答辩会，杨先生请来一批名家和老教授担任答辩委员，最年轻的只有新任所长陈温福。看到徐正进答辩时简明扼要，对答如流，毫无疑义地通过了答辩，杨先生特别高兴，提笔写下条幅，录下顾炎武的名句"必古人之所未及就，后世之所不可无，而后为之"，赠送给学生，期待着徐正进创新与独立思考。

这次答辩会，在杨先生的心里，其实是一种标志，他把徐正进正式交到了陈温福的手上，与学生一道，形成了坚强的"人"字形结构，即一个中枢，两个臂膀，相互支撑，向着超级稻育种的方向进军。

在水稻研究所，徐正进做事专注，韧劲十足，时间观念最强，天生就是个搞科研的料。每天早晨不到7点，他准会来到办公室，听日语，看文献，查资料，阅读量大得惊人。白天做研究，处理材料，准备课程。晚上还要完成他的业余爱好，打一会儿羽毛球。他的生活节奏几十年如一日，张弛有度，就像一个大学生的作息表，简单而充实。在他的眼中，除了科研，几乎没有什么值得操心的事，他一门心思都扑在科学研究上。

徐正进很随性，哪怕他后来成了名教授，身上也没有一点儿"范儿"，依然保留着农家孩子的朴素，这一点与老师杨先生，师兄陈温福特别像，也继承了"杨氏遗风"。他穿着普通，身体轻快，足下一双布鞋，走路一阵风。搞科研像是干家务一样，从不需要备好行头、摆足架势。

在试验田里，如果看到有哪棵水稻有异常，徐正进经常是二话不说，脱掉鞋袜，挽起裤腿就直接下田了。虽然稻田里的水很凉，他却毫不在乎，拔下稻株，确认一下到底是什么病，然后上岸冲冲脚，揣起袜子，穿上鞋，走了。等学生从实验室里给他找来靴子时，他早就不见了踪影。

徐正进科研思路开阔，有超常的科研领悟力，对科学始终保持着孩童般的好奇心。他对日本大米比中国的好吃耿耿于怀，高低要弄个明白。在他的主张下，从日本购买了一台世界上最先进的食味测量仪，应用红外线原理来测量稻米品质,比传统蒸煮法出数据、记结果简便很多,减少了工作量。对一百多个稻米品种测量后,他硬是发现了问题,测量籼稻品种时,存在着很大的偏离。经过与厂方沟通,才弄明白,日本没有籼稻,仪器在设计模拟曲线时,没有籼稻样本,所以才有误差。正是因为他的敏锐,才给沈农减少了设备购置的损失。

从20世纪80年代开始,陈温福最亲密的合作伙伴一直是师弟徐正进。两个人的研究,始终是你中有我,我中有你。他们是杨先生水稻育种和栽培的继承者和开拓者,他们用30年的精诚合作,开创了沈农超级稻育种的辉煌。两个人经常相伴而行,足迹一起走遍全国大江南北,也一起经历了水稻研究所的探索、低谷和崛起。

那时候,他们的试验田只有6亩地,地块小,经费也少,各个实验环节基本是人工来做。陈温福和徐正进就是在这种条件下,共同翻地、整地、插秧、收割,那一块块田沟垄间,播种的不仅是水稻育种研究的希望,也播下了两个人30年不变的深厚友谊。

1984年春,杨先生正带着他们通过选择理想株型来提高水稻产量的研究,当时贵州农学院的刘振业教授和刘贞琦教授合作出版了《作物光合作用》一书,里面对株型选择介绍比较详细。这本书对他们正在进行的研究特别有启发,为了学得透彻,陈温福和徐正进不顾几千公里之遥,乘坐火车赴贵阳,向两位教授当面请教。贵阳离著名的黄果树瀑布只有一百多公里,两个年轻人为了赶上水稻插秧,匆匆登上了返程的火车,连夜赶回沈阳,竟与这人间美景擦肩而过。

水稻研究所获得的科技奖励和成果不少,从国家科技进步奖,到教育部、农业部、辽宁省的奖励,林林总总,不下几十项。在这个团队中,陈温福院士是领导者,而排名第二的,几乎都是徐正进。在科研分工时,陈温福承担着课题的整体设计和实践育种,而徐正进则注重做基础理论研究和成果总结。

科学界形影不离的,一般都是导师和助手的关系,比如杨先生和张龙步、陈温福、徐正进。有人误解徐正进是陈温福的助手，陈温福立即否定，他们是一个团队，是伙伴，徐教授是这个团队 Idea 的执行者。所以，查遍水稻研究所的论文，除了杨先生早期的著作，看不到单独署名的论文，都是以团队的方式出现的，只不过是谁主导的研究，谁是第一作者。小在学报、学刊上发表的论文，大到著书立说，列入教材，很少见到单独署名的。比如，科学出版社出版的《水稻超高产育种理论与方法》，以及《水稻超高产育种生理基础》这样的专著，署名也是陈温福、徐正进等。

以陈温福为首的沈农水稻研究所，始终以团队的方式呈现在学术界。当下高校，论文风波频起，抄袭丑闻迭出，作者署名权争执不下。而陈温福团队，却平静如水，大家只做学问，没人去争名利。

在沈农水稻研究所，最难辨清的事情，是师承关系。谁是谁的学生，没有严格的界线。这也是杨先生与陈温福推广的"牛津模式"的结果，往往跟着徐正进读硕士、博士，反倒师承陈温福搞研究了。反之也是这样，陈温福带出的研究生，研究的却是徐正进的方向。他们是因材施教，因人而异，随时调整，每一名教授都要拿出浑身解数，最大限度地挖掘学生的潜质。

陈温福天天忙得不可开交，影响了带学生的数量，每年度总是比师弟少几名。而带学生恰恰是徐正进的特长，那种"润物细无声"的耐心，"教不严，师之惰"的自省，不是常人所能达到的境界。所以，师从徐正进的学生必然很多，他带出的博士和硕士，已经超过了百人，比杨先生还多了三倍。

与杨先生不同的是，杨先生是"一枝独秀"，大家都是先生的学生。而到了陈温福当所长，带出的是团队，虽然学生都有明确的导师，但真正进入学习阶段，就分不清谁是自己的导师了，因为教授们都拿出看家本事，学着学着方向就变了。陈温福、徐正进也好，张文忠、马殿荣也罢，都成了他们的导师。

在年轻同事和学生们的眼里，陈老师既严肃又活泼，像一团火，温暖却不敢亲近。徐老师亲切随和，从不和学生生气，柔得像一湾水。谁都认为"水火不相容"，可两位老师在一起，却是氢和氧的相聚，水稻就是点燃他们灵感的火，让他们共同发光发热。陈温福与徐正进互为搭档，密切配合，成果特别显著。

人们终于看到了这对黄金搭档的共同点，他们在做学问时一样地锲而不舍，一样地孜孜以求，一样地淡泊名利。而在这背后的，是他们对事业的执着，对真理的追求，对科学持之以恒地探索。

贴心伴侣

在东北的乡下，对妻子有个特殊的称谓，叫伙计，也就是伙伴的意思。读书期间，工作学习繁忙是一方面，最主要的是陈温福遵守导师的"约法三章"，无暇顾及儿女情长。直到过了而立之年，才找到了属于自己的"伙计"，那就是他的贴心伴侣刘丽霞。

杨先生不允许学生谈恋爱，哪怕读了博士也不行。可一旦完成学业，先生对学生的个人生活，比谁都着急，都三十几岁了，是大龄青年了，不结婚怎行？不断催促陈温福谈恋爱。

刘丽霞也是搞科研的，在东北第六制药厂化验室工作。经人介绍，两人一见倾心。自从嫁给了陈温福，她便"失去了自我"，放弃了自己喜爱的工作，调到沈农水稻研究所，让丈夫全身心地投入工作。从此，除了水稻，陈温福心无旁骛，家里家外的事情，他很少过问，都甩给了妻子。出差或者到外地开会，妻子会把行李箱打点得妥妥帖帖，不用丈夫吩咐，生活用品、会议资料，一应俱全。

其实，看到大家都有研究成果，刘丽霞也着急呀。可是，即使在单位，丈夫也常让她"打杂"。本来，她也是个事业心很强的女性，也想多读书，多学习，多请教，实现研究领域的华丽转身，但嫁给陈温福，她就没有"时间的自由"，都被丈夫挤占了，无论在家还是在单位，都成了"服务员"，只好牺牲自己钟爱的事业。

她最高兴的事情，是为陈温福整理科研资料。虽说也是琐事，但整理的过程，就成了学习的过程。她把那些资料和论文敲进电脑，同时也留在了脑子里，再搞科研的时候，她就有了自己的路子。

试验田是陈温福的室外"教室"，很多时候，他带着学生做现场研究，或现场教学，中午饭就成了问题。这个时候，刘丽霞就成了"厨师"，把做好的饭菜送到试验田中，以解丈夫和学生们的饥渴。

长此以往，刘丽霞不得不把自己变成身兼数职的"多面手"，当陈温福的"生活保姆"。而陈温福呢，乐得当个"甩手掌柜的"，家庭事务，儿子的学习与成长，全甩给了妻子。直到儿子长大了，刘丽霞才开始施展自己应有的才华，与前辈杨先生、张龙步，还有同辈徐正进等合作，完成了《水稻穗型与抗倒伏性关系的初步分析》《北方粳稻新株型超高产育种研究进展》等论文。

每每谈到研究成果，陈温福的脸上总是流露出几许愧疚，他承认自己是个不称职的丈夫、不合格的父亲，妻子的事业都被他"霸占"了，没有妻子作他的"贴身保姆"，他哪来的时间收获这么多成果。

若论愧疚，刘丽霞也有一件特别愧疚的事情。她只懂得照顾丈夫的生活和工作，却没注意保护丈夫的健康，觉得丈夫敦实得像只老虎，身体不应该有问题。陈温福一年365天几乎都用在了科研上，长年奔波在乡野田间，风餐露宿，身体不舒服，挺一挺也就过去了，不知道一场大病正悄悄地向他袭来。

1995年，第一代超级稻"沈农265"的研究进入关键阶段，陈温福忙得像只不知停歇的陀螺，不分昼夜了。三年前，陈温福以籼粳稻杂交中间材料为母本，以广亲和基因材料为父本，经过杂交，克服籼、粳稻亚种不亲和的杂种不育问题，第二年再与"辽粳326"复交，又经历了两年南繁北育，系谱选择，经人工杂交多代的"沈农265"，即将稳定成型了。

这将是杨守仁谱系的第三次理论与技术创新。一个科学家，一辈子有一次创新就足够了，杨先生穷尽一生的精力，追求的就是他人生的最高境界，第三次超越自己。"沈农265"的成功，是陈温福站在先生厚实的肩膀上，即将替先生实现最终的理想，他怎能不忙？

在陈温福的日程表里，没有早晚，没有节假日，他常挂在嘴边的话是"农时不等人，啥事都要趁早"。在学生们的印象中，只要是生长季节，总能在稻田里找到陈老师，老师比老农还勤快，成天眯起双眼，打量着试验田，看长势，摸稻穗，数穗粒，蹲下身子翻土壤，挽起裤管走稻田，行行株株做记录，时常弄得自己一身水半身泥。

忙中出错，不是理论方面，更不是实践方面，而是身体出现了状况。他不爱吃东西，腰疼得难以忍受，身体一直发低烧，浑身盗汗不止，后来开始出现血尿。实在挺不住了，才去医院检查。

医生一检查，是肾结核。结核杆菌感染到肾脏组织，造成了严重的炎症反应，必须立刻手术。为他手术的医生打开他的腹腔时都惊呆了：右肾严重溃烂，手术时主动脉脱落。医生慨叹，"要不是抢救及时，他会因动脉喷射性出血，两分钟内死亡"。病情如此严重，至少也得有七八年了，医生都很诧异，他是怎么挺过来的？

手术很成功，摘除了右肾，可陈温福在医院只住了半个月，高低要出院。医生勉强同意他出院了，但要求他回家后必须休养，不能工作。可是出了院，医生就管不了他了，不让上班，就在家里用电话指挥。刚能下床走，就捂着未痊愈的伤口上班了。

妻子劝阻，同事攒他，都无济于事，"沈农265"就是陈温福的命根子，超级稻明年能否成功，就在这最后一搏。水稻所的人含着眼泪说他，你就是铁人。

刘丽霞万般无奈，只能说，他就是这么拧。

陈温福自我安慰，大难不死，必有后福。

果真，第二年夏，祥瑞之气降临在了水稻研究所。那是杨先生拼着老脸争来的，先生一生不争荣誉，只会脚踏实地走自己的"稻路"。可是，陈温福当所长后，他不想继续低调了，凭着自己的声望，上书钱学森，推出超级稻，向世界展示中国农业的科技实力。

最让陈温福感动的是，妻子对自己母亲的孝敬。母亲83岁时，时常胃疼，当时并没当回事儿。胃疼是母亲的老毛病，她牙口好，喜欢吃硬食，比如炒苞米、炒黄豆等。母亲尤其喜欢吃大锅饭煮出的锅巴，如果是吃方便面，绝不许泡，就那么干嚼。后来胃疼得饭都吃不下去了，老家的哥哥打来电话，刘丽霞毕竟懂点医学，认为这不是小毛病了，就把婆母接到沈阳。到医院一检查，胃癌晚期。医生建议，都这么大年纪了，别治了，回家去吧。

回家意味着什么？那就是等死啊。想一想父亲68岁就没了，当时不就是没有条件吗，陈温福不甘心，把对父亲的歉疚补偿到母亲身上。夫妻俩一商量，去省肿瘤医院，找最好的医生，坚持手术治疗，一定把母亲的生命抢救回来。

一般来说，医院不愿意给80岁以上的老人手术，那是非常危险的。医院的放射科主任是陈温福的好朋友，陈温福问主任，若是你母亲，做不做手术？主任回答，若是心脏没问题，应该做，要不，人马上就没了。一句话给了他们夫妻一颗定心丸，母亲一生热爱劳动，心脏一直很好。

陈温福做完决择，又回到水稻所忙碌去了，因为夏天对水稻生长最为关键。母亲住院期间，正值暑假，刘丽霞全天候陪护。手术很成功，恢复得也很好，出院后，刘丽霞将婆母接回了家，毕竟，城市的条件比农村好很多。

母亲在儿子家待了半个月，一直是儿媳刘丽霞照顾着。后来开学了，刘丽霞忙碌起来，白天就不能陪着婆母了，好在陈温福乡下的老妹子来了，陪伴在母亲身旁。可婆母在农村生活惯了，不愿意住楼房，没有街坊邻居，谁也不认识，住楼等于蹲监狱，高低要回法库老家，不让回去，就要跟儿子、儿媳和老闺女绝食。

没办法，只好遂了老人的心愿，到乡下老闺女家居住。而后继的抗癌治疗，身体机能的调理，蛋白粉等营养品的搭配，一直是刘丽霞负责。她长年累月地奔波在沈阳与法库之间，婆母的这场病，几乎让她也成了半个抗癌专家。

就这样，母亲不仅闯过了这场生死劫，胃也逐渐恢复了常态，老胃病的毛病也没了。左右邻居谁都没看出来，这个老太太哪儿是癌症患者呀？可恢复了健康的母亲，也恢复了以前的饮食习惯，爱吃硬的，煮饭必须煮出锅巴，最好吃的菜还是炒黄豆，谁劝也没用。

生活就该是脆生生的，不管男人女人，都不能吃软饭。这就是母亲坚守一生的观念。

虽然兄弟姊妹都和刘丽霞一样精心呵护老人家，让老母亲健康地活过了五六年，可顽固的饮食习惯还是害了她。母亲91岁时，旧病复发，尽管母亲也打破了晚期癌症患者的生存纪录，而且还是有质量地生存，但这次神仙也无力回天了。

第**十**章

中国超级稻

先生的自责

中国超级稻的由来，还得从杨守仁先生的自责开始。

杨先生始终有一个梦想，既然中国是最早栽培水稻的国家，第一粒高产超级稻种子，就应该诞生在中国。前文交代过，杨先生用了近30年，发现了矮秆大穗新组合，却生不逢时，遭遇了"文化大革命"，不但未引起反响，反倒成了被打倒的"反动学术权威"。

"民以食为天，食以稻为先"，千百年来，压在中国老百姓头上的吃饭问题，从一粒种子上开始突破，造福于千家万户。可以说，任何水稻育种的重大突破，都会深刻改变我国水稻育种方式、种植结构、栽培技术以及管理模式，也让我们对装满中国饭碗更有信心。

水稻超高产育种并不是杨先生的首创。早在 1981 年，日本就提出并开展了水稻超高产育种全国协作攻关。他们采用的就是杨先生籼粳稻杂交的办法，来做超高产育种。实验虽然是成功了，应用却不理想，米质粗糙，日本人不吃，只做饲料。

单从产量上讲，日本举全国之力，水稻超高产育种是成功的，毕竟实现了每公顷 12 吨。但从实际应用上来讲，却是失败的，有产量，无品质。真正把产量与米质完美融合为一体的，杨先生是第一位实现者。四十几年过去，不管是常规超级稻还是超级杂交稻，都没有突破杨先生的理想株型与优势相结合的理论与技术路线。后来提出的所有理论，都是在他的理论基础之上的补充和完善的。

1987 年在杭州召开的国际灌溉稻大会上，陈温福代表杨先生做了"水稻超高产育种新动向"的报告，首次科学地阐明了水稻茎叶性状在光能利用上的重要性，水稻超高产育种的概念才被国际水稻界认可。

事实上，这次会议上关于超高产育种的新动向，预示着不仅仅是中国的水稻，整个世界的水稻发展都在经历着全新的变化、孕育着一场新的革命。

1989 年，国际水稻研究所启动了新株型育种研究，利用的正是包括"沈农 366"在内的粳稻种质资源作为骨干亲本，选育出了新株型超级稻，并于 1993 年宣布获得成功。1994 年，通过小面积试种，比当时的高产品种增产 20%，获得了超高产。媒体在宣传时，将其称为 Super Rice，即"超级稻"，这便是超级稻名称的由来。

听到这个消息，杨先生的心情久久无法平静。虽说国际水稻研究所证明了先生带领团队的研究成果，认证了他们提出的水稻超高产育种理论和方法的正确性和实用性。但这种墙内开花墙外红的结果，并不是先生所要的。

杨先生反复自责，批评自己，只顾低头拉车，忘记抬头看路，我们有自己的资源优势，为什么不能充分地利用起来，培育出自己的超级稻呢？80 多岁高龄的杨先生，大声疾呼，启动我们自己的超级稻育种计划。

1996 年 4 月，杨先生提笔给钱学森写信，谈及在中国也应开展超级稻研究。建言国家组织各方面力量，集中攻克我国水稻超高产育种难关。钱学森接到信后，立刻将这封信转给了时任国务院副总理的姜春云。姜春云批示，责成农业部主持论证。

次月，遵照农业部的通知，杨先生和陈温福一道起草了"水稻超高产育种及栽培技术体系"项目可行性报告。至此，中国超级稻研究被推进了快车道。

超级稻诞生于沈阳

1996 年 6 月，中国水稻发展史上的第三次突破的大幕，在沈阳徐徐拉开。

中国水稻界的元老，黄耀祥院士、谢华安院士，还有全国近 20 位水稻专家，齐聚沈阳棋盘山望湖山庄。在时任农业部科教司司长程序教授的主持下，召开了"中国超级稻研讨论证会"，就我国开展超级稻研究的必要性、紧迫性、可能性和技术路线等深入研讨和论证。

杨先生热情接待了黄耀祥。会议期间，两位耄耋老人手拄着拐杖，形影不离，两只拐杖似乎成了两簇稻株，金黄而又强壮地生长在会场，成为研讨论证会的一道亮丽的风景线。

青山在，人不老，如此高龄，他们依然活跃在中国稻作的前沿，依然有精力领导团队，掀开了新一页的理论与技术创新。会上，把杨先生提出的"理想株型与优势利用相结合"被确立为中国超级稻育种的理论基础，把杨先生通过籼粳稻杂交选育超高产品种的技术路线确定为攻关方向，决定设立"中国超级稻育种及栽培体系研究"专项，予以重点支持。

会后，农业部启动了重大科技专项"中国超级稻育种及栽培体系"，提出了"最高单产 2000 年达到 700 公斤（一期）、2005 年达到 800 公斤（二期）、2015 年达到 900 公斤（三期）"的研究目标。

会议的组织者，正是陈温福。出任所长以来，他第一次承办国家级的研讨论证会。会上讨论超级稻最高单产的奋斗目标时，他免不了悄然一笑，目标定得并不高，留有余地。

会议期间，大家去了沈农的稻田，那里大面积种着即将命名为超级稻的"沈农 265"。6 月的沈阳，艳阳高照，参加论证会的那批专家，兴致勃勃地去了示范田。

这些都是国内的顶级专家，天天和水稻打交道，眼光毒辣着呢。望着眼前绿油油的稻田，抚着一簇簇根茎粗壮的稻株，凭着经验，他们作出估计，秋后的产量，岂止是 700 公斤。

当时的农业部科教司司长程序教授，代表农业部一手策划这次活动，他是个专家型的官员，后来，他索性辞官，到了中国农业大学当教授。听到专家们的议论，他淡然一笑，规划中的目标，面对的是全国水稻主产区，是"百亩方"的产量。

这就意味着，"沈农 265"的示范田，还需要更高的示范指标。陈温福虽然信心十足，但仍有压力，保持一个品种稳定的高产，也不是件容易的事情。中国超级稻的提法，须经得起时间的考验，稳定而又逐步向上的高产，不能像以往的实验，螺旋式上升。

千里之行始于足下，论证仅仅是开始。沈农是中国超级稻的引领者，是标志，也是标杆。毕竟面对的是整个北方稻作区，情况会更加复杂，农业部的目标是留有余地的。

1996 年 10 月，大面积试种示范田收获一片金黄，第一代直立大穗型超级稻"沈农 265"，亩产突破了 800 公斤，宣告了中国超级稻的诞生，我国超级稻育种研究也由此跃居世界领先地位。

根据多年研究水稻超高产育种的结果，陈温福与徐正进在杨先生的指导下，完成了《水稻超高产育种理论与方法》和《水稻超高产育种生理基础》两部专著。首次较为系统、完整地提出了水稻超高产育种理论与技术路线，成为全国超级稻育种的理论基础。

"沈农265"成为中国超级稻的标志和策源地，引领了中国水稻的又一次突破。中国超级稻的诞生，在中国粮食安全的功劳簿上，是当仁不让的功臣。它像一粒种子，播撒下一个国家稳粮增粮的希望；它是一面旗帜，用一次次高产纪录和丰收喜悦，引领着中国农业走上一条超级之路。

谈及这一成果，陈温福不敢归功于己。他说，这是杨先生的理论基础，整合了全国的科研力量，是精诚合作的结晶。因为很多地方研究院所和高校水稻超高产育种都已经有了很好的基础，都无私地伸出了援手，只是沈农提前实现了预定的目标。

杨先生一人呼吁，赢得百家支持，中国超级稻走得如此顺利，体现了制度的优越性，集中力量办大事。

这一年，"有所作为"的陈温福，理所当然地晋升为教授，没多久就被聘为博士生导师，并担任了辽宁国家水稻区域技术创新中心主任、农业部北方超级粳稻育种重大联合攻关项目主持人。

1997年4月，陈温福迎着"沈农265"丰收的喜悦，带领团队，在杨先生的指导下，趁热打铁，把新培育的超高产水稻的种子播进秧田。这时，通知又到了，农业部为完成预定目标，咬定超级稻不放松，决定在沈阳主持召开第二次超级稻育种会议。会议决定由沈农、中国水稻研究所和广东省农科院等全国12家单位参与，共同开展"中国超级稻育种"协作攻关。

会议对持续推进"中国超级稻育种计划"进行了进一步的细化，建立了遗传育种、栽培植保、技术推广和生产管理等跨学科领域的协作组，汇聚了一支创新能力较强的超级稻研究与示范推广队伍，形成了全国"一盘棋"的格局。

究其原因，我国幅员辽阔，水稻种植区域广、范围大，地理气候各异，不可能一家单位、一个品种就包打天下，必须联合国内优势科研力量，进行科研的大联合、大攻关，这也是中国超级稻能够取得成功的关键。会上，成立中国超级稻专家委员会，杨先生被聘为顾问。

国家在科学布局。

新株型超级稻的培育成功，引起了国外同行的高度重视。1998年8月，世界著名水稻育种家、国际水稻研究所的库希博士专程来到沈阳，拜访了杨先生。在陈温福的陪同下，库希博士到示范田实地考察后，给出了很高的评价：直立大穗型超级稻新株型模式，将实现粳稻单产的第三次突破。

回到总部设在菲律宾的国际水稻研究所，库希博士特邀陈温福教授到菲律宾，在即将召开的国际水稻研究大会上作报告，介绍沈农超级稻的研究成果。

稻田守望者

和杨先生一样，陈温福也是个"稻痴"。他如一个在大川深谷中寻觅、发掘的探矿者，在稻作科学研究领域不辞辛苦地跋涉。除了冬天，一年中他有一半多的时间在稻田里，或研究，或现场教学。他被学生们戏称为"采稻花的蜜蜂"。

陈温福和杨先生一脉相承，他的习惯养成和先生一模一样，衣着朴素随意，爱穿黑布鞋。只要是水稻生长季，上午和下午都要去试验田，皮肤被太阳晒得黝黑，每次从稻田回来，都是一身汗，两脚泥。

如果与先生有所不同，那就是头发，哪怕头顶上稀得能数得过来，杨先生也会梳得一丝不苟，陈温福却任由白发在他的黑发中蓬乱地生长。

在学生们的眼中，陈温福为人质朴，和蔼可亲，凡事喜欢亲力亲为，每逢实验，总是亲自动手，给学生们做示范。每年水稻育苗时，他都会仔细地在苗床上播种，那股认真劲儿，不亚于绣花。

学生们最喜欢看的就是陈老师播种那一刻，全神贯注，双目炯炯有神，说话妙语连珠，略显沧桑的面容，像是一株成熟的稻子。看到陈老师对工作所倾注的热情，弟子们自叹弗如，对老师更加敬佩，也激发了在学业上的努力。

一年之中，陈温福最忙的是南繁的种子成熟时。培育成一个品种，往往十年磨一剑，是靠时间磨出来的，失败是常态，成功是奇迹。不从千百次失败与遗憾中找出经验，就不会有最后的一次成功。时间不等人啊，压缩育种时间的唯一办法，就是南繁。在海南岛，繁育一次，等于在北方繁育两季。

只要南繁的团队传来消息，种子成熟了，陈温福无论多忙，都要亲自去海南选种。一位细心的学生给陈温福做过一次时间统计，老师的时间是按照分秒计算的，从课堂、会场到机场，再到海南沈农南繁基地，田间地头无缝衔接。

时间安排得如此紧密，陈温福顾不上换薄衫，穿着东北的厚衣服，直接飞到海南，紧锣密鼓地赶往南繁的田里，埋头工作几个小时后，带着满身的泥土和疲惫返回住处。第二天一大早，又接到老师电话，还要去田里转转。原来，晚上老师赶了个夜班，又想起还有好几个材料，需要到田里再确认一下。确认完材料，直接从田间地头坐车去了机场。回到沈阳，衣服上的泥还没擦净，马不停蹄地又扎进了实验室。

这仅仅是南繁的一个例子，事实上，陈温福的忙碌天天如此。他的时间是从睡眠里挤出来的，是从走路的速度中抢出来的，也是坐车乘机时阅读资料中积累出来的。这样忙碌的身影，这样执着的精神，一直在感动和感染着他的学生们，激励着他们像老师一样去做人、做事、做学问。

陈温福培养学生完全继承了杨先生的遗风，执行着一样的标准，要求的一样严苛。爱学习、答高分，这是学生的本分，热爱劳动、积累实践经验，那也是必须的。他带着学生，从育种、插秧，到田间管理、收割打稻，全程参加农事活动。

每逢五一和十一两个黄金周，陈温福的学生甭想享受"黄金"待遇。那是水稻一生中的两个"黄金周"，休息了，宝贵的实践时间就错过了。他硬是把"黄金周"改成了"劳动周"，让"五一国际劳动节"实至名归。

当陈温福的学生，劳动是必修课，田间地头就是课堂，理论和实践混在一起，难解难分。很多人没出校门就成了"插秧能手"，田间管理，更是行家里手，和稻农比赛割稻，也不会被甩下。尤其是十一期间，那是试验田最后的结果，为了选出可大面积推广的优良品种，他带着学生，走遍每一垄稻田，察看每一株水稻。

毕竟，超级稻是新生事物，最初推广的那两年，稻农们不懂。陈温福带着学生，进行示范推广，培训农村技术员，手把手地指导稻农种超级稻。怕基层技术员和稻农掌握不好要领，他编写了通俗易懂的《北方水稻生产技术问答》，直接分发给稻农，让他们一看就懂，一学就会。

对农民亲，陈温福是出于本性。他常说，我是农民的儿子，我也是个种了一辈子地的农民，不管是当教授，还是当院士，实质上都是和庄稼打交道的农民。最大的愿望就是让农民多几分收成，让百姓吃上更香的米饭。耕地不会增加，人口却在增加，我干的活就是怎样提高水稻产量，不能提高产量，对于国人特别是农民，我就没尽到责任。

培育超级稻，只有良种还不够，良种需要良法配套。陈温福带领团队，研发出了以无纺布覆盖旱育稀植为核心的超高产栽培技术。这是水稻育苗技术的又一次创新，它用专用无纺布代替塑料农膜做覆盖保温材料，克服了闭式育苗的弊端，具有省力、壮秧、增产、高效、环保等优点，实现了超级稻生产技术集成与大面积示范推广的新突破。

中国超级稻育种，列入了农业部重大攻关计划和"国家863计划"，得到了持久和稳定的资金扶持。毕竟是牵头单位，东北稻区超级稻项目自然就落在了沈农。这是挑战，更是机遇，责任督促着陈温福，必须快马加鞭，与东北各家水稻研究机构合作，走出一条中国"稻路"。

从此，陈温福开启了昼夜兼程的模式。

在东北三省各级科研推广部门和各大农场的配合下，超级稻推广的效果令人惊异，仅用三年就累计推广了 9000 多万亩，增产稻谷 46 亿多公斤。

连陈温福自己都不会想到，1980 年，他开始跟随杨先生学习水稻时，虽然天天与水稻打交道，有近水楼台的优势，可大米饭依然是稀罕物，碗里依然以粗粮为主。到了 1999 年，大米饭已经成了老百姓餐桌上平平常常的主食，变化是显而易见的。追根溯源，杨先生引领的北方水稻育种革命贡献巨大。

别人吃到嘴里的是饭，陈温福却从每一粒米中，看到恩师的身影。这些翻天覆地的变化，是在和风细雨中完成的。

超级稻的推广，给国际社会带来极大震动，媒体再三宣称，超级稻育种的成功，"可以解决国际粮食安全问题"。

农业部对他们的研究成果特别满意。2002 年陈温福带领团队完成的"籼粳稻杂交新株型创造与超高产育种研究及其应用"项目，申报了"国家科技进步奖"，顺利地获得了二等奖。这是沈农水稻所拿到的第一个国家级奖励。

本该值得庆祝的事情，可陈温福却轻轻地放下，他和杨先生一样，行事低调，扎实做人。和先生一样，陈温福也认为，还有许多国家的贫困人口面临饥饿，世界粮食安全压力巨大，中国的粮食安全依然不容小视。土壤退化，耕地减少，人口增加，仅凭超级稻的增产，无法解决这些问题，谁来养活中国人依然是个巨大问题和挑战。

只有高产更高产，才能缓解这些压力。

未雨绸缪，藏粮于技。更多的超级稻等待着陈温福去培育，只有它们在东北大地的稻田里生根发芽，结出丰硕的果实，才能为缓解中国粮食安全压力作出更大贡献。

超级稻研发依然任重道远，东北大地的稻田仍然渴望着他的守望。

论文写在大地上

和杨先生一样，陈温福也是个务实低调的人，除非迫不得已，很少接受媒体的采访。网上搜索他的名字，除了会议活动的报道，大多是论文。他的论文并不深奥，特别注重实效，除了一些理化数据，细心的初中生也能读懂。论文的内容，不是展示研究成果，就是指导生产实践。

后来，陈温福有一张有意思的照片，他本来是穿着浅色的衬衫，外面却很突兀地套件白色的文化衫，上面书写着两行字：一辈子只做一件事，把科研论文写到大地上。照片上，他双臂抱于胸前，头发花白，古铜色的脸，面带微笑。

他的脸，带着太阳的味道、泥土的芬芳。论文写在大地上，成果留在农民家，是他内心的真实写照。

沈阳辽中县的城郊镇，一个叫卡力玛的小村庄，这里日照充足，土质肥沃，交通便利，浩浩汤汤的辽河，绕村而过。河东岸近 400 亩的稻田，金色的稻浪，随风摇动。这里，便是沈农 2005 年建成投入使用的卡力玛水稻实验站，正是陈温福把论文写在大地上的地方。在这座室外课堂，陈温福的脸，天天经受着太阳的"烤验"。

2006 年 9 月 16 日，秋高气爽、艳阳高照，陈温福带着 130 多名客人，来到了这里。这批尊贵的客人中，中国水稻育种领域的重量级人物，袁隆平、卢永根、李家洋、谢华安等，无一缺席。他们再度欢聚在沈阳，一起来验证中国超级稻研发 10 周年的成果。

这是"中国超级稻发展战略研讨会"的现场活动。此次研讨会，由农业部和辽宁省政府主办，沈农承办。全国 17 个水稻种植省份的 130 多位代表齐聚一堂，研讨超级稻未来发展战略。与会代表望着"沈农

265""沈农606"超级稻品种百亩示范田里沉甸甸、黄澄澄的稻穗,就像看着自己有出息的孩子一样,喜不自禁,笑容满面。

主持这次活动的陈温福,却笑不起来,因为中国超级稻的两个奠基人缺席了,并且是永远地"缺席"了,那便是他的恩师杨守仁教授,还有中国水稻矮化育种之父黄耀祥院士,他们分别于前一两年去世。是他们为中国超级稻打下了基础,却再也看不到金色的稻浪翻滚了。

这次研讨会,最活跃的科学家是程序。10年前他代表农业部来到沈阳,启动了农业部"中国超级稻育种及栽培体系"联合攻关重大项目。这次现场活动,等于验证他10年前所做的中国超级稻规划是否准确。

参加这次活动,程序的身份已经转变了,不再是农业部的司长,而是一位真正的专家学者,中国农业大学的教授。他指着一串串颗粒饱满、挺拔向上的大稻穗,笑逐颜开地说,北方超级稻的特点很突出,直立大穗。

一位来自广东的农业专家说,在南方很难看到这样大片的稻田,这样一马平川的恢宏场景,令人欣喜令人振奋。一时间,周围专家客串的"摄影记者"多了起来,有的蹲在地头变换角度不停地调焦取景,有的拔起一株稻子从穗拍到根,仔仔细细地研究,还有的忙着在"稻海"边合影留念。

谢华安院士是中国超级稻的推动和参与者之一,对超级稻"沈农265"情深意切。1996年沈阳研讨论证会后,10年间持续追踪,他亲眼见到"沈农265"从诞生到稳定,从示范到推广。心情激动的程度,不亚于培育者陈温福。

谢院士活跃得像个年轻人,举着相机,拍照不停。边拍照,边感慨万千地说,长势比去年还要好。

程序教授和谢院士一样高兴,因为他是中国超级稻的推动者,同时也是研究者和见证者。他站在示范田标示牌前,兴致勃勃地对谢院士说,我们在这里合个影吧。他们一连拍照了好几张,把这激动人心的一刻变成了永恒。

示范田往往是高水高肥,加上高规格的管理,体现的是种植的最佳状态，不能反映出普及推广后大面积常态化的产量。上午 10 时许，陈温福带着与会的专家，又驱车百公里，来到海城市西四镇的 1000 亩超级稻示范田。承包这片稻田的农民刘洪生，早早地迎候在路旁。

刘洪生是原镇农技推广员，2000 年尝试着种了 50 亩"沈农 606"，当年亩产达到 810 公斤。由于米质好，每公斤还比普通大米多卖两分钱。尝到了甜头，于是，他一发不可收，从 100 亩到 200 亩再到 400 亩，眼下的种植面积已经达到了 1000 多亩，除了种"沈农 606"，还种了"千重浪 2 号"等 4 个超级稻品种。

专家们把刘洪生团团围住，就他们关注的问题，问长问短，直到解开他们心里的疑惑为止。

其实，刘洪生的稻田，仅仅是示范，海城市及其周边推广的超级稻，面积达到了 10 多万亩，按每亩产量比普通稻谷高出 100 公斤计算，每亩地可增收 200 元，仅此一项全市可增收 2000 万元。岂止是海城市，沈阳市也大面积推广了超级稻。

据不完全统计，1999—2005 年，全国累计推广种植超级稻新品种约 2 亿亩，经过专家评审认定的超级稻品种 49 个，覆盖了我国长江流域稻区、华南稻区和东北稻区，合计增产稻谷 120 亿公斤，先后获得 18 项省部级以上科技奖励，成为"十五"期间我国农业科技自主创新的重大成果。

10 年间，陈温福不断地用理论和实践充实着中国的超级稻，真正地把科研的论文写在了大地上，用超级稻填满了中国人的饭碗。

当天下午，研讨会在辽宁大厦举行，袁隆平院士做了首场报告。袁先生与辽宁的情谊颇深，他是沈农的兼职教授，盘锦和丹东稻区，都留下过他的足迹。研讨会上，袁先生的报告题为"超级杂交稻育种研究的进展"，他介绍了国内外超级稻育种的发起和发展过程，以及目前世界超级稻领域最前沿研究进展情况。有趣的是，他回答沈农研究生的提问，用的却是杨守仁的理论。

第二天上午，陈温福做了"北方粳型超级稻育种研究进展与前景"的

学术报告。就这样，中国超级稻的两大谱系，超级杂交稻与粳型常规超级稻在沈阳会师，"南袁北陈"的提法不胫而走。

忘年交

杨先生去世后，有人把"南袁北杨"改成"南袁北陈"。对于这个提法，陈温福一直不以为然，这是一些媒体很"冒失"的提法。科学上的事情，都需要有"科学依据"，不能"心血来潮"就提出概念。从前的提法是"南有袁隆平，北有杨守仁"，也就是所谓的"南袁北杨"，那是对两个谱系对中国水稻贡献下的结论。杨先生与袁先生并驾齐驱，这是客观事实，毕竟他们是同一代人，对此，陈温福还是津津乐道的。

他只是杨先生谱系的继承人，先生不在了，命运把他推到了前台，他才扛起了先生的大旗。他说，不站在前辈的肩膀上，没有研究所各位同仁的通力协作，我可能也不会有今天的成绩。无论从年龄上还是贡献上，跟那一代人比，我都是小字辈。

陈温福不喜欢把籼型超级杂交稻和粳型常规超级稻相提并论，因为两者并不是一回事，各有各的理论体系，各有各的栽培方法，不能放在一起相互比较。即便是比较，中国的水稻种植面积有 4.5 亿亩，北方粳型"超级稻"种植面积只占三分之一。从数字上看，也无法跟袁先生比。

如果换一种说法，不是比较，而是品种区分法，他更乐意接受，那就是"南籼北粳"。

写到此处，有必要再次区别一下。虽然都是水稻，北方粳稻却是后发展起来的，与南方籼稻是两个不同的亚种，研究路径并不完全相同，两者之间没有可比性。

粳型超级杂交稻具有高产、抗病等优势,有较大的增产潜力。袁先生开创的杂交稻育种,一直位于世界领先地位,如果说我们国家种业在全世界上还能有一席之地的话,那就是杂交稻,对保障我们国家粮食安全,缓解世界粮食饥荒,作出了非常突出的贡献,其他国家跟我国还真相距甚远。

两种超级稻非要比较的话,那就是杂交稻不能留种,年年买种年年种。而粳型常规稻,农民可在收获后自己留种,不用花那么高的价钱买种子。所以,有一种声音,呼吁育种专家和种子企业多保留一些常规种。

粳稻的杂交优势并不明显,不可能像杂交籼稻那样"禾下乘凉",所以影响了它的发展。但粳稻的常规育种水平非常高,品种优势和产量潜力是不可小觑的。杂交稻虽然产量高,但南方人均耕地少,大多自种自吃,体现的是自家饭碗的充盈,进入市场流通的部分很少。

粳型超级稻种植以地广人稀的东北平原为主,几千亩几万亩的国有农场,随处可见。中国粳稻种植面积的一多半都在东北。"东北熟,天下足",已经成为我国粮稳天下安的象征。

在杨先生之前,我国对粳稻的研究较少,东北稻区种的都是从日本引进的品种。如果没有杨先生形成自己的育种体系,改变了日本品种一统天下的局面,我们还会有很长的路要走。就像改革开放前,好吃的东北大米,还不够东北人吃,怎能满足全国市场供应?

有时,数据很干巴,但数据却更有说服力。假如把粳稻平均到每个中国人身上,改革开放之初,每人每年只有 8.5 斤,改革开放 40 年之后,人均已达 57 斤了,其中东北生产的则占了一多半。中国粳稻的产量,从市场短缺,到饱和供应,还略有盈余。

中国人的饭碗,端得牢,吃得香,两位中国水稻之父功不可没。

毫无疑问,陈温福不喜欢人与人之间的比较,他喜欢的是袁隆平这个人和他的科学精神,他们同为中国工程院院士,同时位列《中国稻米》杂志的 3 位顾问之中。对袁先生,陈温福心中充满着敬仰。

陈温福认为,我们应该因地制宜,适合做杂交稻的地方一定要搞杂交稻，因为它确实增产粮食，给国家作出了突出贡献，而且发展前景也非常广阔。但适合种常规稻的地方，你也不要苛求去种杂交稻，因为它不适合。应该是杂交稻和常规稻互为补充，适合种什么就种什么。

科学无界线，只有相互敬重与交流。

2006年9月，"中国超级稻发展战略研讨会暨十周年纪念活动"在沈阳举行，按惯例，大会主席一般都由东道主担任。陈温福坚决不担任，而是请袁隆平担任。

袁隆平到沈阳，机会难得。会前，陈温福特意将袁先生接到沈农，谈学术，说未来，忘年交的两个人，惺惺相惜，都称赞对方的研究了不起，贡献大。尤其是说起刚刚去世的杨先生，袁先生的敬佩之情溢于言表，两位老人，毕竟有过很深的交往。

最隆重的场面，是袁先生在沈农做专场学术报告。沈农世纪会堂共有1700个座位，结果来了2300多名师生，走廊过道都挤得水泄不通。袁先生虽然快80岁了，依然激情四射，讲到精彩之处，掌声如雷。他预言地球上水稻亩产的最高极限是1500公斤左右，超级杂交稻攻克亩产900公斤目标后，还要向亩产1000公斤发起冲锋。

会上，校长张玉龙特聘袁先生为沈农的教授和博士研究生导师，他非常愉快地接过了聘书。从此，沈农的高才生，不必远赴湖南，报考袁先生博士，在沈农就能学到袁先生的学问。

2010年虎年春节即将到来之际，张玉龙校长、陈温福教授专程到长沙，看望了年逾八旬的袁先生。袁先生祝贺陈温福当选2009年度中国工程院院士，交流了各自的科研情况。2012年沈农60年校庆，袁隆平先生欣然题词祝贺，"为建成有特色高水平一流大学而奋斗！"2017年9月，沈农水稻研究所成立60年，袁先生题写了贺词，"攻坚克难，创北粳，誉神州"。

2021年5月22日，袁先生逝世，陈温福特别愕然。7个月前，他还前往湖南，专程去长沙探望袁先生。看到先生精神矍铄、激情飞扬、老当益壮，陈温福特别高兴。鲐背之年，袁先生还在为中国杂交稻操劳，令人感动。

谁想到，人就是这样脆弱，袁先生一生历经坎坷，从不肯"摔倒"，只是南繁时在三亚杂交稻基地摔倒了一次，便一病不起，溘然长逝，令人扼腕痛惜。那一次长沙之别，竟然成为与袁先生的永诀。

在这悲痛的消息面前，所有言语都显得苍白无力。陈温福立刻动身，前往长沙，为自己的良师益友送上最后一程。

"南袁北陈"，没有对比，无须论高低，只有友谊。

袁先生是中国水稻四大谱系的创始人中的最后一位元老了。袁先生去世，标志着一个时代的结束。中国超级稻之父、中国杂交稻之父相继去世，"南籼北粳"都失去了领袖，尽管他们之后，进入了团队时代，很好地继承和发展了他们的研究成果，依然令陈温福怅然若失。在陈温福的精神世界里，袁先生起码应该是个百岁老人，有袁先生在，自己的人生还有追赶的目标。

袁先生的去世，令陈温福惊愕和惋惜，这不禁让他又想起恩师杨守仁。尽管杨先生是 94 岁高龄辞世，他始终不肯接受这个事实。哪怕先生离开十几年了，经常有后来的学生看到，夕阳的余晖，照耀着水稻研究所楼门前的那片树林。在杨先生亲手栽下的三株银杏树下，他们的导师陈温福独自站在先生的雕像前，默默地与先生对视，仿佛心中有说不完的话。

第十一章

杨氏遗风

"眯着"的院士

2009年12月3日，天柱山下，浑河之滨，沈农校园内冰晶雪莹，玉树琼花。本是寒冷季节，沈农大院却春意盎然，仿佛突然披上了节日的盛装。一个温暖的消息不胫而走，陈温福一路过关斩将，通过了中国工程院严格评审，当选为院士。

这是天降喜讯，沈农建校以来，终于有了自己培养的院士，开创了沈农的先河。没有国外留学背景，不是牛津、哈佛培养出的"牛人"，而是土生土长的沈农人。没有国外学位，在沈农大院里当了30年"都市农夫"，一年四季，浑身沾满泥土气息，成了院士，确实具有开创历史的意义。

中国工程院农业学部的院士本来就不多，水稻界更是屈指可数。这次院士评选，农业学部仅有 7 个名额，不是行业翘楚，没有评上的可能。何况是研究水稻的，只有他 1 人，确实值得庆贺。否则，结果正式公布后，省领导也不可能带着大队人马赶到沈农世纪会堂，亲自为陈温福开庆祝会。

当选院士，不是国际名牌大学的博士，没有国外留学背景，没喝过洋墨水，几乎没有可能。而浑身是"土"的陈温福，不仅和清华、北大不沾边，甚至连中国农业大学教育背景都没有。成长的土地几乎没离开过沈阳，实实在在地"土生土长"，被评为院士，似乎不可思议。

也许有人会有疑问，陈温福去了英国一年多，不算留学吗？其实，那是代表国家开展合作研究，是工作，平等的关系。以学科带头人的身份，进行学术交流，去牛津也好，到剑桥也罢，只是临时的访问，不是教育背景。

没有国外教育背景，不能说陈温福没有国际视野，杨先生的国外教育背景，潜移默化地全部传给了他。先生找来那么多老师，手把手地教他，那些老先生，哪个不是背景深厚？在沈农土生土长不假，但庄稼就是生长在土里，没有"土味"的农业科学家，怎能培育出适合中国国情的庄稼？陈温福恰到好处地把沈农老先生们的学问"洋为中用"了。

敏感的媒体抓住时机，抢先赶到沈农，抓住机会采访陈温福。

幽默睿智的陈温福面对记者的祝贺，给记者来个小意外，对评上院士的事儿未置可否。他回答道，大家都这么说，网上也在炒，好像有这回事儿吧？

记者很纳闷，怎是好像呢，明明是真的，消息不可靠，领导不可能派他们来采访。

陈温福说，刚刚上网，看到了有消息披露，没接到正式通知，没拿到正式文件，都不能确认。

当记者问他获知消息的感受时，他习惯地眯缝着眼睛，淡淡地一笑。四脚没落地呢，现在最好是"眯着"。陈温福和杨先生一样，淡泊名利，对于荣誉，远没有一株有特质的水稻有吸引力。农民嘛，最大的奖励是丰收。

这也是他面对媒体的采访，不爱"吭声"，不想表态，选择"眯着"的原因。

当然，沈农却不这样认为，因为一个大学的影响力，院士的多少是个标志。特别是沈农有了自己培养的院士，这是破天荒的大事，怎能不值得大书特书？

在庆祝大会上，陈温福的表态很低调。他强调，这个院士是替恩师杨守仁先生、第二导师张龙步教授当的，没有他们的培养，没有他们在研究上奠定的坚实基础，就不会有超级稻的诞生，更不会有国际影响力。他还特别感谢支持他的水稻研究所团队，没有这个凝聚力和执行力超强的团队，不可能培育出这么多的超级稻品种，光荣属于沈农，属于沈农水稻所，属于全校广大师生员工。

感谢过后，就是表态。陈温福说，当院士，只是对前半生的总结，后半生有了鞭策，最重要的是，继续为学校的发展，为国家的兴旺、民族的振兴贡献力量，也盼望学校能出更多的院士。

庆祝大会结束了，尘埃落定，记者再来采访，问他，国家最高学术称号，将给您的生活带来什么变化？

陈温福又是淡淡一笑，他不觉得自豪，院士本该授给自己的恩师，可惜的是，院士制度开始时，恩师已经超龄，错过了机会。现在，老天都补偿给他了，先生的阳光雨露，恩泽到了他身上，他是个幸运儿。

在回答记者的问题时，他依然选择了"眯着"的方式。他说，没啥改变，我还是研究水稻。江山易改，本性难移，虽然研究了半辈子，但我对水稻依旧很感兴趣！再说了，这么大年龄了，也干不了别的了，我这辈子就跟水稻捆在一起了，永远不会变！

记者不依不饶，接着问，这个荣誉对您来说是不是来得晚了点儿？

陈温福觉得，如果杨先生还活着，确实给晚了，让先生看到自己替老师当院士，岂不美哉？但先生去世了，就他个人的荣誉而言，不是晚了，而是早了！当选院士名单中，大多数年龄超过 60 岁了，他还算最年轻的。他说，我只是沿着杨先生的研究方向，在北方粳稻和维护国家粮食安全方面做了一些工作，在合适的时间，干了合适的事儿，取得了合适的结果。

"眯着"，不是陈温福当了院士才用的方式。一直以来，他始终"眯着"，心无旁骛，闷头搞研究。别看他和杨先生一样，侃侃而谈，说的都是水稻，离开了水稻，没有多余的话。他们的目光在远方，在未来，在中国人的饭碗。不管谁拿走了科研成果，目标都是多打粮食，造福人类。

事实上，自从杨先生争来了国家对超级稻的重视，已经功成身退了，研究的前沿，交给了陈温福和他的团队。十几年来，陈温福带着团队，"眯着"干活，不断完善超级稻育种理论，一门心思地研究技术创新，已经给中国北方稻农创造出了惊人的财富。

"眯着"的陈温福，并没有让东北的土地"眯着"。截至 2008 年，陈温福带领的东北三省超级稻研究团队，通过省、部级确认的超级稻新品种 16 个，仅在东北稻区就累计推广面积就超过 1.47 亿亩，覆盖率 60%，增产稻谷 166 亿斤，产生直接经济效益 124 亿元以上，社会经济效益显著。

成为院士的陈温福，并没有功成名就的满足，他依然选择"眯着"，低调做人，认真做事。记者采访他时，居然不知道，就在当选院士的前一年，他已经是第十一届全国人大代表了。在他的眼里，当全国人大代表不是荣誉，而是责任，能代表"农民"，代表土地说话，能影响国家的决策。一方面他要调研、慎言，另一方面，他还敢言、直言。

庆祝大会后，陈温福又开始低头拉车，他把当选院士作为新起点，奔忙于水稻研究的第一线，关注着超级稻的优质高产。他的心里装着老百姓的饭碗，装着国家粮食安全，怎能停歇下来？他的目光穿透稻花飘香的田垄，又开始徜徉在水稻的王国里。

当选院士的"趣闻"

对于"两院"院士，大家都充满好奇，那是科技界的最高荣誉，很多科学家一辈子为之奋斗。大多数院士都是在花甲之年后获得的，而陈温福获得这一殊荣，才刚过天命之年。我后来采访陈院士，反复问他评院士的经历，他都三缄其口，直到 2023 年两会结束后，我们成了无话不说的朋友，笑谈间，他才讲了其中的趣闻。

趣闻当然与两会有关。

2008 年 3 月，作为刚刚当选的全国人大代表，陈温福到北京参加第十一届全国人民代表大会，与另一位代表王天然院士特别亲近，因为他们都是学术界代表。会议期间，两人相互为伴，形影不离，天天在一起吃会议的自助餐。王天然是中国科学院沈阳自动化研究所学术委员会主任，同时兼任着辽宁省科协主席，年长陈温福 11 岁。这个和蔼可爱的小老头儿，也是花甲之年当选的中国工程院院士。

3 月 10 日，两会完成了多半的议程，两个人一块儿散步时，王院士突然问陈温福，今年是院士评审年，你怎么不报？陈温福感到很突然，他觉得院士挺高大上的，离他很远，甚至院士申报需要什么条件，他还懵懵懂懂的呢。王天然在中国机器人领域大名鼎鼎，尽管如此，也申报了几次才被评为院士。陈温福觉得，恩师杨先生都不是院士，和先生比，自己还差很多，还是脚踏实地地迈好每一步吧。

这就是陈温福，用他自己的话来说"从小就没有远大理想"，本来是个种地的，当了教授，已经知足了，还扑腾个啥。他的想法很简单，人这一辈子，迈好脚下的台阶很重要，把小事做细，把难事做透，扎实地迈好每一步，比什么都重要。就像当年念硕士，一步一个台阶地迈，觉得下一个台阶就是博士的大门，就接着往上迈。而申报中国工程院院士，他觉得差距不是几个台阶的问题，而是遥远的天门，根本没这个想法，老实地干点儿活，就可以了。

王院士却不这么认为，毕竟曾亲历过院士的评审，对于申报条件和规程，他很清楚。那时，陈温福已经获得国家科技进步奖二等奖，第二个国家科技进步奖二等奖也已入围，尽管公示期刚结束，证书还没到手，毕竟已胜利在望了。这道硬杠杠，陈温福已经突破了，完全具备报院士的资格。

那一天，王院士不断地劝他，报院士哪有一次成功的，你至少先露露脸，让大家熟悉熟悉你，起码让大家对中国超级稻有个印象，你老也不报，不肯露脸，也不行。见陈温福还在犹豫，又进一步劝他，太低调，也不是好事，申报不是你一个人的事儿，代表着中国超级稻是否有国际影响力。

一句话说动了陈温福，露露脸，让更多的人了解超级稻，也不是坏事。

全国人代会结束那天，已经是3月13日了。回到沈农，校领导开始催促陈温福报院士，迫切希望沈农能诞生自己的院士。校方如此着急，肯定有推动力，他猜测，或许王院士在背后督促了，才形成了让他报院士的氛围。

本来，陈温福打算放弃了，过两年再说，可是从王院士到省科技厅，从学校领导到农业口的相关人士，都在积极推动，都想让辽宁多一个院士，他想退也退不下来了。终于在省里申报材料截止期限，最后一个上报了材料。

申报材料递上去，陈温福好像卸下个包袱，就把这件事儿丢在了一旁。农时不等人，他不分昼夜地忙碌，想把培育超级稻的时间抢回来。

两天后，省里评审会召开，陈温福这个最后的申报者，推荐票居然排名第一。尽管如此，他的出发点仅仅是王天然院士说的那样，露露脸而已，没有其他想法。接下来的结果却出乎意料，在中国工程院的评审中他进入了第二轮。

10月31日，是中国工程院院士最后一轮评审，需要现场答辩。陈温福是最先进去答辩的。沈农的校长、主管副校长都陪着他到了北京，却不被允许进答辩现场，只能在外面等候。评审席上，坐着一排农学界的知名人物，而答辩席上只有一个人，有多高的学识，见到这阵势，都难免紧张。

虽说是答辩，陈温福都没有任何负担，因为这次来的目标，就是露露脸，权当是一次学术交流。没有任何心理包袱，自然应对自由，更何况这些前辈，大多都认识他。杨先生在世时，带他跑遍全国各地，和这群老先生结下了不解之缘，大家都知道杨先生有个博士叫小陈，这孩子懂礼貌、挺仁义的。

最让陈温福感到温暖的是，袁隆平也是评委之一。

南籼北粳毕竟是水稻的两个不同领域，难免在学术上有不同观点，但从未影响过杨先生与袁先生的友谊。两位老先生，越老关系越好，越相互惦记，这与陈温福的协调不无关系。尤其是杨先生年事已高，不能参加各种学术交流之后，每逢见到袁先生，陈温福总是说上一句，杨先生让我给您带好。袁先生也特别关心杨先生的身体，让陈温福转告杨先生，保重身体。就像一坛老酒，经过陈温福长年陈酿，两位老先生惺惺相惜，友谊越老越淳厚。

就在这不久前，有一个材料需要袁先生签字，因为先生是鉴定委员会主任。陈温福拜见袁先生时，先生很关心地问了句，听说今年你也报院士了？你把答辩的多媒体材料整理好，我帮你看看。毕竟，袁先生是搞水稻的权威，经过他的指点，成功的机会更大一些。

本来，陈温福只想露露脸，当选院士没有一蹴而就的，再等两届为时不晚。所以，他答辩心态平和，没有一点儿压力。

院士答辩，仅有8分钟，陈温福答满了时间，老先生们意犹未尽，还没问够。正因为毫无负担，没有压力，反倒让他超常发挥，活生生地把答辩变成了学术研讨会，问与答之间妙趣横生。

2008年是中国最火的一年，也是陈温福最火的一年，不知怎么那么碰巧，院士申报表上报后，除了国家科技进步奖二等奖，许多意想不到的荣誉接踵而至。到了五一前，被评上了辽宁省特等劳动模范，证明他工作很出色。到了9月，被教育部评上了"全国模范教师"，证明他书教得不错。

农业部也恰到好处地送来了中国农业最高奖"中华农业英才奖",每届全国只有 10 人能获此殊荣。

对于这些奖项,陈温福在答辩材料中,都用红线标注上了。毕竟是申报材料递上之后才授予的奖励,这样做,就是让评委们一目了然,可以不作数,别混淆成评为院士的资质。

注重细节,实事求是,是陈温福的习惯养成,无论大事小事,都是如此。

答辩的过程是一种享受,而陈温福最享受的却是这个季节,因为水稻已经收获了。离开答辩现场,他即刻返回沈阳。因为杨先生的遗愿,超级稻的进一步繁育,都需要他全身心地投入,他必须把一辈子活成两辈子。

园丁之歌

杨先生是个"吾日三省吾身"的人,奋笔疾书给钱学森写信后,才引起国家的重视,推动了中国超级稻的快速发展。超级稻上升为国家战略,先生并没有想象得那么高兴,而是不断地反思,如果早些年推行,效果岂不是更好?何必国家在粮食安全方面总是受制于人。先生不怪别人,只怪自己,沈农不应该只培养书呆子。书呆子是"茶壶煮饺子",科研成果出来了,怎么推广?缺本事,没办法,直接后果是科研成果不能惠及民生。

在中国,最具有推广力度的,是政府。

晚年的杨先生,交出担子之后,谆谆教导陈温福:老师也有缺点,是半个"书呆子",不要墨守成规,要扬长避短。培养"书呆子"固然重要,研究领域,总得有"傻子"去做,都浮躁了,怎么得了?但有专业本领的官员也应该培养,管理者也应该培养。一个团队,总得有个带头人,沈农应该培养全面的人才,才会带来事业的繁荣。

　　陈温福就是按照先生的要求做的。在继承"杨氏遗风"的基础上，比先生更具灵活性、开拓性，比先生更注重培养有专长的学生。谁在哪方面优秀，就往哪方面培养，专业课能力强，就让学生更专业。有管理才干的学生，就多给学生机会，在管事方面得到锻炼。在学生中有威信，有人缘，肯于服务的，就帮他往从政的方面引导，推荐到学生社团组织当干部，培养他们的组织能力，将来成为专家型公务员。

　　陈温福深知，研究成果社会化推广，是个艰难的过程，没有各级政府推动，仅凭一己之力，往往事倍功半。科学家的主观能动性，需要政治家去调动。谁有从政潜质，陈温福特别留意，他遵循杨先生的嘱托，在培养专业人才的同时，注重发现多方面人才，定向培养。牛津大学给他许多启发，换一种思路，开放性办学。专业人才、管理人才、领导人才全面培养，形成一个良性循环，于国于民于民族的未来，都大有裨益。

　　功夫不负有心人，从教二十几年后，陈温福带出的博士生中，有好几位从政者脱颖而出，成为农业管理界举足轻重的人物。这些业界的行家里手，和他们的老师一样，行事低调，工作热情饱满，已经成为领导全国、全省农村农业发展的核心力量。

　　沈农培养的人才，从部里到省里，有不少人成为业务上独当一面的重要人物。这些专业人才，早就和母校水乳交融在一起，母校在研究领域遇到什么困难和问题，早就装在他们心里。母校遇到难题，总有人在第一时间向母校伸出援手。

　　陈温福直言，沈农有这么良好的研究氛围，和他们有直接关系。他说，你时刻牵挂着国家，他们时刻牵挂着你，这是良性循环。

　　当然，陈温福培养的学生，大多数还是农业专家和教授，分布最广的是北方各省的农科院、全国各地的农业大学。用陈温福自己的话说，背上行囊走遍全国，处处都有落脚之地，他的得意弟子们闻听老师来了，都会抢着把老师接走，或请老师答疑解惑，或谢当年师恩。

　　是啊，在学生眼里，陈温福是严师慈父，治学严谨，言传身教。他的学生说，陈老师一直把他们当作自己的孩子，平日里时刻关心他们的学习和生活，不仅教育他们如何汲取知识，同时也嘱咐他们如何做人。恩师如父，只要他不经意间透露出到了哪个城市，消息就会不胫而走，准会有学生到车站或者机场接他。"走遍全国都不怕"，不是虚话。

从1987年开始从教，三十几年过去，他为国家培养了博士后12名、博士52名、硕士62名，学士更是不计其数。2007年，他从教20年时，被授予"辽宁教育年度人物"，组委会送给他富有诗意的颁奖词，最能概括他的教学成果，"他用智慧与学识开垦，用心血和汗水浇灌，用农时丈量时间，用犁锄书写人生。他站定三尺讲台，铺开万顷良田，深情描绘了一幅幅稻花香里说丰收的动人画卷"。

一直以来，陈温福谆谆教诲学生，首先要学会做人，修德先于修业，要知足、感恩、礼让；其次是要学会做事，自强自立、广交朋友，学会在逆境中生存，切忌随波逐流；然后才是学做学问，勤能补拙，理论联系实际，培养自己的综合能力。在科学研究中，每个人都不是孤立的个体，要相互协作，养成团队精神。

他坚信好行为是"修"出来的。细节决定成败，他常常告诉学生要时刻注意小节，随手关灯、节约用水，吃自助餐不能浪费，做完实验要收拾整洁，"拖鞋不进实验室，高跟鞋不进试验田"。久而久之，这些都成了让学生们终身受益的好习惯。

每年新生入学，陈温福都要逐一询问学生的家庭情况，鼓励学生"家庭困难不要紧，但不能丢了学习和生活的斗志，不要影响学习"，然后想方设法帮他们解决生活上的困难，提供勤工俭学的机会。

学生们最感动的是，陈温福严谨的治学态度。当学生的，最难过的关，是研究论文和毕业论文，那是对自己学业检验和总结，许多学生都"卡"在论文上。陈温福深有同感，虽然他的硕士论文和博士论文一直是师弟和学生们的模板，但他始终认为，那是硬憋出来的论文，时过境迁，已经不适合学生们参考了，应该有新观点、新内容和新方法。

　　所以，无论多忙，他都要亲自指导学生的论文，一一批阅、修改。大到实验设计，小到格式、标点。学生们不仅学到了知识，更是深深感受到老师严谨的治学态度。他以渊博的知识教授着学生，以慈父般的爱心温暖着学生，他的博爱和严谨感染着身边的每一个人。

　　学生们为自己一生遇到了陈老师感到自豪，哪怕毕业20年、30年的学生，都对恩师念念不忘。

　　陈温福已经培养出了杨守仁谱系的第五代传承人，一批年轻的水稻科学家正在茁壮成长。仅以辽宁为例，省农科院的张忠旭、高勇、王彦荣等，沈农水稻研究所的张文忠、马殿荣、王嘉宇、徐海、唐亮、孙健等，在研究领域各有所长，都是小有名气的年轻科学家了。除了他们，还有十几位散落在全国各地或世界各地，传扬着杨守仁的水稻谱系。比如，李金泉去了德国著名的马普研究所，崔杰去了加拿大，邱福林受聘菲律宾国际水稻研究所，周广春成为吉林省水稻研究所所长……最特别的是华泽田，他比陈温福大了半岁，却是陈温福的博士生，后来的事业和他的名字一样，润泽中华稻田，成为杂交粳稻研究的首席专家。

　　他们就像蒲公英的种子，飞扬到全世界，传播杨守仁谱系的理论。

　　最有意思的是，沈农和辽宁农科院的关系，两家紧紧相依，你中有我，我中有你，资源共享。具体到稻作研究，亦是如此，陈温福教出的博士，送到了农科院，跟着前辈杨振玉，从事杂交粳稻研究，如张忠旭等。

　　即使是沈农院内，师从关系也不是那么清晰的。张文忠师从张龙步，徐海师从徐正进，却继承了许多陈温福的学问。前辈杨振玉和张龙步，与下一辈陈温福、徐正进在培养学生方面，形成了"平行四边形"的关系，只要是好苗子，交叉教学，没有谁是谁纯粹的学生，除了知道自己是杨守仁谱系的传承人，学生们都弄不清楚到底师从谁了，因为4位导师都是倾囊相授。

　　随着时间的推移，老一代水稻科学家逐渐完成了他们的使命，以陈温福为核心的研究团队，越来越清晰地展现在人们面前。人类的进步，就是这样，一项事业一代一代地薪火相传，永不熄灭。2022 年 12 月，杨振玉 95 岁高龄去世，随着最后一位"熊猫级"北方粳稻科学家谢世，老一代水稻科学家圆满地完成了他们的使命。

时光荏苒，岁月如梭，不管陈温福愿意与否，他都站在了中国超级稻舞台的中心。

陈温福喜欢"定向"培养，他有意将高才生引向寒地稻作研究，目标是吉林和黑龙江。那里有一望无际的黑土地，沃野千里，水资源丰富，却因无霜期太短，水稻发展总有瓶颈。可是不把超级稻种在黑油油的土地上，他总是不甘心。学有所成之后，他就把最出色的学生，推荐给吉林和黑龙江研究机构，让他们在寒地稻作领域，施展抱负。

其中，潘国君就是他"目标性"培养中最出色的一位。

生于 1961 年的潘国君，出生就赶上困难时期，是饿着肚子长大的，最幸福的事情是能吃一顿饱饭。考大学时，他毫不犹豫地报考了农学院，读博士时，机缘巧合地遇到了陈温福。

潘国君天赋极强，恰好陈温福一直盯着他家乡的黑土地呢，"两个巴掌拍响了"。一个学习如饥似渴，一个教学倾囊相授。潘国君读博时，就经常和导师一起发表论文，谈起这个学生，陈温福满脸的幸福。

毕业后，潘国君回到黑龙江，在黑龙江省农科院水稻研究所从事寒地水稻研究。研究所不在哈尔滨，而是在中俄边境的佳木斯，著名的三江口就归佳木斯管辖。学生毕业，谁也不想去天寒地冻的地方，陈温福曾推荐过高才生去佳木斯，因为怕冷，学生宁肯到南方的民营企业，也不去研究寒地水稻。

潘国君却不同，他带着使命回到家乡，把老师的理想种在黑土地上。

二十几年前，黑龙江遍地玉米、小麦和大豆，水稻种植面积很小，品种多为从日本引进的早熟粳稻"空育 131"，生长期仅有四个月。遇到低温多雨的年份，稻农们立刻傻了眼，水稻易得稻瘟病，就算躲过这一劫，秋收也是瘪籽，一年到头，白忙活了。而且，减产、绝产不是偶然，是经常发生。尤其是三江口,提起种稻,农民们就会"盗汗"。

种子是农业的芯片,一粒种子可以改变世界,要把黑龙江省建成现代化农业大省,实现农业现代化,种子必须先行。带着老师陈温福的希望和超级稻育种项目,潘国君远赴佳木斯,一头扎进寒地旱粳稻研究中。

寒地生态条件特殊,生育期短,难创高产,克服稻瘟病和低温冷害频发的问题,依然十分艰难。十年寒窗苦,从沈农带回的稻种,经过成千上万次细致入微地反复筛选,已经是面目全非了。潘国君带着他的团队,"晴天一身土,雨天一身泥,头上太阳晒,脚下水汽蒸",凭着一双双慧眼,终于育出了"龙粳31"。

一株水稻有12对染色体、三四万个基因。育成一个产量高、抗病性强、抗倒伏、耐低温、食味好的品种,就像大海捞针,潘国君成功地"捞"出了精品。其中的艰难程度,不是亲历者,根本无法体会。在成功率只有万分之一的机遇里,准确地捞出那根针,难度之大,可想而知,"万幸"或许就是这个意思。

陈温福也培养出了青出于蓝的学生,这种出色,不仅仅在科研成果上,在管理方面,也让陈温福无比自豪。学生潘国君不仅很早就出任了黑龙江省农科院水稻研究所的所长,而且还是黑龙江省科技厅任命的首席水稻专家。

潘国君育成的"龙粳31",打遍东北无敌手,连续10年都是黑龙江第一大品种,每年种植1000万亩以上,把多年统治第三积温区的日本品种"空育131",彻底赶出了黑龙江,成为当时全国单一品种种植面积最大的超级稻。

每每提起潘国君,陈温福总是满脸春色,在提升粳稻育种水平,促进东北水稻生产发展,保障国家粮食安全等方面,这位学生作出的贡献不比他少。让学生比自己强,都是从杨先生那儿传承下来的一种习惯。

2017年度国家科学技术进步奖公布,有3项水稻研究成果和团队上榜,前两项都是鼎鼎有名的大人物,分别是中国科学院院士李家洋和中国工程院院士袁隆平。潘国君团队虽然名气不大,但成果不凡,"寒地早粳稻优质高产多抗龙粳新品种选育及应用"也站在了高高的领奖台上。

时至今日,潘国君团队又培育出新品种"龙粳 3013",比"龙粳31"还好吃,食味值最高达 85 分,亩产达到 750 多公斤,创造了寒地粳稻的新纪录,给国家粮食安全多上一道"防护墙"。

粮价是百价之基。2022 年世界风云突变,战争、疫情、自然灾害频发,而我国的物价基本保持稳定,粮食丰收,功不可没。12 月 12 日,国家统计局公布,全国粮食总产量 1.37 万亿斤,增产 0.5%,世界粮食价格平均上涨 20%,我国却依然保持基本稳定。其中,黑龙江的贡献率接近 12%,连续 13 年成为中国粮食安全的"压舱石",就水稻而言,潘国君功不可没。

沈农在培养学生方面,继杨先生之后,又有了一面旗帜,那就是陈温福。沈农的青年教师在总结向陈温福学什么时,用了三个词和七个启迪,即"幽默、渊博、睿智",修德先于修业,科研是源泉和基础,选准研究方向,锲而不舍,求真务实,团队协作,终身学习。

敢"吐槽"的院士

说真话,讲真理,敢"放炮",这一点,陈温福得到了导师杨先生的真传。无论是当年的小有名气,还是如今的举足轻重,他都一贯如此。年轻时,他的影响力仅限于沈农,却敢于直言。中年以后,随着影响力的扩大,媒体特别愿意当他的传声筒,越来越多的人知道了他的观点。他虽然谨言慎行,却不是谨小慎微,该说的公道话,照样掷地有声。

媒体就是这样,喜欢追逐成功人士。陈温福最害怕别人说他成功,他总以我是个农民,种了一辈子地,去搪塞"成功"。在他眼里,没有成功二字,在浩渺的科学世界，得到一些认知而已，没有什么可沾沾自喜的。成功不过是一种主观感觉，自欺欺人罢了，还没有每亩地多打上百斤稻谷有实际意义。

就像矮秆直立大穗的超级稻，成熟度越高，越能在风中谦逊地颔首，向大地致谢。

"稻痴"陈温福，可以不陪妻子，不陪儿子，就是不能离开他"热恋"的稻子。如果有人因为别的事情，抢走了他研究水稻的时间，比割了他的肉，伤了他心肝还痛苦。只有一件事情能够让他"移情别恋"，那就是进京参加全国人代会，履行代表职责。

从2008年起，陈温福已经连续三届当选全国人大代表，2023年又被选为第十四届全国政协委员。尽管每年都要参加一次两会，他觉得这个时间"耽误得值"。每次开会前，不管多么割舍不下时间，他都会撂下水稻研究，操起电话，没完没了地向稻农询问田间地头的事情。他要写建议，具体问题和细节，必须核实准确。因为有价值的建议，往往能影响到国家决策，不能有半点马虎。有机会站在全局的高度，给他所热爱的水稻送去了一把"保护伞"，岂不是更有价值？

第一次当全国人大代表，就放了一炮，为他的农民兄弟，高喊出了"谷贱伤农"的警告。稻谷丰收，农民不增收，会挫伤农民种粮的积极性，将会成为中国粮食危机的导火索。2007年，东北三省粳稻总产量达到540多亿斤，然而粮价降到了新低，大量稻谷积压在稻农手中。而农资生产资料价格非常规暴涨，一年忙到头，没见到钱，种稻都不如撂荒长草了。如果不调整政策，东北部分稻区有重回"北大荒"的危险。

陈温福的话题引起了共鸣，既然问题摆出来了，就要拿出开锁的钥匙。农民最讲究实效，用东北话来说，"哪炕头热乎坐哪儿"，国家应该给他们提供"热炕头"。他综合多位农民代表的意见，连夜完善建议案：适度提高粮食最低保护价，敞开收购农民手中余粮；严格控制农资价格上涨，出台专项补贴政策；建立保障国家粮食安全的长效机制，在"谷贱伤农"

与"谷贵伤民"的矛盾中找出合理平衡。

建议送到了温家宝总理的案头，温总理阅后，立即做出批示，要求相关部门立即研究，拿出具体解决方案。不久，国家出台了一系列惠农、强农政策，加大对农业和农村的投入，粮食连年增产，农民持续增收，中国的农业基础在不断得到加强，为全面建成小康社会打下了坚实基础。

回到学校，陈温福重归平静和专注，又埋头于水稻超高产育种的研究中。

2012年年底，辽宁推选第十二届全国人大代表，陈温福虽然被提名为候选人，但选举之前却发生了诡异的事情。有人打电话给陈温福，这次当全国人大代表和往届不一样了，得活动活动，否则就会选不上。

人这一辈子，多大的诱惑也不能把自己弄丢了，当代表是替老百姓说话去的，选举代表不能成为名利场，又不是看电影，花钱买票。陈温福守住本心，不为所动。他的回答让对方很尴尬：已经干了一届了，知足了，选上选不上无所谓。他一个电话没打，一条短信没发，被人误解为不识时务。

尽管选举被搞得变了味，但一些正直的心并没被污染。陈温福的科学贡献有目共睹，上届履职情况更是有口皆碑，各种惠农建议被国家采纳，稳定了东北粮仓。到了投票那天，一毛不拔的陈温福认为自己肯定落选，没想到，超过半数三票，再次当选，成了一名干干净净的代表。

后来，上级进行清查，多人受到党纪国法的惩处。

2021年3月，全国两会上，种子和耕地又成热议话题。如果我国种业面临像"芯片断供"那样的极端情况，被"卡住脖子"，该怎么办？陈温福给出了清楚的答案，种子是农业生产的基础，其重要性不言而喻。种子问题又涉及国家粮食安全，怎么重视都不为过。但也无须过分忧虑，比如在水稻和小麦这些中国老百姓的主粮上，我们没有被"卡脖子"，甚至还有明显优势，如杂交稻等。

陈温福同时也表示，不是水稻、小麦安全了，粮食安全就高枕无忧了。人离不开粮食，肉蛋奶也要靠粮食转化，我国的人均耕地和水资源都非常有限，隐忧也不小。比如大豆、玉米的亩产量和育种水平与国际先进水平还有较大差距。一些高端蔬菜水果，如柑橘、苹果等，目前也处在可能会被"卡脖子"的状态。很多人会说有钱就能买，实际并不那么简单。2020年疫情期间，俄罗斯、越南等国就突然宣布暂停粮食出口。大豆是可以买到的，但价格是人家说了算，这就是被人家"卡脖子"了。

更严重的"卡脖子"问题，出现在畜牧业上，陈温福说。比如猪、奶牛、肉牛……目前大规模饲养的品种几乎都需要从国外进口。仅2020年我国进口种猪就超过2.2万头，创历史新高。我国本土猪种的市场占有率从90%暴跌到只有2%。如今，外国猪种几乎完全占领了中国养猪市场。再比如英国樱桃谷公司的樱桃谷肉鸭，占据全球市场第一，其原始种源其实是我国特有的北京鸭。奶牛、肉牛、鸡等也都面临类似的问题，越来越依赖进口，而很多本土品种濒临灭绝或已经灭绝。

陈温福提议，解决"卡脖子"问题，要从种质资源入手，由国家主导建立种质资源收集保存库。一些品种如果再不抢救性地保存起来可能就没有了。种质资源一旦流失，种业创新也就"巧妇难为无米之炊"。

对于种子问题，陈温福谈出了另一种担忧。随着我国商业化育种体系的建立和发展，一些问题也暴露出来。商业化育种模式是简单照搬西方，单纯模仿西方，怎么能超越西方呢？中国的种业发展，要适合中国国情，走中国道路，不能照抄照搬西方模式，一边倒地片面强调和夸大商业化育种的作用。

育种是有很强公益属性的，不能完全市场化。尤其是基础性研究，非常不容易，要能耐得住寂寞。而商业化公司难免有短视行为，只想赚快钱。这就需要国家大力扶植和积极引导，把基础研究交给公益性组织完成，比如高等院校和科研院所。

当然，两会上，习惯发出不同声音的陈温福，又"放炮"了。他说，国家重视"种子安全"问题，这是好事，可好事往往会一窝蜂地上，新品种审定井喷一般，但质量呢？以水稻为例，国家一年审定的水稻新品种500多个，加上各省审定的，新品种多如牛毛，这根本就不正常。老百姓大多不懂种业，让他们如何选择？品种多、乱、杂，很多甚至是"套牌"的"李鬼"，根本就是假创新，低水平同质重复，少有推广价值。

关于这些问题，陈温福曾经联合16位院士，一起向有关部门提出过，并引起了党中央的重视。习近平总书记多次强调种业发展的重要性，政策面也释放出重磅信号，比如，由农业农村部主导的农业产业技术体系建设，就是一个成功的范例。

陈温福感到，这个代表没白当。

对农业和农民，陈温福是送"保护伞"的。对科技界的乱象，他是拆"保护伞"的。科技界本应该是科学精神的大本营，他不能容忍违背科学、急功近利、弄虚作假、套取经费等种种乱象肆意泛滥。

不管面对媒体，还是人代会上分组讨论，原本温和厚道的陈温福，都不惧得罪同行和权贵，仗义执言，自曝"家丑"。他用辛辣的语言，充满智慧的嘲讽，批判和挖苦各种投机钻营，比如，"跑部钱进"找关系，"挖窟窿盗洞"抓立项，"一女嫁多夫"骗经费等。

如此激烈的言辞，不该是陈温福的性格。科学是最不应该急功近利的，最不应该培养精致的利己主义者，如此下去，科学还有尊严吗？国家有钱是好事儿，但也不能把国家当成唐僧肉，好钢还得用在刀刃上。

透过现象看本质，陈温福认为，这些乱象，表层原因是"多龙治水"导致的立项重复，科技人员一题多报、弄虚作假、违规使用经费，资金使用率低下，甚至滋生腐败。他毫不客气地说，科技界乱象的深层原因，是管理体制。

他举例说，国家设立了自然科学基金委员会，专门管理和支持基础研究，其中就有重大基础研究项目。而科技部又增设了"国家重点基础研究发展计划"，即"973计划"，出现了项目的重复设置；粮食生产方面，农业部设有优质新品种、新技术推广的"丰收计划"项目，科技部却又设立了"粮丰"工程，又是完全重复的。

"两台锣鼓唱一台戏"，买单的都是国家。科学管理体制不科学，科技资源分配体制不彻底改革，乱象无解，国家越重视，投入得越多，问题就越严重。举例子时，他直言不讳地向同行开刀：某单位，每年获得科研经费数亿元，来自中央和地方数十个部门，一共 100 多个计划，名称多得都记不住。性质变了，项目大于研究，跑"项目"成了赚钱的手段。

对于乱象，陈温福又举了个啼笑皆非的例子，某县有个猪场，做得非常好。中央省市县和群团组织、协作单位等都到这个猪场挂牌，总共挂了数十个牌子，墙上挂不下就摆在地上，场景非常壮观，猪场却相当无奈。这种现象，让科技人员无所适从，对国家科学事业来说有百害而无一利。

正因为陈温福等人的直言敢谏，国务院对科技管理体制等进行了深入研究，于 2014 年 3 月发布了《关于改进加强中央财政科研项目和资金管理的若干意见》，要根据国家的战略需求和科技发展需要，明确计划的功能定位，设定具体的经济社会和科技发展目标、考核指标，以及实施的具体期限，建立滚动支持和终止机制。基础前沿科研项目突出创新导向，"鼓励探索、宽容失败"。公益性科研项目聚焦重大需求，重大项目突出国家目标导向，同时取消了"973 计划"。

2021 年 7 月，中共中央办公厅、国务院办公厅印发《关于进一步完善中央财政科研项目资金管理等政策的若干意见》，扩大科研项目经费管理自主权，完善科研项目经费拨付机制，加大科研人员激励力度，减轻科研人员事务性负担，创新财政科研经费投入与支持方式。

2023 年 3 月，陈温福不再是全国人大代表了，而是全国政协农村农业界的委员，但他当代表时的建议已经被采纳。第十四届人大一次会议上，审议通过国务院机构改革方案，强化了科技部宏观管理和监督职能，把具体的项目管理回归到专业部委。

他的心愿终于得以实现。

舞台有多大，天地就有多宽。陈温福以全国人大代表和全国政协委员的身份，用他对科学的忠诚，阐释了杨先生教给他的家国情怀。

南繁

几次采访，都没绕过南繁的话题，前几稿中，我迟迟不敢多涉猎南繁，是因为陌生，没有生活体验，恐怕把握不好。2023年5月初的最后一次采访，陈温福给我补了一课，着重谈了南繁，还拿出一些影像和图片资料，让我有个直观的体验。

不要以为秋季收获后，水稻所的团队可以松了一口气。其实，每年的这个季节，他们更忙了，因为要紧锣密鼓地筹备南繁。时间就是效率，南繁是育种的"加速器"，对北方作物育种进步至关重要。冬天，他们将超级稻的育种材料拿到海南繁育基地，进行加代繁育。这样，一年可繁育两代，把北方育种年限缩短到一半。

从国家层面上讲，种业是国家基础性、战略性核心产业，南繁对发展民族种业、建设种业强国具有不可替代的作用。海南南繁基地是国家的重要战略资源，世界罕有，不可替代。每年冬春季节，数以千计的科学家、技术人员从全国各地聚集到海南进行育种、制种。所以，海南便有了"南繁硅谷"、种业"芯片"之称。

从陈温福深情的讲述中，我们得知，"南繁"理念，最早是沈农提出的。第一个提出"南育南繁"的人是徐天锡教授，那时，他担任沈阳农学院农学系的主任。他是南方人，曾在广西担任过总农艺师，深知广西的冬天农作物照样生长。

1958年我国提出了"鼓足干劲，力争上游，多快好省建设社会主义"的总路线。农业方面怎样落实"总路线"？"多快好省"核心就是效率，徐天锡教授灵机一动，如果冬季到南方再繁育一代，效率不就上来了吗？

这个观点很快就被采纳了，于是，当年冬天，沈农派出杜鸣銮、陈瑞清等三名青年教师，到达广州仲恺农校，开始了全国首例南繁实验。第二年冬，又把实验地点扩展到在湛江、南宁。1960年将南繁的地点最终定格在海南，全国第一个南繁科研单位落户海岛，他们在实践中得出结论，这里光、热、水、土等自然条件得天独厚。1962年，全国第一个经过南繁规模化培育出的玉米杂交种"辽双558"，通过审定，并大面积推广。

1961年，徐天锡教授根据三年四地南繁的成功经验，撰写了全国首篇系统论述南繁南育问题的论文《玉米、高粱北种冬季南育问题》，在辽宁省农学会年会会上报告，并被收入《辽宁农业科学论文选》，成为南繁育种的开山之作、经典论文，在全国引起了强烈反响。

至此，沈农便没了"冬天"，开启了"追赶春天"的步伐，在南繁的热土上开拓、奠基、传承。"种子的童话"开始在海南生根发芽，一批批无私奉献的育种人前赴后继，在数千里外的南国追赶春天的脚步、守望金色的收成。

东汉著名学者张衡在《东京赋》中说过："所贵惟贤，所宝惟谷。""稻"是生存之道、发展之道，一粒米关系国家安危、社会安康、人民幸福。这句话，穿越近2000年的时空，依然是至理名言。粮食安全与能源安全、金融安全并称为当前世界关于生存和发展的三大安全。

超级稻作为中国粮食安全的重要组成部分，海南南繁，功莫大焉。从20世纪80年代起，受杨守仁先生的重托，沈农的南繁基地飞来了陈温福的身影。从此，他几乎和沈阳的冬天说"拜拜"了，携带着需要培育的种子，追赶南飞的燕子，把希望播撒进海南的土地。

这种候鸟似的日子，陈温福过了三十几年，岁月染白了他的头发。日积月累，通过南繁加代等重要手段，给中国超级稻留下了一片金黄。不可否认，无论是北方粳型超级稻育种理论，还是直立大穗理想株型，抑或籼粳稻杂交育种，都离不开南繁育种。我国第一个超级粳稻品种"沈农265"、优质超级粳稻"沈农606"、广适型超级粳稻"沈农9816"等6个水稻新品种，先后被农业部认定为超级稻，获得国家科技进步奖二等奖

2 项，省部级科技进步奖一等奖 7 项。

不难想象，没有南繁，他们在未知领域不知道还要摸索多久。

南繁经历的甘苦，本书在前文中已有交代，不再赘述。不过，看到鲐背之年的袁隆平先生，依然穿着靴子，在南繁基地悉心地培育杂交稻，陈温福再也不觉得苦了。2021 年 3 月下旬，中国种子大会暨南繁硅谷论坛在三亚召开，以"种业使命与南繁未来"为主题，多名院士共同探讨种业"卡脖子"问题与发展对策。

会上，记者采访陈温福时，他再次谈到南繁。全国的杂交稻、杂交玉米、杂交高粱和棉花，育种成果一半的功劳应该归于南繁。

种业创新是个漫长且艰辛的过程，育一粒好种子，常常要几年、十几年时间，需要几代人接续努力。陈温福感慨万千地说，正如习近平总书记再三强调的：一粒种子可以改变一个世界，一项技术能够创造一个奇迹。种子是我国粮食安全的关键。只有用自己的手攥紧中国种子，才能端稳中国饭碗，才能实现粮食安全。

三亚没有四季，植物常年茂盛地生长。仿佛被热带的气候催促，南繁的日子里，陈温福几十年如一日，和时间赛跑，片刻也不敢耽搁。

然而，从 2022 年 12 月中旬到 2023 年 1 月下旬，这四十来天，是陈温福一辈子最痛苦的日子，他感染上了新冠病毒，高烧不退，行路困难。痛苦不仅仅来源于身体，更大的痛苦是不能自由地在南繁稻田里奔走了。

南繁的团队都感染上了，但所有材料收集和实验都没有停下来，每个人还在拼命地工作，这也是陈温福久病不愈的原因。想一想，当时大家做一顿饭都要歇几歇，多走几步路，浑身是汗，坐下休息一会儿，才能喘过气来。

尽管如此，大家依然没有耽误南繁，事后想一想，真的后怕。新冠最怕劳累，如果有人因此而成了白肺，救治不及时，是有着生命危险的。陈温福太感谢他的团队了，为了实现工作目标，大家命都豁出去了。

这就是他们的团队，南繁不仅是水稻创新的高地，更是人才培育的高地。这种高地，不仅仅是学术上的，更是道德上的、情操上的，把爱国爱民生活化和具体化。

2014 年 2 月，南繁基地的研究生高齐、宫殿凯正在稻田里做实验，忽然听到几百米开外的路上一声巨响。原来发生了一起交通事故，一辆三轮卡车从高桥上翻落，倒扣在河水里。两个人飞奔过去，发现司机被困驾驶室中，无法脱身，河水淹到了司机的脖子。卡车继续下陷，马上就将司机淹没了。两人跳进河里，拼尽全身力气，踹开车门，救出了奄奄一息的司机。

幸好路人热心，早就打通了 120。两人将司机送上救护车，悄悄地返回稻田，继续做起未完成的实验。直到他们救人的事迹传遍海南大地，政府要重奖辽宁见义勇为的大学生时，基地的老师和同学们才知晓。这件事后来上了《光明日报》、人民网、新华网、新浪网等媒体，二人先后被评为"辽宁省十佳大学生""三亚市荣誉市民"等称号，后来还荣登了"中国好人榜"。

坐而论"稻"

乐哉今岁事，赢得稻云黄。

2016 年 9 月，超级稻计划实施 20 周年纪念日，谢华安、颜龙安、刘旭、万建民、张洪程等几位全国屈指可数的作物学界中国工程院院士，齐聚沈阳，出席农业部主办、沈农承办的"中国粳稻发展战略暨超级稻 20 周年研讨会"。

20 年来，超级稻新品种不断涌现，栽培面积逐年扩大，不仅在沃野千里的东北平原全面铺开，而且迅速扩展到大江南北，飘香华东、华北、华中、西南和西北各地。尤其是超级粳稻，仅在黑龙江和江苏，种植面积就分别超过了6000万亩和3000万亩。中国超级粳稻的发展，为国家粮食安全作出了突出贡献。

稻浪摇金，万顷粮仓，东北大地丰收一片，藏粮于地已经实现。作为中国超级稻的领军人物，作为这次会议的组织者，陈温福忙碌之余，内心充满喜悦，毕竟全国各地的水稻专家，来沈阳检验超级稻20年的成果，超级稻为国为民功莫大焉，坐在饭桌前，每家每户的每一个人，都能体会得到。

然而，陈温福却沉静如水。在优秀的科学家眼里，没有成功二字，哪怕荣誉证书摞得比身体还高，也挡不住他怀疑的目光，怀疑是科学的动力。面对充满荆棘的未来，他们就是先行者和探索者。

丰收的喜悦只是暂时的，而深沉的忧患意识却是长久的。中国人有65%以大米为主食，却只有25%的耕地能种水稻。随着经济发展、城市的扩建，会不断地吞噬土地，耕地会刚性减少。水资源又不足，人口基数依然庞大，怎么办？靠进口？全世界每年的粮食贸易量大约是4亿～5亿吨，而有粮食进口需求的国家却有120多个，不可能把粮食都卖给中国。他觉得不能提高产量，提升品质，对于国人特别是农民，就没尽到责任。

国内有影响的稻作学家、院士，坐在一起，目标只有一个，同台论"稻"，研究"稻"与"道"的结合，谋划中国超级稻发展战略。这次会议，最大的变化，产量不是唯一的标准了，超级稻要突出绿色发展、可持续发展理念，坚持良种选育与良法推广并重、高产优质与节本增效并重、高产攻关与平衡增产并重。

也就是说，绿色高效低成本，是超级稻转型所必须遵循的原则，改善和创造环境友好型、轻简化生产方式，并形成产业链，是新时代提出的新要求。

这次会议之后，中国超级稻开始真正转型升级，由单纯追求高产转向高产、高效、优质、绿色并重。伴随着农业供给侧结构性改革和乡村振兴战略的推进,优质高产高效的超级稻也在绿色发展道路上越走越快。

优质化是一种趋势,不优质的品种已经很难再推广。超级稻的高产被炒得如火如荼时,陈温福已经悄悄地转变研究方向,把研究米质提上了日程。

一提起优质大米,人们想到的多是日本"越光米"和泰国"香米"。时代已经不同,40 年过去了,人们不再只满足于吃饱,转而开始追求吃得好,吃得健康。超级稻也必须与时俱进,在现有产量的基础上转型。如今,陈温福团队研发出多个高产优质的超级稻品种,中国也有了诸多可以和"越光米"相媲美的大米,不仅产量高,而且品质好,东北大米的品牌越叫越响了。

第十二章 〜〜〜〜〜

为了那片黑土地

黑土地的思考

有人说，东北也有"大熊猫"，虽不是真的熊猫，却和大熊猫一样珍贵，那就是黑土地。全世界仅有三大块黑土区，分别是乌克兰大平原、北美洲密西西比河流域冲积平原和我国松辽流域的东北平原。好吃的大米、好的品种、好的栽培技术是必要条件，但更要有好的土壤。富有营养的黑土地，才是好吃大米的根基。东北大米备受欢迎，这是重要原因之一。

大东北（含内蒙古兴安盟、通辽、赤峰和呼伦贝尔）约有 2.5 亿亩黑土地，沉淀出一米厚的腐殖土，需要 3 亿年。开垦耕种后，每年减少 1 厘米，至今五六十年过去了，就剩下 40 到 60 厘米厚。照这个速度，再过 40 年，黑土地就消失了，到时候东北的"藏粮于地"就成了一句空话。

更可怕的是，为索取粮食，过度使用化肥，加快了土壤退化与板结，黑土地正在变薄、变瘦、变硬、变酸，有些地块每年减少岂止是1厘米。中国人多地少，靠土地轮耕保护黑土地不现实，唯一的办法是尽力让土地得到营养补充。

黑土地的现状，让陈温福心急如焚，他大声疾呼，保护黑土地，实现东北耕地的可持续生产。可是，呼吁的效果并不明显，谁都知道应该保护黑土地，却拿不出解决问题的具体办法，反倒提醒了不法分子，他们把黑土的稀缺当成商品，当成一夜暴富的手段，掀起了贩卖黑土的狂潮，大量盗挖，卖到南方。

这是陈温福最痛心疾首的事情，中国的许多事情，都是这样，温水煮青蛙，不知不觉地让问题积重难返，等到猛醒时，已无药可救了。好在黑土地问题，清清楚楚地摆在眼前，只要警钟敲响，就能引起共鸣，"青蛙"从温水里跳出来，便是必然。

耕地是粮食生产的"命根子"，保护黑土地资源，稳步恢复提升黑土地基础地力，促进可持续利用，维护生态平衡，保障国家粮食安全，已迫在眉睫。东北是我国重要的粮食生产优势区，也是最大的商品粮生产基地，在保障国家粮食安全中具有举足轻重的地位。假若这块"压舱石"不稳了，何谈把中国人的饭碗牢牢端在自己手上？

中国的超级稻研究走过了20年，自1996年农业部立项开展超级稻研究至2016年，农业农村部共确认超级稻品种170余个，这是新中国成立以来持续时间长、资助力度大的农业科技项目之一，当之无愧地成为了中国稳粮增粮的坚实支撑，也帮助中国水稻科研抢占了世界的制高点，创造了中国水稻的超级神话。

神话，意味着登峰造极，事物都是辩证的，物极必反，超级稻育种也是如此，越是在高位，上升的空间越小，难度越来越大了。不求更高，不求最好，只求最合适，在权衡中留有余地，这是杨先生留给他们的谆谆教导。

随着一批 70 后科学家的崛起，陈温福把担子交给了助手，交给了青年团队，让他们大显身手。他把"北方粳稻现代高产栽培与耕作技术创新团队"交给了副所长张文忠，70 后的张文忠，早就是博导了。他学的是遗传育种，却在栽培上大放异彩，获得国家科技进步奖二等奖和省部级科技奖 10 余项，入选国家万人计划科技创新领军人才，并被聘为农业农村部水稻专家指导组成员，完全有资格独立带领团队，开展研究。

比张文忠更年轻的副所长徐海，读博士时，学的是栽培与耕作学，却在超高产育种方面，独树一帜。他参与选育的超高产新品种"北粳 1 号""沈农 9903"等，先后获得省部级奖励。2021 年，他被遴选为国家现代农业产业技术体系水稻体系岗位科学家。

近年来，两个人带领着团队，在高产优质高效水稻新品种培育方面，寻找新的平衡。团队中，1982 年出生的唐亮，也已经是教授和国家万人计划青年拔尖人才了。

2022 年 8 月中旬，我来到沈农路南的试验田，稻田浓郁的叶片，片片向上，已经捧出了金色的稻穗。十几个牌子，像进入了检阅场的运动员，一字形排开好几百米，"北粳 1705""北粳 2201""北粳 2202""北粳 2203""优质米展示"等正在培育的新品种，接二连三地扑入眼帘。新品种已经让我目不暇接了。

对于水稻来说，"藏粮于技"已不是问题，我们的超级稻，无论是常规稻，还是杂交稻，品种都在引领世界。我们的最大问题是"藏粮于地"。千百年来，我们从来没有像今天这样，毫无节制地从土地上攫取粮食。土地也需要休养生息，也需要补充营养。陈温福的眼睛不再紧盯水稻栽培与育种不放，他要跳出"只缘身在此山中"的自我局限，另辟蹊径，在土地上做文章。

通过对黑土地的跟踪考察、实验对比，陈温福得出结论，东北的各种农作物中，只有种水稻才能减缓黑土地的退化。因为水稻根系发达，留在土壤里的根量大，慢慢分解形成有机质，可以基本维持土壤肥力不下降。

所以，一直以来，他始终坚持杨先生的做法，割稻子时"刀下留情"，高留稻茬直接还田。

稻田长期淹在水中，处于还原状态，有利于涵养养分，田中有机质矿化速度慢，可以实现利用与保护的平衡发展，有利于黑土地的保护。陈温福一直提倡，有条件的地方，一定要推广水稻种植，这便是原因。

当然，保护黑土地最传统、最有效的办法就是秸秆过腹还田。意思就是施农家肥，鼓励农村发展饲养业，秸秆先作饲料，饲喂牛、马、羊等牲畜，粪便经腐熟后施到田间，搞良性循环农业。

但是，在东北地区的农作物中，直接还田，稻秆还可以，其他农田，难度就大了。因为，大部分土地是旱田，缺少水资源，没法种水稻。如果没有大功率机械，旱田秸秆粉碎得不到位，翻到地里直接还田，第二年开春解冻后播种，不仅拖拉机下地旋耕困难，土壤还会漏风跑墒，影响保苗率，也会影响作物生长。

过腹还田吧，苞米秸和谷草还可以，许多作物的秸秆，没法做饲料，牲畜不吃。况且，饲养牲畜需要大笔投入，普及难度太大。饲养场需要建设完善的环保设施，更加大了成本。很多时候，农民采取最简单、最直接的办法，把残剩下的秸秆，一把火烧掉。

每逢华北平原的麦收季节，还有东北平原的春耕时节，无论坐火车，还是坐汽车，陈温福总能看到大地上"烽烟四起"，隔着窗玻璃，都能感受到熏呛。有时，因为农民烧荒，造成交通堵塞，甚至车祸。那么多弃置在田头、路边、沟渠或村落中的秸秆，就地焚烧，不仅没能回归土壤，反倒变成污染源和温室气体排放源，更容易引发森林火灾。

陈温福计算过，我国年产秸秆约 10 亿吨，其中大部分当成废弃物烧掉了。如果有一种方法，改善刀耕火种式的农业，把炭储存在耕地里，变成肥沃的土壤，不仅能保护黑土地，还能减少二氧化碳排放。别小看这"烧荒"，累积起来，占碳排放总量的 12% 呢。

世界上本无"垃圾"，只有放错地方的"宝贝"。能不能把这些秸秆"垃圾"变废为宝,把它们"放对地方"?实现秸秆综合利用、提升耕地质量、农田固碳减排多重目标,不也是实现碳达峰和碳中和的重要手段吗?

陈温福的思考范围"溜号了",从育种栽培"不务正业"地跑到了耕地,"秸秆炭化还田改土"的理念,深深地扎在他的头脑中,挥之不去。他很早就在资料中看到,一位西方的科学家,在巴西亚马孙河流域考察时,发现在红色贫瘠酸化土壤中,分布有小块极为特殊的黑色土壤,植物生长得特别茂盛。经过研究,科学家们发现这些小块富饶的土地中富含有炭。这些炭的形成,是当地土著印第安人在数百年甚至数千年刀耕火种中变迁来的。其实,炭在改良土壤中的作用,农民在实践中早就使用了,日本就曾经使用炭改良土壤。

遗憾的是,陈温福以前没有涉及这一领域的研究,仅仅是看了某些资料,听到某些信息罢了。怎么才能让黑土地"寸土不丢",已成为陈温福深刻思考的问题。

一次巧遇

办法不是找来的,是送上门的。那是一次偶然机会,让他目睹了别具一格的烧炭方式,启发了陈温福对生物炭的研究。

2005年的一天,陈温福接到一个电话,是省农科院检测中心的一位同学打给他的。有一个农民企业家,做了个项目,想得到资金扶持。同学不懂那个项目,想请陈温福帮忙。

那个企业家叫刘金,家住在鞍山市岫岩县洋河镇,开过木匠铺,做过玉制品生意。赚到了第一桶金后,创办了鞍山市丰源木业有限责任公司,以经销地板为主,把生意做到了日本。

没过几天，同学就领着刘金来见陈温福。刘金想要得到扶持的项目，是用玉米芯制炭，卖给日本人。听刘金这么一讲，陈温福立刻来了兴趣，觉得这事是可以做大的。因为制成的炭，每年销给日本，日本人不是拿炭做烧烤，也不是做生活用品，而是用在农业上，改良土壤。

正是踏遍铁鞋无觅处，送上门来了，陈温福正在思考秸秆还田改良土壤呢。日本人能做，我们为什么不能做呢？他问刘金，秸秆能烧成炭吗？

刘金回答，花生壳、稻壳、玉米芯、秸秆，啥都能烧成炭。

又过了几天，陈温福和徐正进前往岫岩见刘金。那时，没通高速公路，两人坐了四个半小时的车，才到达洋河镇。见到刘金，赶往制炭场所，把玉米芯送进炉中燃烧起来的时候，并没有什么特别，和传统烧炭一样，依旧是满屋子的烟，与陈温福环保的预想，相距很远。

传统的烧炭技术，我们有2800多年的历史了。殷商以来，我们一直是用泥做窑，码好木柴点燃后，造成缺氧环境，闷成所需要的炭。古代烧炭，主要有两个用途：一是做能源，取暖或者冶炼；另一个做防腐剂，马王堆汉墓里，辛追夫人两千年不朽，炭的贡献功不可没。

但是，刘金的烧炭炉，还是挺特别的，就砌个水泥槽子，里边焊一个燃烧器，用玉米芯本身做封闭，形成缺氧环境，让里边烧不起明火。

陈温福感觉到，这个小伙子不简单，挺会钻研。这个方法，申请个发明专利还是有希望的。问及怎么会想到用材料本身闷炭，刘金很诚实地回答，日本人拿笔给他画了个简易图，让他拿玉米芯试着制炭，并告诉他，生产这个东西他们要。

用炭改良土壤，突破了几千年传统，给炭的使用带来了第三种用途——还田改土。

刘金就把那张简易图研究透了，又加进了自己的想法，砌了个土炉子。炭烧出来了，和传统的木炭并不一样，松软而且孔隙丰富。陈温福感慨万千，他是学日语出身，对日本文化颇有了解，不得不承认，在某些方面，日本人确实走在了我们的前边。

陈温福抚摸着烧出的炭，脑子里立刻涌现出四种用途：第一，和日本人的初衷一致，改良土壤，做改土剂。第二，和他的需要恰好相吻合，做水稻育苗基质，解决大棚旱育苗取土难的问题。第三，如果用它在沙漠里栽树，效果肯定非常好，既能给树苗提供养分，又能保持住水分。第四，把它压成块，做成炭化生物质煤，用途更广泛了。调控土壤微生态环境只是用途之一，却是他最想要的。

好东西，就这么简单化浪费了。陈温福当即提出建议，对土炉子进行改进，让它容易移动，能烧秸秆，将来能直接服务到田间地头。他还让刘金注意知识产权保护，马上申请专利。

刘金对"知识产权"一词还懵懂呢，一切都按陈温福吩咐的做。那时，陈温福已经预感到，这个新型材料新技术，符合国家所有的政策，代表着一种未来方向，将是朝阳产业。他雄心勃勃，鼓励刘金，这个项目肯定有前途，你好好做，很可能做成大产业。

当即，两人达成协议，沈农担任刘金的科技"保姆"，不要他一分钱，刘金给沈农提供研究环境，支持他们水稻所搞一个生物炭学科。

回到沈农，陈温福调动了各方力量，支持刘金生物炭的发展。然后，潜下心来，研究怎么借助刘金的制炭场地，按照各种农作物的生长需求，开展生物炭研究。最初的研究，是静悄悄地开始的，杨先生刚刚去世，张龙步老师历来主张"一辈子只做一件事"，不可能同意陈温福"三心二意""不务正业"。

那一年，恰好有个叫张伟明的博士生，是研究作物学的，对土壤特别敏感，正好是个锻炼的机会。陈温福立即让他担任骨干，开展科技攻关，引导他把学术方向拓展到生物炭研究领域。同时邀请土环学院的韩晓日教授加入研发团队中来。

两人一头扎向了岫岩，利用科技知识，帮助刘金改进炭化炉，减少烟尘排放，增加燃烧其他秸秆的功能，提取高温分解生成的合成气，收集液态焦油等副产品。一番改进过后，刘金的土炉子不再"土"了。

　　五年后，已经毕业分配到河南的博士孟军被陈温福调回到沈农，专门主持生物炭的研究工作。孟军选择了不同的秸秆，配比了不同的材料，试做了各种各样的生物炭。第二年开春，这些生物炭，第一次施入试验田中，效果奇佳。菠菜的生长周期短，最先拿它做试验，和没施生物炭的畦子比，一侧是又肥又壮，另一侧却是平平常常，关键是菠菜的口感特别好。玉米田的试验，更是成功，伸手一摸，就能感受到，土地重新变得暄软了，长势像得到了"神奇的魔力"，苗肥秆壮，穗丰根粗。秋后的产量，更是不一样，比其他地块增产了100多斤，显然生物炭提升了地力。实验结果证明，生物炭在农业上有相当广阔的前途。

　　有了科技助力，增添了刘金的信心。第三年，恰好岫岩县雅河工业园区招商，出台了许多优惠政策，他借机扩大投资，建设了一座生物炭生产基地。在设备制作过程中，孟军和张伟明使尽了浑身解数，帮助刘金新研发了半封闭式亚高温炭化炉，使用缺氧干馏炭化新工艺，严格把温度控制在450℃左右。更重要的是，新的炭化炉能移动式组合，设备用车拖到田间地头，把秸秆就地炭化，农民就有了收益。

　　这种便民的方式，既解决了农民秸秆的运输难题，还让农林废弃物大规模炭化利用成为可能。刘金成了最大的获益者。

　　给企业起名时，刘金想来想去，既然创办企业的恩人是陈温福，干脆从两个人的名字中各取一字，就叫辽宁金和福农业开发有限公司吧，表达对陈温福的感激。

　　陈温福对企业的命名，未置可否，机缘的巧合，推进了陈温福对研究领域的拓展，在生物炭领域，双方各取所需，都是受益者。至于企业的效益，和陈温福没有一丝一毫的关系。

　　此后，孟军在生物炭研究领域，越走越远。在陈温福指导下，他把生物炭融合进复合肥，做成了复合炭基肥。这是一种缓释肥，能长期释放养分，减少对化肥的依赖。还能吸附重金属，使植物对土壤重金属的吸收降到最低。

十几年过后，孟军也成了博士生导师，担任了沈农生物炭工程技术研究中心主任，在这个产业技术创新领域，他是辽宁省的首席专家。也是因为这项研究，他被科技部评为国家级科技创新领军人才。

2017年和2019年，孟军博士带领的团队，连续两届拿到辽宁省政府科技进步奖一等奖。2020年还获得了辽宁省五一劳动奖章，表彰其用生物炭保护黑土地的成就。

"卖炭翁"

我是一个"卖炭翁"，这是陈温福一句自嘲的话。其实，他与白居易的《卖炭翁》完全不同，一个是面对个体的生存艰难，一个是面对人类生存的困境。

任何一个领域的突破，都不是一蹴而就的。生物炭的概念从诞生那天起，就争议不断。2009年，陈温福读到了美国康奈尔大学农业与生命科学学院教授约翰纳斯·雷曼（Johannes Lehmann）出版的一本英文书，详细地介绍生物炭的优缺点。尽管一些观点还在争议中，但生物炭在改良土壤方面的功效，已是无可争辩。炭的多孔结构，像海绵一样保存水分和水中营养物质，成为许多重要微生物繁殖的"温床"，将其他营养成分黏附在一起，确保植物的根部吸收，这正是贫瘠的土壤所匮乏的。

这本书，给陈温福带来了很多启发。任何事物都是一分为二的，他像老师杨先生那样，用哲学观点，用"扬弃"的办法，解决科学问题。生物炭的功效虽然显著，可以封存大量二氧化碳，但也不能像某些科学家期盼的那样，让地球恢复到工业化之前的二氧化碳水平。

最让人头痛的是，工业化炭生产，在高温分解过程中，会以损失有机物为代价，而这些有机物为生产腐质土壤所必需，无法重造"亚马逊黑土"。另一个老大难问题，就是烟尘污染，生物炭本来是解决环境问题的，烧炭冒烟怎能行？

陈温福和孟军带领的团队，向着全新的领域进发了。传统的烧炭工艺中，炭窑几乎全封闭，炭化接近千度的高温，高温会烧走有机质里面的营养成分。他们帮助刘金改进的炭化炉，虽然温度控制在了700℃以下，但很多有机物，还是承受不住如此高温。生物炭必须是低温炭，经过反反复复地试验，他们控制好了干燥和热解过程，终于将温度控制在了450℃左右。在亚高温和缺氧条件下，让植物秸秆不完全裂解，产生的是富碳产物。这种碳材料，不但富含无机碳，也含有有机碳和作物必需的元素。虽然具有较好的燃烧性，却不是燃料，通过这种途径，还田才是最好的。

团队历经多年奋斗，研发出了多种炭化工艺设备，通过高压水解釜、回转炉、移动床、流化床、固定床等不同设备和技术，将秸秆转化成生物炭，再以生物炭为载体生产生物炭基肥料或土壤改良剂，从而实现秸秆利用、农田培肥、化肥减量、固碳减排、净化水质等多重目标，取得了多项研究成果，并获得了多项国家专利。

陈温福没有想到，他无意中的"不务正业"，反倒一下子击中了时代的"靶心"，在生物炭研究和应用领域，越走越远。"绿水青山就是金山银山"，在人与自然和谐相处的理念下，特别是环境危机、能源危机日益突出的今天，生物炭在农业、环境、能源等领域，已成备受瞩目的焦点。

相关资料统计显示，我国每年投放到耕地中的化肥4500多万吨，其中1/3被作物吸收。其余的1/3残留在土壤之中，致使大面积耕地逐渐板结和酸化，土壤的生态功能全面退化。1/3溶于径流或地下水源中造成水体污染，导致湖泊富营养化。据有关专家测算，照此速度发展下去，若干年后我们的子孙将无良田可耕。

在土壤中加入生物炭后，农作物的化肥利用率能够提高10%～15%，不同作物增产在7%～13%之间，还可以有效地减少农田的板结和酸化，减少水体污染。

这些数据，向陈温福陈述着一个事实，生物炭将是一场新的"土地革命"，他打开了通向世界的另一扇窗子。

和所有的科学实验一样，陈温福也找到了个实验基地，就在离刘金公司不远的雅河街道洪家堡村，选择的是一片贫瘠的山地。农民郑福广在那里承包了20多亩地，种植玉米，经测土配方后，使用特制的生物炭基肥已经五年了。在不增加投入的基础上，每亩地比从前多打200多斤玉米，和山下的肥沃的耕地已没有差距。

生物炭基肥的"神奇魔力"，被《辽宁日报》的记者打听到了，2013年9月下旬，他们来到了岫岩。正是秋高气爽时，玉米已经成熟，记者来到了岫岩县雅河工业园区，采访了已经把根扎在这里的孟军，把生物炭变成现实的刘金，还有深受其益的农民郑福广。

孟军把记者们带到显微镜前，大家亲眼看到生物炭有很多孔隙，这些孔隙分布均匀，可以将土壤中的养分吸附进去，延缓在土壤中肥料养分的释放，降低养分损失，提高肥料利用率，可以称得上是肥料的增效载体。

在生物炭这个新兴领域，年轻的孟军，已经是国内的权威专家了。他介绍道，生物炭具有多孔性、吸附能力强、多用途等多方面的优点。生物炭施入土壤后，能够提高土壤的有机碳含量，改善土壤保水、保肥性能，减少养分损失，有利于土壤微生物的栖息和活动，是良好的土壤改良剂。

当然，最兴奋的还是刘金，因为是沈农的科学家们，给了他腾飞的翅膀，否则他会一直在洋河老家烟熏火燎中当烧炭工，哪儿有机会进驻工业园区，成为一名高科技企业家。刘金带着大家，来到了一个大型设备面前，介绍生物炭的生产流程。

刘金介绍道，一亩地的玉米秸，能有五六百公斤，又轻又蓬松，运输到工业园区，无形中增加了许多成本。沈农帮他们发明的小型炭化炉，解决了大问题，玉米收割之后，农民租走炭化炉，拉到田间地头，便可加工成炭。

记者问，这样就可以直接还田了？

刘金摇了摇头，炭太轻了，直接还田，不能老实地待在地里，容易被风刮跑。加工成颗粒状的炭，要拿回工厂，加工成粉状，再放进搅拌罐里，按照具体的土壤需求，配比进植物生长所需的氮、磷、钾等，混合后制成一种新的肥料——生物炭基复混肥，这样，才适宜于现有农机具的使用。

当然，验证生物炭基肥，一定要到实地考察。记者们来到了山坡上，查看郑福广的庄稼地。他们看到一个奇怪的现象，相邻的那片玉米地，叶子已经枯黄了，有的还倒了。而他家的玉米，还是一片葱绿，直挺挺的。郑福广分别剥开两片地的苞米皮，用玉米棒做对比，差别一眼就看出来了。施过炭基肥的玉米，颗粒饱满，苞米棒大，也没有秃尖子。

郑福广说，山上风大，如果苞米秆不够结实，风一吹就倒。施了炭基肥的苞米都好好的，没有倒。到了秋末，底叶都不黄，说明还能给苞米棒提供很长一段时间的养分，苞米粒更瓷实、压秤（密度大）。

随行的还有岫岩县哨子河乡农业站付波站长。说到使用炭基肥的好处，他更是赞不绝口。他向记者介绍，全乡推广炭基肥三年了，三分之一的农户都在使用。他们乡是远近闻名的花生基地，花生连作障碍现象普遍，特别容易造成病菌滋生，使用炭基肥料后，病虫害的发病率降低了30%。

虽然，陈温福没陪着记者们采访，但谁都能感到，他的影响无处不在。听说生物炭基肥是院士带着团队搞出来的，还有样板田，不用陈温福吆喝，这个"卖炭翁"的炭，已经不胫而走。

虽说农民保守，对新鲜事物持怀疑态度，可他们从来不怀疑科学家。

春天，陈温福带着生物炭团队，把沈农的试验田分成近百个"小区"，按照不同比例施入生物炭和肥料后再播种，在作物生长的整个周期开展各种科学实验，他用各种各样的方式，制造肥沃的黑土地，打破"亚马孙黑土"无法重造的"魔咒"。

当魔咒解开，黑土地恢复时，"卖炭翁"陈温福出发了，开始"推销"他的科研成果。他与合肥德博生物能源科技公司一拍即合，这家企业总共不到200人，近一半是科技人员。企业的理念就是"人类命运共同体"，目标定在了"以德为先，做世纪经典工程，打造人类和谐家园"。

上海一家生物科技公司把企业的战略和国家的需要紧密结合，用生物炭解决的是我国耕地长期高强度、超负荷利用，导致耕地质量下降的问题。作为这家企业的顾问，2018年陈温福受邀参与研究上海的乡村振兴战略，打造现代绿色农业生产体系。会上，他作了《生物炭土壤改良技术及应用前景》的主题报告。上海之行，让陈温福感悟颇深，与他们合作，就是愉快，只要做企业，就是全球视野，而具体到产品时，却细致无比，细到烟草、石斛等专用肥，全是"对症下药"。

还有河南的丰夷，位于南阳市卧龙区，诸葛亮的老家，不乏诸葛亮一般的聪明人，他们做生物炭时，已经是2018年了。起步晚，不代表速度慢，他们的口号更为响亮，碳是生命之源，是植物必需的基础元素。他们拓展了富碳农业科学研究领域，主攻方向是土壤污染治理与修复。

好的企业总是这样，有人类的视野，有开阔的胸襟，网罗的是人才，做的是事业。生物炭领域里的后起之秀一个接一个地崛起，经陈温福画龙点睛之后，他们瞬间就腾飞起来。

当然，得到陈温福技术支持的，岂止是这三家企业，贵州的毕节、云南的玉溪、浙江的德兴等地，生物炭也做得方兴未艾，原料拓展到包括烟杆、蔗糖渣、椰子壳在内的所有农林废弃物，甚至连牲畜粪便、生活垃圾、厨余、污泥，都能处理成炭。

陈温福最为遗憾的是，与他最初合作的刘金，十几年过去了，还在原地打转，本来想小富即安，结果效益却越来越差。毕竟，生物炭学科是从刘金这里起步的，沈农生物炭研究领域能领先于世界，刘金功不可没。陈温福每年都要资助他一些资金，让他能维持企业的运转。

如今，"卖炭翁"陈温福，即便足不出户，也把他的"炭"卖到了全国。以2021年为例，不算国外，"秸秆炭化还田"相关技术与产品已在东北、华东、华南、华北等十余个省市推广应用，示范辐射带动耕地面积超2000万亩，新增利润约4.5亿元。

守土如命

民以食为天，食以土为根。对于具有 14 亿多人口的大国而言，能否把饭碗牢牢地端在自己手里，始终是关系到国计民生的头等大事。

从 2013 年起，联合国将每年的 12 月 5 日定为世界土壤日，至今，已度过近 10 个春秋，土壤保护，越来越受到重视。大家都知道，粮食危机，源于耕地危机。非洲、中东土地面积虽大，除了尼罗河、两河流域以外，能够耕种的土地，少之又少。东欧平原有个风吹草动，世界粮食市场立刻风雨飘摇，这就是原因，地球上没有那么多黑土地。悠悠万事，吃饭为大，耕地是粮食的命根子。

中国保护 18 亿亩耕地红线，已经喊了十几年。实际上，保护耕地与城市扩张的阵地战，打得特别激烈，守得十分艰难。然而，比保护耕地面积更可怕的是毫无节制地使用化肥，只种不养，会让 18 亿亩耕地越来越贫瘠。

如何保护好耕地，陈温福给出了很好的答案，一个生物炭，解决两个问题，土壤和环境。2020 年 9 月中国政府向世界庄严承诺，实现 2030 年"碳达峰"与 2060 年"碳中和"的目标。在农业领域，生物炭是"双碳"达标的最佳选择。

人类只有一个地球，工业化以来，人类为了自己生活得更好，加剧了对大自然的索取，把亿万年前埋在地下的煤、石油、天然气，都给挖出来了。大量的森林也被砍伐掉了。这些碳都是植物体和动物体形成的，本来埋得好好的。这下可好，世界各地，烟囱林立，潘多拉的魔盒被打开了，发电厂、钢铁厂、炼油厂、化肥厂，接二连三地把二氧化碳释放到空气中，碳平衡被破坏了，温室气体大量产生，再加上臭氧层被破坏，地球的温度上来了，带来了剧烈的气候变化。冰川融化了，北极能通航了，白虾没处待了，北极熊饿死了。

大自然下一个惩罚的，就是人类。碳平衡再破坏下去，海平面就会持续上升，地球上低海拔的地区，将会被大海淹没，已经影响到人类的生存安全了。

所以，人类要搞"双碳"，要实现低碳环保，使空气中的二氧化碳尽量少一些。海平面上升得别那么快了，温度别那么高了。全世界都在为这件事儿努力，中国更是节能减排的倡导者。陈温福从超级稻研究中分出精力，做生物炭，干的也是这件事儿。

减少空气中的二氧化碳，全世界运用的，不过是三种办法。第一个办法，是尽量往下减，能源采挖提高效率，减少排放，可是成本太高，企业不愿意承受。第二个办法，把二氧化碳集中起来，打到海底封存，科学上合理，实际上不可行，成本高，没效益，没人愿意干。更何况，一旦被地震震出来，比福岛核电站事故还危险。第三个办法，广泛种树，实现森林碳汇，森林越多，吸收空气中的二氧化碳越多，这个办法最深入人心，已经普及了。

在农业领域，碳汇咋搞？地里所有的庄稼，吸收的都是二氧化碳，进行光合作用。粮食人类拿走了，剩下的秸秆，过去烧了，把秸秆里的二氧化碳，又排到了空气中。树叶落到地上，形成有机肥，放到地里，细菌一活动，排出的又是二氧化碳。

把秸秆和枯枝败叶制成生物炭，然后，撒到地里，这个炭相当稳定，成百上千年也不会往外放，这才是真正的碳汇，既安全，又把握。有人说，炭放的时间长了，地不坏了吗？搞生物炭的鼻祖雷曼计算过，一块玉米地，年年"秸秆炭化还田"，690年没有事儿，而且对改良土壤是有好处的，碳损失远远低于有机肥料。尤其是黏性土壤、酸性土壤，把容重降低了，孔隙加多了，可以起到改善土壤环境、增加土壤肥效、提高农作物产量、修复土壤等多重功效。

虽然说农业的碳排放，仅占总排放的18%左右，生物炭却能把5%的纯碳汇储藏在土地里。这项既是公益、又有效益的事业，找不出它的毛病来，怎么做都是对的，典型的功在当代、惠及子孙。在"双碳"呼声越来越高的当下，生物炭这个绿色发展的产业，无论是资金投入还是技术途径，都发展得越来越快。

越来越多的土地，因为生物炭，实现了良性循环，得到了休养生息。

陈温福承认，确实是歪打正着，干了件"不务正业"的事，取得了务正业的结果。在生物炭研究领域，陈温福不是最早的人，南京农业大学、中国农业大学、浙江大学都是国内研究生物炭较早的单位。他们注重理论研究，探索生物炭在环境、污染治理等方面的作用，发表了很多好的论文。

这些论文，对陈温福有很多启发。但启发最大的，还是雷曼。真正从农业土壤出发，来研究生物炭的，雷曼是第一人。真正把生物炭应用到农业，一上手就倒过来研究生物炭与秸秆利用和土壤改良，成功还原"亚马孙黑土"形成模式的，陈温福是第一人。他首创了炭基肥和炭基土壤改良剂概念，率先提出了秸秆炭化还田改土新理念。

一个人，一辈子有一种创新，都很不容易了。导师杨先生在水稻育种方面，有三种创新，陈温福在生物炭方面，也有三种创新，总算没愧对自己的先生。2009 年当选为中国工程院院士，他并未感到自豪，那是先生手把手教他的，站在先生的肩膀上摘取的。他真正自豪的，觉得配得上院士称谓的，还是对生物炭的研究，他认为，后者比前者意义更大。

经过多年的不懈努力，沈农组建了我国首家省级生物炭研究机构，首次确立了"以生物炭为核心，以炭化技术为基础，以生物炭基肥料和土壤改良剂为主要发展方向"的农业废弃物资源化利用理论与技术体系。团队在生物炭固碳改土培肥原理、生产与加工技术、标准体系建设等方面实现突破，研发的生物炭基肥料在减少化肥用量 10% 的情况下，仍可保证农作物稳产甚至增产。实现了生物炭基农业投入品的产业化、规模化应用。

沈农在生物炭领域的突破与贡献，引起了中国工程院的高度重视。从2009 年开始，7 位中国工程院院士到沈农参加鉴评会，确定生物炭的研究方向。2012年10月"中国生物炭产业技术发展战略论坛"在沈农举行，15位院士齐聚沈阳，盛赞生物炭为解决国家粮食安全、环境安全、耕地可持续发展问题作出的重大贡献。

2022年10月，25位院士、10余位国外生物炭领域的权威专家，突破新冠疫情的封锁，来到沈阳，参加由中国工程院主办的 "生物炭与农田培肥固碳国际工程科技战略高端论坛"。除主会场之外，线上的与会国内外生物炭领域的权威专家、业界人士，竟超过4000人。论坛设3个分会场，共做35场报告。每一场学术报告，都是精彩纷呈，但主题都没离开好地产好粮。推动生物炭在土壤培肥、污染治理、固碳减排的作用，保护好黑土地，"中国人要把饭碗端在自己手里"，是所有院士的心声。

其实，以中国工程院院士为主体的沈阳论坛，岂止是这三次，我只是选择了生物炭发生、发展和高潮的三次。一次又一次的国内、国际生物炭研讨会选择在沈阳，毫无疑问确认了沈农在这方面的全球"龙头老大"的位置。毫不夸张地说，生物炭在环境和农业应用领域，中国领先于世界，沈农领先于全国。这一切，都基于陈温福的理论与技术创新，他为国家粮食安全和全球生态环境建设，增添了中国力量。

多年的实践已经证明，生物炭还田在破解秸秆焚烧难题、减少面源污染，改良土壤结构、提高土壤肥力、修复重金属及农药残留污染、提高作物产量和品质等多方面贡献突出。其孔隙结构丰富、吸附能力强，可通过对土壤理化性质的影响，有效降低氮氧化物（旱田）和甲烷（水田）等温室气体排放，是实现农田土壤碳封存最直接有效的方式。为推动农业增汇减排、绿色发展，实现我国"双碳"目标汇聚了新力量，实现了土壤固碳、作物增产、农民增收、产业赋能，被誉为"黑色黄金"。

毕竟，生物炭研究是一门新兴科学，涉及的研究领域包括农业、环境、生物、生态、土地、政策等诸多方面。在另一个场合，中国农业大学林启美教授接受记者采访时说，生物炭产业实际上涉及产业链形成和价值链提升，所以不能单一运作，国家应提倡价值链、产业链建设。陈温福院士团队领衔成立的国家生物炭科技创新战略联盟，就是联动机制的一个举措，他已经开辟了先河。

这就是中国科学家的无私精神，事业面前，人人支撑。

大家支撑起了陈温福，陈温福也支撑起了生物炭这个世界。随着国内外越来越多的科技工作者关注生物炭研究，陈温福开始重视生物炭国际学术交流。2019 年 3 月，沈农与施普林格·自然集团合作，出版了全英文学术季刊 *BIOCHAR*（《生物炭》）。

这是全球第一本生物炭领域的期刊，陈温福出任主编，执行主编和副主编由我国和美国、德国、韩国的生物炭领域世界知名专家组成。全世界研究生物炭的学者终于有了自己的学术交流平台。由于研究领域关乎人类的生存和发展，杂志创刊后，成为业界的热点，先后被多家国际知名数据库收录。2019 年创刊，2021 年即被 SCI 收录，首个影响因子就达到 11.452。在全世界 39 种土壤学杂志中排名第一。在环境科学类 297 种杂志中，也列入前 20 名。

这本杂志，甫一问世，就是高起点、高品质，绝对的世界领先地位。2023 年，影响因子进一步上升到 12.7，在环境科学类杂志中的排名则进一步上升到第 14 位。

像当年的杨先生那样，陈温福创建了生物炭理论与应用技术体系后，把后续的研究，包括学术成果，都交给了学生。事业的发展就是这样，长江后浪推前浪，让年轻人有机会挑大梁，事业才会蒸蒸日上，代代相传。现在，孟军完全继承了陈温福的事业，还担任了 *BIOCHAR* 杂志的执行主编，独立地开展研究，在广阔的天地里，施展才华与作为。

有机会超脱的陈温福，做起了更超脱的事情，越来越"不务正业"了，管起了许多"闲"事儿。作为全国人大代表，他以两会为平台，年年替"三农"说话，也因此被誉为"情系黑土地的院士"。

黑龙江、乌苏里江和兴凯湖干流沿岸的"两江一湖"地区，土地总面积 5.48 万平方千米，是黑龙江省粮食主产区，粮食商品率一直保持在 80%

以上，为保证国家粮食安全作出了巨大贡献。这一地区，土壤肥力高，地势平坦，气候条件优越，水资源丰富，且水质优良，开发成本低，适宜发展绿色农业，是发展水稻生产潜力较大的地区。但由于缺少水利工程，水资源利用不合理，粮食生产的环境代价巨大。

陈温福提议，通过水利工程把"两江一湖"过境水资源留住，实现井灌稻的"河水替代"，不仅可以保持地下水的稳定，还能维持并适度扩大现有水稻种植面积，既有效地保护了黑土地，又不至于影响湿地的恢复与可持续发展。

秸秆炭化还田，毕竟是新兴技术，不像秸秆发电、秸秆饲料、秸秆直接还田那样，早已引人关注，并得到相应的补贴。对此，陈温福呼吁，保护东北黑土地，秸秆炭化还田是最有效的方式，同样需要政府的扶持和引导。秸秆炭化还田的好处有些是直接还田与过腹还田不可替代的，比如缓解土壤污染、解决白浆土问题，尤其是在改良土壤、提升地力、实现碳封存，解决土壤障碍等方面，有着不可替代的作用。

为此，陈温福提出三条建议：一是将秸秆炭化还田列入秸秆利用补贴计划，促进秸秆还田改土，保护黑土地确保国家粮食安全；二是国家应将其作为一项重大战略性新兴产业，制定相关的扶持政策与措施；三是搭建"生物炭研究与技术开发"平台，建立国家级"生物炭工程技术研究中心"和"生物炭产业化开发示范区"，通过试验示范基地建设促进"生物炭"产业的快速发展。

万变不离其宗，陈温福还是个"卖炭翁"。

"卖炭翁"的呼吁，收到了良好的效果，虽然他的建议站在水稻和生物炭两个视角，但国家却从全面出发，出台了系列法律法规。如《东北黑土地保护规划纲要（2017—2030年）》《东北黑土地保护性耕作行动计划（2020—2025年）》《国家黑土地保护工程实施方案（2021—2025年）》。2022年8月1日，《中华人民共和国黑土地保护法》正式实施，这是世界上唯一一部国家层面立法保护黑土地的法律。

东北 1800 多万公顷黑土地，披上了法律的铠甲，国家的"命根子"被牢牢守住了，中国耕地的"大熊猫"被保护起来了。

陈温福的脸上终于露出了微笑。

连续三届当选全国人大代表的陈温福，2022 年年底，当选了第十四届全国政协委员。2023 年 3 月，他以新的身份参加全国两会，参政议政，继续为农民代言。

农民，是他的底色，不可能改变。

第十二章 〰〰〰〰〰〰

战略科学家

院士的办公室

一个人的胸襟有多宽，眼光就会有多远。几次采访陈温福，虽然是有限的接触，却已能够和他一块儿心海泛舟，驶向理想的彼岸了。这种心灵的默契，是不经意间实现的，那就是在他的办公室，无论在与不在，那种氛围，时时刻刻都影响着你。

陈温福的胸襟有多宽，用不着去丈量，坐在他的办公室，足不出户便可窥见一斑。就拿办公室的布置来说吧，四面墙，均无空闲，书柜与物品的摆放井然有序，字画的悬挂疏密得当。墙面最显著的地方，悬挂着两幅地图，一幅是世界地图，另一幅是中国地图，地图上一尘不染，不是擦拭的原因，而是时常指点的结果。这就意味着，他时刻关注着世界的格局，关心着国家的发展，尤其是农业的国际国内动态，时常指点给同事和学生，与大家共同探讨。

南面的两扇窗之间，夹着狭窄的墙壁，只要陈温福抬头望向阳光，墙壁就会闯进他的视野。从设计的角度来衡量，这里该是主人视野最关注的地方。窄墙的黄金分割点的位置，挂着一幅照片，那是在全国人代会上习近平总书记和陈温福握手的瞬间，被记者抢拍下来，赠送给了他。把这张照片放在如此重要的位置，那是他内心最阳光最温暖的写照。

与总书记合影的右下方，挂着一顶草帽。草帽是最传统的那一种，虽说已经老旧，却是精选的麦草编就的，结实而又实用，十年八年戴不坏。显然，陈温福特别珍爱草帽，他时常强调，我就是个种地的，草帽就是个见证，因为那是劳动人民的象征。从褪色的程度上看，不知道这顶草帽陪着陈温福过了多少个夏天，蹚过了多少稻田，遮挡过多少个烈日和雨水。

照片与草帽不经意地搭配在一起，象征意义油然而生：做有思想的人，干脚踏实地的事。

受杨先生的影响，陈温福也喜欢书法作品。办公室墙壁上挂着一些书法作品，很有意思，他不求书法家的名气有多大，但一定是自己心迹的写照。在北墙居中的位置，显著地悬挂着一条横幅，上书"仁者无敌"。既是向先生的致敬，又是对自己的勉励。

另一条横幅"宽则得众"，是陈温福对自己的要求。早年他还有些"年轻气盛"，随着年龄的增长，他越来越宽容，现在已成为一个和蔼的"小老头"了。

他一直把所有的人看得都挺善良的，看谁都挺好，很少有看着不顺眼的。有些时候，做一些事情，不见得是自己很喜欢的，他会换一个角度，站在对方的立场上思考问题。人活在世上，谁都不容易，尤其是搞学术研究的，从你的角度考虑，你不太喜欢，从他的角度考虑，没准还是对的。

随着陈温福被评为院士，在学术界的话语权很有分量了。他却很少找别人毛病，因为人类不断地向未知领域探索，你觉得是问题，也许是未来的方向。100年前研究的东西，到现在为止也不一定就是完全对的。正像现在我们研究的东西，100年以后随着研究的深入，以及设备方法的改进，会不会过时很难说，但你现在不能说人家是错的。人不是神仙，研究的领域不可能尽善尽美，你出主意、解难题，帮人孵蛋，是应该的，却不能鸡蛋里挑骨头，显得自己高明，这样人家就会远离你，你就成了孤家寡人。

所以，在很多场合，他谈观点，谈方法，不在对错上轻易下结论。

这样一来，陈温福看谁都挺好，时间一长了，人家看他也挺好，你也好，我也好，大家都好，和谐就产生了。和谐了，大家才愿意往一起凑，愿意共同研究学术。于是，在正常的国际国内交流中，一些事情，潜移默化地办成了。

虽然如此，陈温福却绝不是老好人，原则性的问题，毫不含糊。他把科学家分成两类，一种叫真正做科学的科学家，一种叫做科学游戏的科学家。他认为，计算机的出现给做科学的科学家提供了极大的便利，同时也给做科学游戏的科学家提供了极大的便利。因此常常会导致做科学游戏的科学家不仅仅游戏科学，也游戏了做科学的科学家。

常常换位思考的陈温福，他宽容对持不同观点真正做科学的科学家。对做科学游戏的，或者游戏科学的，他就是"黑脸包公"。不管对方地位有多高，不管在什么场合，他照批不误。

而对他的学生们呢，他很少批评，学生们也愿意围在他的身旁。他却能做到以身作则，不言自威。独生子女这一代，从小娇生惯养，几乎没从事过农业劳动，与20世纪六七十年代出生的人比，"懒"了很多。他很少责怪，而是身体力行，亲自到稻田里劳动。学生们见状，不敢怠慢，抢着帮导师完成剩余的劳动。

陈温福很欣赏北京育英学校的做法，让学生有机会参加农业种植活动，浇水、松土、除草、授粉，培养劳动习惯和能力，从实践中学到"谁知盘中餐，粒粒皆辛苦"。习近平总书记在2023年六一儿童节前夕，特意来到这所学校，鼓励孩子们要"有梦想、爱学习、爱劳动，懂感恩、懂友善，敢创新、敢奋斗"，德智体美劳全面发展。

他最喜欢的一幅书法作品，不是挂在墙上，而是靠在墙上，立于地面，寓意着最接地气。最重要的是，那个位置特别显眼，水稻所的团队，只要进了他的办公室，就会一目了然。那幅书法作品是唐代布袋和尚的诗作《插秧偈》：手把青秧插满田，低头便见水中天。心地清净方为道，退步原来是向前。

战略思维

近年中国工程院院士的增选中，强化了国家战略需求和重大贡献导向，重视在重大工程、"卡脖子"技术国家战略需求领域里的贡献。从某种意义上讲，中国工程院的定位，就是国家的战略思想库。所有的院士不再单纯就是自己领域里的学者，而要为国家的发展和安全提供咨询，提出一些前瞻性的意见。这就需要院士提出的咨询意见要讲真话、有新意、可操作，适度超前。

其中，中国工程院做的几个项目特别经典。能源项目上，煤改气，变运煤为输气；西电东输，不仅环保，还降低了运输成本。在维护国土完整中，吹沙造岛，中国独有的技术。

陈温福做的咨询项目，就是北水南调。他在全国两会提过建议，后来被纳入了院士的咨询项目。

东北的水资源相对来说不是太充足，但也不是那么短缺，平均一个人2200立方米～2500立方米，亩均水资源大约是550立方米，一般旱田就够用了。主要问题是水资源分布不合理，北多南少，东多西少，周边多、腹地少。也就是说黑龙江特别多，辽宁和吉林的东部也不少。总体而言，是利用率的问题，还不到资源的四分之一。北水南调就是要搞"两江一湖"的人工河湖连通工程。这样就能解决相当一部分东北南部、中部和西部水资源短缺问题。

如果从国家粮食安全的角度考虑，东北的北水南调，与南水北调有异曲同工之处。

陈温福更关注的是18亿亩耕地的红线。如果单从耕地的数量上来说，守住是没有问题的，政策摆在那儿呢，建设用地占用一亩，必须从其他地方再补充回一亩耕地。

守住耕地的红线，那是硬性指标，陈温福并不担心。他最担忧的却是耕地的质量。仅以沈农周边的耕地为例，原来都是良田，现在都"种上"房子了。用上好的水田盖房子，置换贫瘠的山坡地种粮食，耕地的亩数未变，而粮食的产量却大打折扣了。

要想保证粮食安全，首先得在耕地上做文章，种业振兴也好，智慧农业也好，说一千道一万，庄稼都得在耕地里长出来，没有耕地，智慧农业、高产种业、化肥都不好使，耕地才是根。而最让陈温福担忧的是耕地的内涵，我们的人均耕地仅有一亩半，其中六七成又是中低产田。

2013年3月，全国人大会议期间，陈温福向大会提交了"关于全面提高我国耕地质量，确保国家粮食安全"的建议。提高粮食产量，无非是两种办法，一个是增加耕地数量，可是，森林草地不能碰，沼泽湿地不能动，这都涉及自然生态环境。另一个是提高耕地质量，把中低产田变成沃野良田，增加单位面积产量。

这两个难题似乎无解。正应了那句话"坐在办公室，看到的都是困难，到实践中去，看到的都是办法"。战略科学家，思考最多的是国家的安全，陈温福这位"种地的科学家"，考虑最多的就是耕地的安全。

从耕地的数量上来讲，我们的滨海盐碱地和内陆盐碱地，总数在15亿亩左右。这15亿亩的盐碱地，其中大约有11.51%是可以开垦成良田的，缺少的只是像北水南调这样的水利工程。像吉林的白城地区，黑龙江的大庆地区，有将近1000万亩盐碱地，只需要把淡水引进来，就可以改良利用。

还有许多村庄空心化了，出现了大量荒弃的宅基地，可以村镇合并，宅基地复垦，大多能成为良田。

我们的矿山占了很多耕地，采矿区与尾矿区有的出现了荒漠化现象，有的被重金属污染了，有很大一部分可以复垦出来。通过生物炭等技术治理，用不了几年，就能用庄稼和蔬果还原出一座绿水青山。这是陈温福紧锣密鼓正在干的事情。

以2023年4月上旬为例，陈温福7天跑了贵阳、长沙、郑州、扬州、南京、上海六座城市，每个城市至少有半天的会，会的内容不是水稻就是耕地，当然少不了推广生物炭。

陈温福把自己忙成了陀螺，简直是不要命了，即使感染了新冠，还没痊愈，咳嗽不断，没有力气，也没断了忙碌。

还好，一年过了快一半，他的身体越来越好了，精神头也越来越足。

世界的眼光

民为邦本，本固邦宁。

中国共产党为人民谋幸福，就是从温饱开始的，才有了万众一心。40多年来，尤其是实施脱贫攻坚、精准扶贫之后，中国贫困人口急遽减少，直到全面建成小康社会，提前10年实现了联合国消除贫困目标。

2022年，我国粮食连续8年站稳1.3万亿斤台阶，连续5年化肥、农药使用负增长。丰收之年，一路走来，殊为不易，夏粮遇到历史罕见秋冬汛，秋粮南方干旱、辽宁等地发生严重洪涝灾害，粮食主产区病虫害威胁严重。在这些自然灾害面前，我们能够"过五关斩六将"夺得丰收，不仅保住了"中国饭碗"，还比上一年增产 0.5%。这也是我们的粮食市场始终风平浪静，人民生活安康平稳的原因。

然而，这一年，世界并不太平，各种危机叠加，面临百年未有之大变局，俄乌冲突爆发以来，粮食危机的警告不绝于耳。2022 年的前几个月中，世界饥饿人口激增到 3.45 亿，联合国粮食计划署发出严重警告，人类面临着二战以后最大的粮食危机。

对于有 14 亿多人口的中国来说，解决吃饭问题，是治国理政的头等大事。尤其是在当前全球出现粮食供应短缺的背景下，不让粮食成为别人攻击我们的武器，我们只有一条路可走，中国的饭碗，必须盛中国的粮食。只有这样，才能不会受制于人，才能更底气十足地应对国内外各种风险和挑战。

强国必先强农，农强方能国强。

保障粮食和重要农产品稳定安全，建设农业强国，党中央始终当成头等大事。2018 年 9 月 25 日，习近平总书记到黑龙江农垦建三江管理局考察调研时，双手捧起大米，意味深长地说："中国粮食！中国饭碗！"

2020 年 7 月 22 日，在吉林榆树考察，他察看黑土层土质和玉米长势时，深情地说，要保护好黑土地，这是"耕地里的大熊猫"。

对中国饭碗，习近平总书记始终牵挂于心，仅在 2022 年就多次做出重要指示。3 月 6 日看望参加全国政协十三届五次会议的农业界、社会福利和社会保障界委员时说："在粮食安全这个问题上不能有丝毫麻痹大意，不能认为进入工业化，吃饭问题就可有可无，也不要指望依靠国际市场来解决。要未雨绸缪，始终绷紧粮食安全这根弦，始终坚持以我为主、立足国内、确保产能、适度进口、科技支撑。"

党的二十大工作报告中，习近平总书记再次强调："牢牢守住 18 亿亩耕地红线，逐步把永久基本农田全部建成高标准农田，深入实施种业振兴行动，强化农业科技和装备支撑，健全种粮农民收益保障机制和主产区利益补偿机制，确保中国人的饭碗牢牢端在自己手中。"

如此密集强调粮食安全，其重要性不言而喻。

强农，需要顶层设计，政府推动，但千根针，万条线，最终还得靠农业科学家脚踏实地地落地。国无农不稳，农以种为先，种子是农业的"芯片"。毫无疑问，水稻和小麦这两大主粮，"芯片"牢牢地抓在了我们自己的手中，袁隆平的超级杂交籼稻、陈温福的超级常规粳稻、李振声的远缘杂交小麦，已经让我们的种业遥遥领先于世界。

然而，我国大多数育种行业的研究水平，与先进国家相比，还有很大的差距，如高级水果蔬菜的种子、饲养业的种畜，我们依然大量依赖进口。粮食安全是头等大事，一旦出了问题就是大问题。人对穿衣、出行等其他物质生活需求都有伸缩性，但吃饭是刚需，人离不开粮食，肉蛋奶也要靠粮食转化。

魔咒仍需要破解，农业科学家们正在各显神通。

"发展生态低碳农业，赓续农耕文明，扎实推进共同富裕……解决农业农村发展最迫切、农民反映最强烈的实际问题，不搞脱离实际的面子工程。"这句话，说到了陈温福的心坎上。

陈温福最痛心疾首的是，出村"最先一公里"和餐桌"最后一公里"两头"卡脖子"，结果是"种地人喊穷，消费者嫌贵"。说破天，首先得让农民致富，农民地种得好，但粮食卖不上好价钱，等于没有帮到农民。

我们国家果蔬和薯类，"吃掉三分之一、扔掉三分之一、烂掉三分之一"，每年损失近2亿吨。即使是水稻，丰收时湿度很高，需要及时除湿降水，很多农户在"最先一公里"没有设备及时烘干，粮食就会变质。

问题的症结，在流通领域。无法从农田直通到餐桌，仓储和冷链基础设施不足。陈温福提议，建立产地仓储模式，促进农产品流通扁平化，农业科技与数字技术加强融合，从"最先一公里"到"最后一公里"产业链数字化，大力发展订单农业，"一头是农民，一头是消费者，用互联网和大数据连接"。

正因为如此,《中华人民共和国国民经济和社会发展第十四个五年规划和 2035 年远景目标纲要》第二十三章中,加入了"加强农产品仓储保鲜和冷链物流设施建设,健全农村产权交易、商贸流通、检验检测认证等平台和智能标准厂房等设施,引导农村二、三产业集聚发展"等内容。

农田就是农田,而且必须是良田,把永久基本农田全部建成高标准农田,18 亿亩耕地必须实至名归,粮食总产量每年都要站稳 1.3 万亿斤的台阶。实际上,无论是守地,还是打粮,越往前走难度越大。粮食年年从地里汲取营养,轮耕在我国不现实,怎样恢复地力,怎样保护好作物必须依赖的耕地?陈温福给出了自己的答案,利用生物炭实现农林废弃物炭化还田改土。

陈温福总结自己这一辈子只做成了两件事,一件事是种地,另一件事是养地。种地,他种成了极致,成功地培育出了中国超级稻,实现了"藏粮于技";养地,他创建了适合中国国情的农林废弃生物炭化还田理论与技术体系,满头白发时,当起了"卖炭翁",行走在"藏粮于地"的路上。

像当年孔子周游列国那样,现在,陈温福行走在全国各地"兜售"他"变炭为碳"、造福于民的生物炭理论与技术。把他的"院士论坛"从黑龙江,一直延伸到天涯海角。

在海南大学三亚南繁研究院,他以"生物炭与农林废弃物资源化利用"为主题,宣传生物炭在反季节蔬菜生产、槟榔和芒果等海南特色农作物研究和应用方面具有良好的发展前景。生物炭的研究和利用,未来不仅能服务于海南特色热带农业,更可在环境保护和可持续发展中发挥重要作用。

他的探索之路,已不再局限于"秸秆炭化还田改土",而是恢复更多的耕地,他把视野投到了 18 亿亩之外。对付耕地重金属污染,生物炭也是一方"灵丹妙药",除了能疏松和改良土壤,中和酸性物质,最重要的是吸附对人身体有害的重金属。比如,广东凡口的铅锌矿复垦,就是很好的改良范例。如果推广开来,全国数不胜数的矿区,能造出多少能种粮食的耕地?实施新一轮千亿斤粮食产能提升行动,要有充足的耕地资源做保证。

在河湖治理上，云南抚仙湖的污染治理，就是个范例。在综合治理的大背景下，生物炭在吸纳污染、改善水质方面，功不可没。好水养好鱼，好鱼供养出高品质的水生植物，实现良性循环。大食物观中，不仅仅是粮食，多途径开发食物来源，就等于节约粮食，同样能保障国家的食物安全。

生物炭已经走出了黑土地，走向了"三农"建设的最前沿。陈温福恨不得把自己化作生物炭，融化进祖国广袤的土地中，肥沃祖国大好河山，滋润漫山遍野的禾苗茁壮成长。

生命不息，奋斗不止，陈温福从中国"稻路"，走向了更深邃的中国道路，这就是一位科学家的家国情怀。

后
记

　　我本来不再想写报告文学了，毕竟是耳顺之年了，精力不足，写报告文学与写小说不同，小说凭着生活的底子，只需要坐下来虚构。报告文学则不同，需要反复采访，现场体验生活，查阅大量资料，还要反复核实修改。尤其是专业知识不懂，还要恶补一番。

　　沈阳出版社的总编辑闫志宏女士，是我多年的好朋友，有过多次愉快的合作。她从小生活在沈农大院，对沈农情感极深，知晓院内所有农学家名字，尤其对杨守仁先生、陈温福院士等沈农科学家，没能像袁隆平那样家喻户晓，始终感到遗憾。

　　闫总编有个愿望，希望我这个写农村题材的作家，给沈农的中国超级稻立传。我的另一位朋友，沈阳广播电视台原创事业部主任郭志英，制作和播出过我的好几部作品，她是沈农水稻研究所的超级"粉迷"，只要一见面就"絮叨"超级稻，带着她的团队，甚至在办公室的花盆里都要栽种水稻。

两位事业心极强的女同志，再三说服我，这一辈子能与超级稻结缘，绝对不会后悔。我虽说有所心动，毕竟年龄大了，不想挨累，写书是熬心血的事情，不像写中短篇小说，总能有个喘息的机会。

最初的写作冲动，来自广播剧《一颗超级稻》，每天在手机上到"学习强国"平台学习，是单位的要求，也是我每天早晨的必修课。无意间翻到了这个广播剧，便听上了瘾。在此之前，我还不知道好吃的东北大米是怎么来的，听了广播剧，才茅塞顿开。每听一次，就会被水稻科学家感动一次，为他们的辛勤付出，为他们的家国情怀，为他们的科学精神。

就像吃水不忘挖井人，我天天吃着香糯的大米饭，却不知道是谁培育了它们，有一种背叛的感觉，不写写他们，我总觉得"饭"是从脊梁骨咽下去的。

因为是听，省却了眼睛，并没有留意制作团队。直到有一天得知，郭志英团队有个广播剧获了奖，才恍然大悟，《一颗超级稻》是郭志英团队的作品。是原创基地的年轻人，体验生活，精心制作，耗时一整年，才完成了的精品。

有了这部作品作铺垫，起码让我树立起了形象感。于是，我欣然答应，创作这部作品。

同意写只是我的一厢情愿，而向来低调的陈院士能否同意，还是另一个问题。听说我有创作意向，郭志英与闫总编一道，热情牵线，说服了向来低调的陈温福院士，帮我与沈农水稻研究所搭建了友谊的桥梁，让我获得了采访和体验生活的机会。陈院士和他的团队，特意挤出了时间，多次接待我们，专门给我讲述他们的故事。

其实，书写的过程，也是陶冶的过程，杨守仁先生、陈温福院士高尚的品德一直感染着我。每每坐在电脑前写作，就能让我"吾日三省吾身"，洁净我的心灵。我们的美好生活，来源这么多科学家一生的奉献，有陈温福这样的团队，新时代东北振兴、辽宁振兴的"辽沈战役"，还有什么攻克不了的困难？

作品初稿完成后，我依然沉浸在创作的喜悦中，想起陈温福院士的嘱托，一定把他的导师传扬出去。我特意整理了上篇，截取了杨守仁先生的一生，形成一部中篇报告文学。没有想到《北京文学》师力斌主编，接到稿子，便是定稿，两个月内便刊发了。责任编辑侯磊，是很好的小说家，更是很出色的编辑，认真地核实文中的专业表述，甚至一个符号都要弄清楚来龙去脉。

沈农水稻所的副所长、党支部书记徐海，不仅是业务组织者，还是很出色的青年科学家。每当写作遇到难处，我总是先给他发微信。他不仅是我水稻知识的普及者，还提供了许多资料，核实了许多细节，帮我顺利地完成了此部作品。

当然，写作过程中，还参阅了许多书籍。尤其是对水稻科学家的评价和定位，必须来自专业部门的专业书籍，如上海交通大学出版社出版的《当代中国农学家学术谱系》。而对仙逝多年杨守仁先生的描写，大多数当事人都已经过世，春风文艺出版社 2008 年出版的《稻之梦——杨守仁教授纪念文集》、沈阳出版社 2012 年出版的《风范——纪念杨守仁教授诞辰 100 周年》给我很大的帮助。还有沈阳出版社 2022 年出版的《记忆——沈阳农业大学建校初期部分人物小传》，对照着看，让我理顺清楚了许多事情。在此，向这些图书的作者一并表示感谢。

本文结稿时，又有两个好消息传来，一是 2022 年 12 月 1 日，国际种业科学家联合体科学家奖励委员会授予陈温福院士"种业科学家奖"，表彰其对种业科学与发展所作的突出贡献；二是在第七个全国科技工作者日到来之际，中国科协正式公布第三届全国创新争先奖获奖科学家名单，陈温福院士荣获全国创新争先奖。这个奖项，仅次于国家最高科技奖。

祝福陈院士。你们用中国"稻路"，实现了国家的粮食安全，挺起了民族的脊梁，让亿万农民走在希望的田野上。